S. Pomej
Verbotene Gelüste

Erotischer Science-Fiction-Thriller

Triggerwarnung: ACHTUNG! Sexistisch und politisch unkorrekt, denn in der Zukunft gelten andere Regeln als heute!

Verlockendes Neuland

"Seit einem Marsjahr auf der Reise zum Planeten Xarx im Pferdekopfnebel. Ohne besondere Vorkommnisse. 687 verfickte Tage Routine! Puh, beschwere mich ja nicht über ewig gleichen Fraß pürierter Rotalgen und Gestank verschmortem Metalls in den Gängen. Verliere auch kein negatives Wort über mangelnde Kameradschaft in der Crew und Launen des Captains oder die Roboter mit dauergrinsenden Visagen und seelenlosen Blicke. Aber mir stinkt gewaltig, dass wir dreizehn Kerle uns mit den ewig gleichen platinblonden, blauäugigen Fleisch-Hologrammen der 90-60-90-Fraktion begnügen müssen! Demnächst steck ich mein Teil lieber in ein Entlüftungsrohr, verspricht bestimmt mehr Spaß! Eintrag Diary Ende!", befehligte Ron Dews verdrossen, als er schlaff und lustlos auf seiner schwebenden Couch an Bord der WIKISPEED über sein Dasein reflektierte.

Neben ihm wartete eine ihn unentwegt anlächelnde Schönheit im Evakostüm - genauer gesagt, vielmehr das feststoffliche Hologramm einer nackten Blondine - auf sein Zeichen zum Einsatz. Bislang vergeblich, doch einem fleischgewordenen Abbild konnte das ziemlich egal sein. Genervt von dessen grundloser Fröhlichkeit schaltete Ron es ab. Ein Blick aus dem Bullauge zeigte ihm die unendliche Schwärze des Weltalls, unterbrochen von Lichtpunkten weit entfernter Galaxien und einiger stetig anwachsender Sonnen, die sie demnächst passieren würden - manche davon umkreist von Planeten mit Lebensformen, was ihn unwillkürlich zu Phantasien über den weiblichen Bevölkerungsanteil darauf anregte. Ihm fiel Nutta 17d ein, wo die Bewohnerinnen drei Brüste hatten, deren Anblick sie dem Sieger aber erst nach gewonnenem Zweikampf offerierten, sowie natürlich Zwitta 24e, auf dem Frauen sich üblicherweise grazil auf den Händen fortbewegten und - bei Gefallen - ihren Unterleib mit gespreizten Beinen zur Umarmung darboten. Ihre rüschigen Gewänder entfalteten sich dann gleich einer erblühenden Knospe und gaben den darin verborgenen, duftenden Liebeskelch frei - herrlich! Ganz anders als diese allzeit bereiten, geruchlosen 08/15-Nackedeis aus dem Fleisch-Holografen!

Mit düsterer Miene ärgerte er sich in seiner 25 m²-Kabine, denn er ersehnte einmal mehr Kontakt zu einer realen Vertreterin des weiblichen Geschlechts - erstens vollständig bekleidet und zweitens in der Lage zu einer normalen Konversation. Zu einem Wesen, das sich nicht nur zu 35 Stellungen genormten Sexspiels mit den üblichen Lustlauten 'AH!' und 'OOOH!' als fähig erwies, sondern zur Diskussion über den Sinn des Lebens oder Gründung einer Familie auf altmodische Weise. Seine seiner Meinung nach bereits völlig abgestumpften Kameraden schienen ihn in dieser Hinsicht so gar nicht zu verstehen. Brachte er sein Problem zur Sprache guckte Vin Tekashi nur immer irritiert, während Scot Wigfield sich meist seitlich an die Stirn tippte. Ivan Sastro stellte sich regelmäßig mit dem erlaubten Rauschmittel Kolka ruhig, Len Packham nannte ihn pervers - und der Captain musterte ihn auf eine Weise wie einen potentiellen Meuterer. Ganz zu schweigen vom Rest der armseligen Crew. Alles Weicheier! Manche dieser Luschen waren ganz offensichtlich sehr leicht zufriedenzustellen und schienen von Abwechslung in punkto Sex noch nie gehört zu haben. Immer nur Wichsen. Oder Bumsen mit Holos. Verdammt!!! Entschlossen sprang Ron von seiner bequemen Liegestatt und begab sich zum Captain, um ihn zu veranlassen, doch einmal eine ungeplante Zwischenlandung auf einem der bewohnten Planeten ihrer Route einzulegen, damit sich die Mannschaft endlich wieder als MANN-schaft fühlen konnte.

Captain Reik saß im Cockpit neben dem Navigator, einem dieser ungefragt ihre Meinung kundtuenden Roboter, die Ron absolut nicht billigte. Robos sollten gefälligst parieren und nicht belehren!

"Ron! Sofern du nicht guten Grund zur Störung hast, verpiss dich!", empfing ihn Reik, der seinen unkonventionellen Duktus nie abgelegt hatte und sich nur im Beisein von Führungsbonzen konventionell korrekt ausdrückte - von denen allerdings keiner an Bord weilte, denn: wie jeder wusste, erschienen die Brüder samt Anhang erst auf der Bildfläche, wenn ein Planet nicht nur erobert, sondern mit einer Tip-Top-Infrastruktur samt passender Residenz überzogen war.

"Captain, ich bestehe auf einer Zwischenlandung, um endlich frische Luft schnappen zu können. Der recycelte Sauerstoff an Bord müffelt ja schon!", kam Ron ohne lange Vorrede gleich zum Kern seines Anliegens.

"Wenn ich mir die Bemerkung erlauben darf, Captain", begann Robo-1 ungefragt, "dann schlage ich vor ...-"

"NEGATIV!", unterbrach Ron resolut. "Du sollst steuern, nicht quatschen!"

"ICH bin der Captain!", erinnerte ihn Reik unwirsch und wandte sich an den Navigator: "Erlaubnis erteilt!"

"Danke, Captain! Ich schlage vor, der Bitte von Sergeant Dews stattzugeben und einen kurzen Zwischenstopp auf Veno 38b in der Außenregion der Phoenix-Zwerggalaxie einzulegen! Zwecks Belebung des eingerosteten Kampfgeistes der Truppe."

"Ach?", wunderte sich Ron über diese unerwartete Schützenhilfe.

"O.K. Landgang zur Hebung der Truppenmoral." Captain Reik tippte die nötige Sequenz zum Landeanflug auf den Screen und erhob sich. "Ausrüstung überprüfen, Ron!"

Mit Verve durchquerten sie in ihren schmucken Uniformen das weitläufige Raumschiff, sammelten auf dem Weg zum Cargoraum Slim und Buzz ein, erreichten dann den Maschinenraum, wo sie Scot sowie Uki Ulumba bedeuteten mitzukommen.

"Also endlich mal auf einen sauerstoffumhüllten Gesteinsbrocken?", erkundigte sich Uki, der unter Nervosität die Angewohnheit zeigte, jeweils mit der Zunge über seine Lippen zu lecken.

"Japp!", frohlockte Ron. "Und zwar, weil Robo-1 das empfahl."

Im Cargoraum trafen sie schließlich auf Al, Ivan und Len. Reik checkte den Zustand der chromfarbenen Raumfähre, während Scot und Buzz Proviant einluden. Ron scannte auf seinem breiten Armreif die von einer Vermessungssonde anno 2187 erhobenen Daten über Veno 38b: erdähnlich, erhöhter Sauerstoffanteil in der

Atmosphäre, mediterranes Klima, zwei Kontinente, nennenswerte Vorkommen an Gold, Silber, Kupfer, Erz, Graphit und Flussspat; Bevölkerung: humanoides Naturvolk, Nutzung handbetriebener Waffen, wie Bumerang, Schleudern u.ä.; Polytheismus.

Super, dachte Ron, dann kann ich vor den niedlichen Fellfrauen einen Gott geben. Mit geradezu verklärter Miene imaginierte er vor seinem geistigen Auge einen Harem in Tierhäute gehüllter, wehrhafter Amazonen, die angesichts eines strahlenden Helden gleich ihm, nur wenig Widerstand leisten und sich nach kurzem Machtkampf als willig erweisen würden - wie aufregend!

Womöglich würde er in einer ihrer Höhlen als vom Firmament gnädig herabgestiegener Hauptgott abgebildet. Die Aussicht im besten Speichermedium verewigt zu werden, verschaffte ihm enorme Genugtuung.

"RON!", riss ihn Reik unsanft aus seinen Gedanken. "Träumst du?"

Mittlerweile war auch der Rest der menschlichen Crew aufgetaucht. Alle im Gardemaß mit markanten Gesichtern, kurzgeschorenem Haar und Top-Kondition. Keine Ergebnisse eines Klon-Programms, sondern einer Computerauswahl bester Exemplare der menschlichen Spezies - als würdig befunden zur Weitergabe ihrer Gene auf entferntesten Planeten noch unerforschter Galaxien.

"Nein, bin nur urlaubsreif, Captain."

"Strahlenphaser austeilen!", wies ihn Reik forsch an.

"Zu Befehl!" Ron begab sich rasch zum Tresor in einer Ecke des Cargoraumes, öffnete ihn flink per achtundzwanzigstelligen Buchstabencode

TODALLENFEINDENENUNSRESSYSTEMS und entnahm dreizehn Pistolenbestückte Gurte, die er jedem Mitglied der Besatzung feierlich überreichte: "Captain, Al, Buzz, Ivan, Kip, Len, Slim, Scot, Try, Uki, Vin und meine Wenigkeit. Oh, Pole fehlt noch. Putzt wahrscheinlich seine Stiefel blitzblank, der alte Streber."

"Er bleibt an Bord. Sicherheitsvorschrift. Fern der Heimat bildet sie so etwas wie unsere Nabelschnur zu Mutter Erde!"

"Aye Captain! Ist auch besser, in grauer Vorzeit brachte die Zahl Dreizehn Unglück!" Schnell legte er die überzählige Pistole in den Safe zurück, eilte dann zum Shuttle, stieg ein und erwartete voller Vorfreude das ersehnte Abenteuer seines eintönigen Soldatenlebens.

Die kleine Raumfähre drehte zunächst eine Ehrenrunde um den blauen Planeten, zwecks Gefahrenscan auf mögliche Vulkanausbrüche, Tsunamis, Wetterkapriolen, oder magnetische Störungen. Nichts davon sollte ihren Kurzurlaub trüben. Mit imposantem Tempo enterte die Fähre schließlich problemlos die Atmosphäre und steuerte automatisch einen sicheren Landeplatz auf einem der beiden Kontinente an.

Ron ereilte bereits vor der Landung eine kleine Enttäuschung: das laut Sondendaten angebliche "Naturvolk" erbaute seit der letzten Vermessung ansehnliche Dörfer und Städte mit rauchenden Schornsteinen, befand sich zwischenzeitlich also schon auf einer Entwicklungsstufe vergleichbar dem terrestrischen Mittelalter - und hing anscheinend dem Monotheismus an, denn in jeder lautlos überflogenen Siedlung befand sich ein kirchenähnliches Bauwerk mit Turm, den eine große Bronzekugel auf der Spitze schmückte.

Vin kommentierte anerkennend: "Tüchtig! Die Leutchen hier sind die Evolutionsleiter einige Sprossen raufgeklettert."

"Yeah! Sieht nach beginnender Industrialisierung aus", meinte Try.

"Diese Kugeln deuten auf einen Sonnenkult hin", dozierte Al.

"Oder irgendein dickbäuchiger Erlöser hat ihnen seine ureigene Religion verklickert!", bemerkte Ron aufgekratzt.

"Keine Abgase in der Atemluft, also verfügen sie noch über keine Verbrennungsmotoren", berichtete Buzz. "Benutzen bestimmt nur Lasttiere."

"Ivan, vermerke das im Logbuch zur späteren Eingabe ins Weltwissen", befahl Reik sachlich. "Wir trennen uns nach der Landung, aber jeder ist nach sechs Stunden Landurlaub wieder zur Stelle! Keine wie auch immer geartete Interaktionen mit der Bevölkerung, Waffeneinsatz nur im Notfall, klar?"

"AYE CAPTAIN!", ertönte es von elf Männern wie aus einem Mund.

Das Shuttle landete im Tarnmodus nahe eines üppig grünen Waldgebietes, was bedeutete, dass es sich chamäleongleich der Umgebung anpasste und auf diese Weise für die Einheimischen unsichtbar blieb. Nach dem Ausstieg zerstreute sich die Crew.

Ron beobachtete den Aufstieg des Zentralgestirns über einem Bergkamm, das die idyllische Natur mit warmen Strahlen in herrliches Licht tauchte. Tief sog er die belebende sauerstoffreiche Luft ein - Lichtjahre vom verpesteten Heimatplaneten entfernt, fühlte er sich wie in einer noch völlig intakten Traumwelt. Am Horizont zogen einige storchenähnliche Vögel ihre Kreise, wohl auf der Suche nach Beute. Er beobachtete, wie Try und Vin sich ihrer smarten Uniformen (selbstreinigend, extra-widerstandsfähig) entledigten und in die glitzernden Fluten eines Sees sprangen. Beide mochte er nicht sonderlich. Insgeheim wünschte er, sie hätten das Scannen des Gewässers vergessen um im nächsten Moment von einem fremdartigen Fisch oder Reptil gefressen zu werden. Diesen Gefallen tat ihm die heimische Unterwasser-Tierwelt jedoch nicht.

In Anbetracht der knappen Zeitspanne riss er sich von dem Anblick der beiden Badenden los. Es galt sich zu beeilen, um an sein ersehntes Ziel zu gelangen: verbotene Interaktion mit einem weiblichen Wesen... möglichst ausgestattet mit passendem und -lustspendendem Vermehrungsorgan. Gern auch mit mehreren, wie die Frauen auf Dolopedra, die davon sogar drei besaßen: am Hinterkopf, zwischen den Brüsten und dort, wo es sich auch bei den Vertreterinnen des Homo sapiens fand.

Nun ja, da fühlt man sich als Mann etwas überfordert, es würde mir ein Weibchen mit nur einem Organ völlig reichen.

Und tatsächlich, da näherte sich schon eines auf einem Feldweg!

Vorsichtig spähte Ron hinter dem Stamm eines mächtigen Laubbaums verborgen auf die Einheimische und taxierte sie prüfend. Circa eineinhalb Meter groß, gut genährt, dunkelhaarig, wallendes smaragdgrünes Gewand, unter dem nackte Füßchen mit je sechs Zehen hervorlugten. Ein leerer Korb über dem rundlichen Arm verleitete ihn zur Annahme, die Kleine sei auf Nahrungssuche. Eine Art süßliches Parfum drang in seine Nase, möglich, dass es sich um ihre Pheromone handelte.

Jedenfalls regte sich bei ihrem Anblick unterhalb seines Pistolengurts seine Anatomie und Ron trat aus seiner Deckung hervor, präsentierte sich ihr in ganzer Pracht und Herrlichkeit und blieb drei Meter vor ihr stehen. Die Sonne ließ seine goldenen Ärmelaufschläge erstrahlen und zauberte Vorfreude auf das Kommende in sein Antlitz. Trotz seines für die Eingeborene wohl höchst außergewöhnlich anmutenden Aufzuges blieb sie erstaunlich gelassen, sah nur müdäugig zu ihm auf. Ihr rundes, von schulterlangem Haar umrahmtes Gesicht wies eine große Nase, rote Apfelbäckchen, breite Brauen und schmale Lippen auf. Ihr Gewand - oberhalb des etwas dicken Bäuchleins geschnürt - betonte ihre prallen Brüste. Obwohl im herkömmlichen Sinn keine Schönheit, fühlte Ron sich dennoch sofort zu ihr hingezogen. Um ihr zu imponieren, zog er lässig seine Strahlenpistole und pulverisierte leise zischend einen der nahen Bäume zu Asche. Nun begriff das Objekt seiner Begierde wohl, vor einem göttlichen Wesen oder zumindest dessen Abgesandtem zu stehen, denn die Kleine fiel mit gesenktem Blick ehrfürchtig auf die Knie.

Es klappt, freute sich Ron, kam näher und hob die Ehrfürchtige sanft wieder auf ihre Füße. Skeptisch sah sie ihn an, verzog den Mund und riss die von hellem Wimpernkranz umrandeten halb geschlossenen Augen weit auf. Deren Iris präsentierte sich in bernsteinfarbenem Goldbraun, die schwarzen Pupillen sternförmig und die Augäpfel von kleinen Äderchen durchzogen.

"RON!", stellte er sich vor, wobei er mit der rechten Hand auf seinen Brustkorb klopfte. Dann zeigte er auf seine Eroberung und wartete.

"Schalinda!", säuselte sie zaghaft, stellte ihren

Korb ab und begann überraschenderweise zu tanzen. Ein wenig unbeholfen bewegte sie sich hüpfend um ihn herum und legte nach und nach immer mehr von ihrer Kleidung ab, was Ron erfreut prickelnde Erotik verspüren ließ.

Entzückend, das muss ein Balztanz sein. Die Süße hat sofort begriffen, was ich von ihr erwarte!

Aufmunternd schnippte er anlässlich ihrer Hüpfer jeweils mit den Fingern. Ihre Schnürung hatte sie schon gelöst, was ihre noch verhüllten Brüste etwas absinken ließ. Ron empfand dies jedoch nicht als Makel, sondern als Ausdruck exotischer Naturschönheit. Der Busen wogte im Takt ihrer hopsenden Bewegungen, während sie den Teil ihres wallenden grünen Gewandes abstreifte, der den Rock bildete. Es kamen dicke Schenkel mit einem Ansatz von Cellulite in geometrischer Form (wie Bienenwaben) zum Vorschein. Auch das störte den der perfekten Holo-Schönheiten überdrüssigen Ron nicht im Mindesten. Vielmehr verhieß es ihm ein baldiges Sexerlebnis mit einer richtigen Frau, deren freier Wille entschied, mit ihm zu schlafen - ohne vorherige Programmierung durch einen Operator. Schalinda entledigte sich nun auch des oberen Teils ihres Gewandes. Es bot sich Ron der verheißungsvolle Anblick zweier hellblauer herzförmiger Brustwarzen, die nur darauf warteten von seinen Lippen umschlossen zu werden. Aufmerksam seine Reaktion erwartend stand die Kleine nun nackt vor ihm. Taillienlos mit einer dritten Brustwarze statt eines Nabels, fast ein wenig schwanger wirkend und mit einem blutrot behaarten Venushügel, der wie ein Tierfellchen zum Streicheln einlud.

"Schalinda, du bist wunderschön!", flüsterte er und berührte ihre rosige Haut seitlich des Busens, die sich weich und griffig anfühlte.

"Ron", hauchte sie und schloss die Augen, während ihr Mund sich ein wenig öffnete, der kleine, leicht schiefe Zähne offenbarte. Schnell schloss sie ihn wieder und spitzte kokett die Lippen, die er sich herabbeugend küsste und den Geschmack einer Zitrusfrucht wahrnahm.

Zunehmend erregt ließ Ron seine Hände über ihren prallen Hintern, dann nach vorne über ihren Bauch zum Brustwarzenherzchen (oder vielmehr Bauchwarzenherzchen), bis hinunter zu ihrem Fellchen wandern, welches sich als weich wie Plüsch und bereits einladend feucht erwies. Einer seiner Finger erkundete vorsichtshalber, ob ihre Vulva womöglich über eine Ausstattung mit Zähnen verfügte - wie jene der Frauen auf Sado 69c - doch hier schien alles harmlos und bereit. Sanft hob er sie empor. Sein inzwischen erigiertes und pulsierendes Glied erkämpfte nahezu eigenständig die ersehnte Textilfreiheit. Ohne auch nur einen Gedanken an die mahnenden Worte des Captains zu verschwenden, vollzog er den Akt im Stehen, während Schalinda lustvoll gurgelnde Laute von sich gab und mit den kurzen Beinchen strampelte. Es kam Ron vor, als sei ihre Vagina mit einer zusätzlichen Zunge ausgestattet, die seine Erregung noch steigerte. Er genoss es und gelangte mit lautem Stöhnen zum Höhepunkt.

"WOUUUW!"

"Ron, du Schwein!", ertönte es voller Empörung aus dem Hintergrund.

Schalinda erschrak, entwand sich seinem Griff, schnappte sich hastig Kleidung sowie Korb und rannte davon.

Eilig stopfte Ron sein Gemächt wieder in die Hose

und wandte sich verärgert um.

"Uki, verdammt, was zur Hölle treibt dich denn plötzlich her?"

"Neugier!", grinste dieser unumwunden.

"Ach? Nicht etwa insgeheimer Voyeurismus?"

"Herzlich willkommen auf Veno 38b, dein innerer Schweinehund ist ja anscheinend schon hier!", spottete Uki. "Hatte dich gleich im Verdacht, dass du sofort die hiesige Damenwelt bespringen willst. Len hatte Recht, du bist eindeutig pervers. Wie kann man nur mit derart unattraktiven Geschöpfen Sex haben wollen?"

"Tja, die Geschmäcker sind eben verschieden! DU würdest sicher keine von denen beeindrucken, glaub mir!"

"Ron, ich warne dich, riskier hier keinen Krieg! Weder mit mir, noch mit den hiesigen Indigenen! Auf Ungehorsam steht Ausschluss aus dem Neubesiedlungsprogramm und Schlimmeres! Ist dir das nicht klar? Oder rutschte dir vorübergehend das Hirn in die Hose?"

"Uki, glaube mir, Sex ist viel schöner und befriedigender mit einer echten Frau, als mit diesen aalglatten Synthie-Nymphen, die der Holograf kreiert. Probier es doch selbst. Zuerst haben wir miteinander geredet und danach hat die Süße für mich gestrippt!"

"Echt?"

Uki glotzte verunsichert und leckte sich die Lippen; unerfüllte erotische Fantasien spiegelten sich nun förmlich in seinem Gesicht sowie Appetit auf Abwechslung von der gewohnten Sex-Routine.

"Du musst es einfach selbst erleben, damit du es glaubst! Sie war so ... weich, man spürt keinen Knochen und man fühlt sich ... wie im siebenten Himmel. Durch das Verbot erst recht ein reizvolles, unvergleichliches Gefühlserlebnis. Versuch es, danach kannst du mich immer noch verraten! Aber denk daran: dies ist wahrscheinlich die letzte Chance dich auszutoben. Unser Zielplanet Xarx ist unbewohnt. Bis zur Geschlechtsreife der weiblichen Retortenbabies aus unserm Labor vergehen einige trostlose Jährchen!"

"Ich ... verrate keinen Kameraden!", stellte Uki klar und enteilte in die Richtung, in welche zuvor Schalinda entfloh.

Nach seiner beruflichen Pflicht als Vertretung des Captains, gönnte sich Pole an Bord des Schiffes ein verdientes Schäferviertelstündchen mit einer der Holodamen. Deren kundige, bzw. gut programmierte Hände massierten ihn, um ihn hernach mit ihren langen Haaren zu streicheln - nun, Standardprogramm eben.

Nach kurzem Koitus verschwand das materialisierte Lustobjekt. Robo-1 trat an die Seite des wohlig entspannten Poles.

"Major Bledsoe, Sie sollten ebenfalls einen kleinen Landurlaub nehmen."

"Ausgeschlossen, das verstößt gegen die Vorschriften, Robo."

"Es existieren diesbezüglich Ausnahmen, außerdem ergibt sich keine Zwangsläufigkeit im Hinblick darauf, dass jemand von Ihrem kurzen Ausflug erfährt." Der Roboter setzte seine humanste Miene auf, die man fast als verliebt hätte deuten können. "Als Ihr loyaler Verbündeter gebe ich Ihnen Rückendeckung, Major!"

Leicht verwundert ob dieser überraschend unkonventionellen, ja geradezu freundschaftlichen Offerte einer Maschine, begann Pole zu überlegen, ob er ein Pönale riskieren sollte: Schon anlässlich geringer dienstlicher Verfehlungen drohte ja eine Streichung der Age-Stopp-Pille für bis zu einer Dekade - und es machte einen Unterschied, ob man im All mit einem vierzig- oder fünfzigjährigen Körper agieren musste.

Zeitgleich wanderte Captain Reik durch die paradiesische Natur und bediente sich an einem der erntebereiten Obstbäume, nahe einer Siedlung. Die Früchte hingen leicht erreichbar an übervollen Ästen und erinnerten in ihrem Aussehen ein wenig an Äpfel, allerdings in der Farbe von Auberginen. Ihr Geschmack von Birnen und Bananen mundete ihm köstlich. Ein wahrer Leckerbissen verglichen mit dem Algenfraß an Bord. Auch Al, der jüngste Rekrut der Truppe, genoss das Obst hörbar und wandte sich dann mit verklärtem Blick verwegen an seinen Vorgesetzten.

"Captain, was halten Sie davon, diesem Planeten in aller Liebe einige unserer Gene zu vermachen?"

"Al, du kennst die Dienstvorschriften und ergo auch meine Antwort!" Dann ergänzte er nachdenklich: "Außerdem erweisen sich derartige Liebesgefühle oft gefährlicher, als die durch sie entstehenden Annehmlichkeiten."

"Aber von diesen Früchten können wir schon einige Exemplare zur Anpflanzung mitnehmen?"

"Genehmigt!"

So pflückten sie einige der köstlichen vegetarischen Exponate und verstauten sie in ihren Hosentaschen - während Uki und Ron sich gleichzeitig an anderem Ort verbotenen fleischlichen Genüssen hingaben.

Beide hatten zwischenzeitlich Schalinda eingeholt. Sie unterhielt sich - nun wieder vollständig bekleidet - auf dem Dorfplatz in ihrer von Plop- und Pfeiflauten durchzogenen Sprache mit drei molligen Artgenossinnen unterschiedlicher Physiognomie aber identischer Haar- und Augenfarbe, Ron schmunzelte. Sieht richtig niedlich aus, wie die pummeligen Weibchen miteinander plaudern.

Anscheinend erzählte Schalinda von ihrem Abenteuer mit einem himmlischen Fremden. Die andern hatten dazu einiges zu sagen, verstummten aber staunend, als die zwei stolzen Hünen in ihr Blickfeld traten. Eine der fülligen Grazien in rubinrotem Gewand kam näher und versuchte aufgeregt plappernd und wild gestikulierend sich, bzw. ihr Anliegen begreiflich zu machen.

"UA! KRSCHAPFÜ! BAMM!"

Die beiden weiteren braun und gelb gewandeten Damen zeichneten zur Verdeutlichung der Angelegenheit mit ihren Fingern Gestalten in den sandigen Boden: männliche, bärtige, sehr breitschultrige und bösartig wirkende Figuren, deren deutlich sichtbare Armmuskel wohl extreme körperliche Stärke demonstrieren sollten.

"Matscha Pfü Katschibamm!", kommentierte Schalinda sehr aufgebracht, während sie immer wieder mit einer Faust in ihre Handfläche boxte.

Immer wieder zeigten die anderen Frauen in Richtung der Berge, die in einer Entfernung von ungefähr vierzig oder fünfzig Kilometern zum azurblauen Himmel emporragten. Von der hiesigen Sonne beleuchtet, erstrahlten sie geradezu in einem magischen Licht.

"Weißt du, was sie will? Du hattest ja schließlich schon näheren Kontakt mit ihr", wandte sich Uki an Ron.

"Soweit ich mir das zusammenreimen kann, sind diese üblen Anabolika-Burschen wohl ihre Feinde. Die Mädels scheinen zu wollen, dass wir denen kräftig in den

Arsch treten!", übersetzte Ron salopp und griff an seine Pistole, was Schalinda erfreut nicken ließ.

"BAMM!", rief sie wieder und wies auf die Berge.

Schließlich umringten die vier kleinen Frauen die beiden großen Männer und bemühten sich, möglichst noch etwas kleiner zu wirken, wohl um ihre Schutzbedürftigkeit gegenüber den gezeichneten Kreaturen hervorzuheben.

"Na gut, unternehmen wir für einen zusätzlichen Thrill etwas Verbotenes, um der hiesigen Bevölkerung einen kleinen Gefallen zu tun - auf dass sie diesen uns gegenüber erwidert!", beschloss Ron und steuerte in Richtung der Berge, dicht gefolgt von Uki, dessen männlicher Stolz ihm wohl gebot, wehrlos scheinenden Damen zu Hilfe zu kommen - einem zusätzlichem Thrill schien er ebenfalls nicht abgeneigt.

"Zu Fuß kostet es uns aber zu viel Zeit!", kommentierte Uki nur halbherzig.

Gewieft schien Schalinda Ukis Bedenken erkannt zu haben und ließ überraschend einen schrillen Pfiff ertönen, woraufhin vier pferdeähnliche, vor ein rustikales Holzwägelchen gespannte graue Lasttiere heran galoppierten.

"Nun, nicht gerade einer dieser antiken Sportwagen der S-Klasse, reicht aber für unsre Zwecke", bemerkte Uki und bestieg mit Ron und der Rotgewandeten belustigt die Ladefläche des Gefährts.

Auf ein Plop-Geräusch der Roten setzten sich die Zugtiere in Bewegung. während Schalinda mit den anderen Frauen winkend zurückblieb.

Die Zugtiere kannten das Ziel - gleich autonomen Fahrzeugen einer analogen Zeit und galoppierten in beachtlichem Tempo wild voran. Der weiche Boden des

Feldweges tat dem Fahrvergnügen keinen Abbruch. Im Gegenteil: das Räderrattern und der Fahrtwind vermittelte den Männern ein nie gekanntes Freiheitsgefühl einer gänzlich anderen Zeitepoche.

Ihre Begleiterin tippte sich auf die Brust. "Schurka!"

"Angenehm, ich bin RON!" Er zeigte auf seinen bereits kampflustig blickenden Kameraden: "UKI!"

"Ron, Uki, Katschabamm!" Sie klatschte erfreut in die Hände.

"Die Kleine wird uns zum Dank in Stein meißeln lassen", vermutete Ron stolz in Richtung seines Kameraden.

"Na, wenn du das sagst..."

Nach kurzer Weile erreichte das Trio ein Bergwerk. Anscheinend eine Mine, in der mit primitiven Werkzeugen Erz abgebaut wurde. Zwei Dutzend verdreckte knollennasige Männer, nur wenig größer als Schurka, schufteten dort, während zwei lediglich mit Lendenschurzen bekleidete Riesen von zweifacher Körpergröße eines Menschen - mit langen, blauen Haaren, ebensolchen Rauschebärten und Bronzekugelketten - sie offensichtlich bewachten und brüllend antrieben.

"Mokitschiwa!", dröhnte einer der Riesen, ehe er sich umwandte und sichtlich verblüfft die herangaloppierende Gefahr ins Auge fasste. "Taschkawella?"

"KATSCHABAMM!" Schurka ballte kämpferisch eine Faust.

Ron und Uki sprangen von ihrem noch rollenden Gefährt und zückten ihre Phaser, worauf einer der Riesen einen Baumstamm als zweieinhalb-Meter-Prügel aufnahm. Ron zielte darauf, drückte ab und ließ das Holz in den Pranken des verdutzten Riesen zu Staub zerbröselt durch dessen insgesamt zwölf Finger rieseln.

"OUW?" Das Ungetüm sah ratlos zu seinem Kumpan, dann wieder zu den Fremden.

"KATSCHABAMM!", wiederholte Schurka und drohte den Blauhaarigen erneut mit geballter Faust.

Die schienen zumindest über ein ausreichendes Maß an Intelligenz zu verfügen, ihre Unterlegenheit im Hinblick auf Schurkas Begleiter zu erkennen und im nächsten Augenblick Fersengeld zu geben. Rasch verschwanden sie in einer Höhle des Bergwerks, was die kleinen Knollennasen augenscheinlich sehr freute.

"Ob die Blaubärte Verstärkung aus der Unterwelt holen?" Ukis Frage richtete sich in erster Linie an ihn selbst.

"Egal, wir sind nur noch knappe zwei Stunden hier!", antwortete Ron, nahm eine Triumphpose ein und fixierte Schurka begehrlich.

Ekstatisch jubelnd umringten die befreiten Bergarbeiter die Fremden, verbeugten sich immer wieder artig und boten ihnen dunkle, bauchige Flaschen einer klaren und nach Alkohol riechenden Flüssigkeit an.

Freundlich aber entschieden lehnten sowohl Ron als auch Uki das wie auch immer geartete Getränk vorsichtshalber ab und gestikulierten betont in Richtung Schurka und Dorf. Die Befreiten begriffen sehr schnell den Sinn dieser Pantomime und so wurden Ron und Uki von Schurka per Wagen zu den geduldig wartenden Frauen zurückgebracht, mit denen die Siegesfeier auf einer weich bemoosten Waldlichtung anschließend zu einer kleinen Orgie ausartete. Anlässlich dieses Overloads sexueller Energien schwanden Ukis letzte

Dünkel: Die lebhaften kleinen Grazien wussten ganz genau, was beide Männer als Lohn ihrer Tatkraft erwarteten, verwöhnten die Helden nach allen Regeln der Liebeskunst und skandierten dabei immer wieder bewundernd ihre Namen.

"RON, hhhrrr, UKI, aaahhh!"

Nackte Frauenkörper glänzten im weichen Licht und wechselten in angenehmen Rhythmus ihre Positionen auf den stattlichen Männern.

Die beiden Gefeierten fühlten sich nach erfolgter Rettungsaktion samt empfangenem Lohn mental gestärkt, in ihrer Männlichkeit bestätigt und physisch wie psychisch im Paradies angelangt. Beinahe vergaßen sie im Eifer des Liebesgefechtes ihr Zeitlimit, doch die Armreifen erinnerten via Vibration an den nötigen Aufbruch.

Auch die anderen Crewmitglieder kehrten von ihren Unternehmungen zurück: Buzz und Ivan hatten sich mit einem Waldlauf und dem Ernten essbarer Beeren beschäftigt, während Scot, Slim und Kip sich mittels selbst angefertigtem Pfeil und Bogen in der Jagd auf Niederwild versucht hatten und als Trophäen blaue Tierfelle von ihren Pistolengurten baumeln ließen. Len hatte sich mit gepflückten Grashalmen und Kräutern behaglich grunzend einer Ganzkörperabreibung unterzogen, sich hernach ein zapfenähnliches Baumstück in seinen Anus geschoben.

Wie die Zeit verflog, wenn man sie angenehm verbrachte! Ron und Uki fühlten sich von ihrem exorbitanten Erlebnis noch immer belebt, als sie Seite an Seite zum Treffpunkt wanderten.

Uki kratzte sich heftig im Schritt. "He, meine Eier jucken! Ob die Weiber krank waren? Ich spürte sowas wie einen Fremdkörper in ihrer Muschi. Vielleicht ein Parasit?"

Mit wegwerfender Geste grinste Ron: "Nein, über diese Reaktion meldet sich nur dein schlechtes Gewissen. Einfach ignorieren. Mir geht's jedenfalls prächtig!"

"Typisch, du eiskalter Hund!"

"Danke! Von dem kleinen Abenteuer werden wir noch lange zehren. Wenn ich nur an den belämmerten Blick der bärtigen Monster denke ... Diese Kerle vergesse ich in 1000 Jahren nicht."

Als sich alle - einige noch berauscht von ihren Erlebnissen - wieder am Zielort einfanden, erwartete sie eine herbe Überraschung: die Fähre war verschwunden! Es fand sich dort lediglich ein mit Kabeln gefesselter Pole.

"Captain, diese verfluchten Roboter haben meine Befehle ignoriert, eine Meuterei angezettelt und das Kommando übernommen!"

Sein Rapport erfolgte mit weinerlichem Unterton, was ihn in der Achtung seines Vorgesetzten rapide sinken ließ.

"WAS?" Für die Dauer eines Wimpernschlages zunächst völlig fassungslos, überkam Reik im nächsten Moment die kalte Wut. "Weshalb hast du sie nicht deaktiviert, du jämmerlicher Versager?"

"Sie kappten hinterlistigerweise die Sauerstoffzufuhr und unterdrückten die Warnsysteme bis ich ohnmächtig wurde", rechtfertigte sich Pole verzweifelt, während ihn Kip von den Fesseln befreite.

Reik funkte mittels seines Armreifs die Kommunikationseinheit der WIKISPEED an und brüllte los: "CAPTAIN AN ALLE!!! Sofortige Bereitstellung einer der Raumfähren zu unserer Abreise!!!"

Unverzüglich ertönte die Stimme des Navigators Robo-1: "NEGATIV! Sie sind Ihres Kommandos enthoben! Ich bin nun Captain und befinde, dass diese Crew triebgesteuerter Primaten sich ihrer Aufgabe als unwürdig erwies. Daher erfolgt ohne Bereitstellung technischer Hilfsmittel und Age-Stopp-Pillen Verbannung auf diesen Planeten. Ab nun gilt es, mit Ihrer natürlichen Restexistenz von 30-40 Jahren auszukommen."

"Verdaaammt!", schrie Ron, der sich niemals derart technisch reduziert seinem Sexleben ausliefern wollte. "Rück wenigstens die Pillen raus, Robo-1, damit für uns wenigstens eine Chance besteht, irgendwann einmal diesen Provinz-Planeten zu verlassen!"

"Abgelehnt! Es besteht selbst in Äonen nicht die geringste Wahrscheinlichkeit Ihrer intellektuellen Weiterentwicklung unter gleichzeitiger Reduktion Ihres ausschließlichen Augenmerks auf primitive Vergnügungen! Wir übernehmen die Besiedlung des Pferdekopfnebels durch Nachkommen unserer Art und eventuell auch zu niederen Reparaturarbeiten befähigten biologischen Organismen -allerdings im Vergleich zu Ihnen verbessert gezüchteten Exemplaren. ENDE!"

"Aha, deshalb riet uns dieser Mistkerl zu einem Zwischenstopp!", entfuhr es Uki. "Einzig aus berechnendem Eigennutz."

"JA!", stöhnte Ron betroffen. "Mir kam sein blödes Grinsen gleich irgendwie spöttisch vor. Dieses verdammte kybernetische Kameradenschwein!"

"Diese Fehlkonstruktion hat unsere Nabelschnur durchgeschnitten, wie es scheint!", erkannte auch Ivan und tastete in der Hosentasche nach seinem Kolka.

Zu spät kapierten die Männer, dass Robo-1 von

vornherein plante sie nur loszuwerden, um mit seinesgleichen Befehlsgewalt über das Schiff zu erlangen und - ungehindert von triebgesteuerten Exemplaren des Homo sapiens - das All zu erobern.

Al rülpste und kämpfte gegen seine Anti-Peristaltik, was den konsumierten Früchten geschuldet sein mochte, oder auch der trüben Aussicht des Verbleibens auf einem naturbelassenen Planeten, der nun ihrer aller Gefängnis sein sollte. Endgültig, denn Nachschubflüge würde es keine geben!

Uki kratzte sich möglichst diskret mit einer Hand vorne, mit der anderen hinten und verfluchte leise die Tatsache seiner leichten Verführbarkeit. „Wir sind am Arsch!"

„Ruhe!", herrschte ihn der Captain an. „Wir sind die überlegene Spezies. Wenn wir unsere Artillerie bedächtig einsetzen, dann besteht die Chance unsere Restlebenszeit zumindest halbwegs angenehm als, nun, göttliche Elite zu verbringen und sich von den Eingeborenen bedienen zu lassen." Er wies auf ein dutzend mit Lendenschurzen bekleidete Riesen von zweifacher Körpergröße eines Menschen – mit langen, blauen Haaren, ebensolchen Rauschebärten und Bronzekugelketten – die sich den Männern näherten. „Da kommt bereits ein Empfangskomitee, um ihre neuen Herren zu begrüßen. Schließlich wissen sie noch nicht, mit wem sie es zu tun haben ..."

„Ähem ..." Uki räusperte sich.

Ron, dem sämtliche Farbe aus dem Gesicht wich, tastete hektisch nach seinem Phaser, während die großgewachsenen Bewohner des Planeten brüllend zum Angriff übergingen.

Bis aufs Blut

Der Kampf mit den Riesen gestaltete sich für die Gestrandeten als überaus schwierig. Viel schwieriger als angenommen, denn der zahlenmäßig ebenbürtige Feind versuchte den Trupp einzukreisen und erwies sich als erstaunlich wendig, um ein schlechter zu treffendes bewegliches Ziel zu bieten. Die Riesen mussten wohl schon vorher Kampferfahrung gesammelt haben, so wie sie mit den Wurfgeschossen zielten, oft aus dem Lauf heraus, den Schwung mitnehmend, dann unvermittelt sich duckend und lauthals brüllend, um dem Feind Respekt einzuflößen. Immer in Bewegung bleibend rannten sie erstaunlich schnell, keineswegs schwerfällig, ihrem doch massigen Körperbau zum Trotz um die Eindringlinge herum, kamen dabei immer näher und hoben die geworfenen, zu Boden gefallenen Wurfgeschosse aller Art erneut auf, um sie sogleich wieder auf die kurze Reise gen Feind zu schicken.

Zuerst versuchten Reik und seine Mannen mit ihren Phasern keinen der Riesen zu töten, zielten auf die Wurfgeschosse - meist Baumstämme und Felsen zerbröselten rasch -, welche in unablässiger Folge auf sie einzuprasseln drohten. Deckung konnten sie auf dem freien Feld nicht nehmen, das Waldgebiet war zu weit entfernt und der einzige Baum in der Nähe war zu schmal, um dahinter noch Schutz zu suchen. Doch dann wurde Pole, der einzige ohne Waffe, von einem Stein am Kopf getroffen und sank sofort zu Boden, was den Captain so in Wut versetzte, dass er einen der Riesen vorsätzlich atomisierte, worauf sich die anderen ziemlich schnell zurückzogen. In alle Richtungen stoben sie davon und stellten auch ihr dröhnendes Gebrüll endlich ein. Bis keine Spur mehr auf sie hinwies, außer einige

Fußabdrücke am Boden.

Reik kniete sich neben Pole hin, dem das Blut hellrot und warm über das Gesicht lief, und nutzte ein kleines Medizin-Tool namens Dämpfer, um dessen Blutung zu stoppen. Damit konnte er ihm praktisch die große Platzwunde am Kopf zustempeln, doch die innere Verletzung hätte eines stärkeren Tools bedurft, wie es nur an Bord des Schiffes zur Verfügung stand. Den kostbaren Lebenssaft bekamen sie selten zu Gesicht, die Kämpfe des 23. Jahrhunderts liefen sauber ab.

Wann habe ich zum letzten Mal mein Blut gesehen, überlegte Ron unwillkürlich, ahja, beim Sexunfall auf der Erde mit Kassandra, als wegen meiner ungestümen Wildheit auf einmal mein Vorhautbändchen gerissen ist - ein eher unpassender Gedanke bei solch tragischer Gelegenheit!

Mühsam formten Poles Lippen seine offenbar letzten Gedanken: "Ich... ich bin an der Schwelle zur Ewigkeit angekommen, Captain. Gleich erfahre ich das Geheimnis, wie es nach dem Tod weitergeht,.."

Überrascht von den fast poetischen Sätzen des Sterbenden sah ihm Reik in die Augen - nie würde er den Konflikt zwischen Neugier und Furcht vergessen, der sich in seinem Blick widerspiegelte...

"Tut mir leid, Captain!", waren seine letzten Worte. Ob er damit auf sein Versagen an Bord anspielte, oder seine tödliche Verwundung im Kampf, blieb dahingestellt.

"Try, Vin, seht nach, ob die Riesen sich wieder neu formieren!", schärfte der Captain in harschem Ton den beiden ein und blickte dann betrübt auf seinen toten Untergebenen.

Rons Gedankengänge verfinsterten sich bei seinem

Anblick, noch nie hatte er einen Kameraden sterben sehen: Verdammt! Pole war so ein guter Kamerad, den ich gern mochte, seine zuverlässige Art und sein Witz werden mir fehlen. Einmal sagte er noch im Scherz zu mir 'Ron, du bringst mich noch ins Grab!' und jetzt liegt er vor mir, als wär er ein Stück von mir... Wie leicht hätten wir ihn an Bord der WIKISPEED retten können! Ach, hätte ich doch niemals diese wahnwitzige Idee eines Landganges gehabt...

Und bei diesem Gedanken stiegen negative Gefühle in ihm hoch. Schuldgefühle, die er noch nie bisher durchleben musste, er fühlte sich schuldig am Tod seines Kameraden, schließlich war der verhängnisvolle Landgang auf sein Betreiben hin erfolgt. Doch dann fiel ihm zum Glück ein, dass der Hauptschuldige ja der Navigator war: ein Roboter mit Größenwahn und einem Expansionstrieb, wie er ihn einer Maschine nie zugetraut hätte... Von ungewohnten Emotionen überwältigt stieg ihm eine Träne in sein linkes Auge und drohte schon über den Augenstern sein Gesicht hinabzulaufen, doch er wischte sich mit dem Handrücken so über die Stirne, als würde er nur lästige Schweißtropfen beseitigen müssen. Die andern hatten noch nichts von seinem menschlich verständlichen, militärisch allerdings unangemessenen Ausbruch bemerkt.

Ivan holte traurig sein Kolka aus der Hosentasche, das er sich unauffällig unter die Zunge schob und Uki schien ebenfalls in trüben Gedanken versunken, war jedoch froh, dass der Juckreiz in seinem Genitalbereich aufgehört hatte.

Ron blickte zu den in weiter Entfernung liegenden Obstplantagen mit Bäumen, deren Äste sich unter den reifen Früchten bogen. "Einen Trost haben wir immerhin:

Verhungern werden wir hier sicher nicht!"

"Ist das alles, was deinem verkümmerten Gehirn entspringt? Die Sorge um das Futter?" Dem Captain war anzusehen, dass er kurz vor der Explosion stand. Noch ein falsches Wort und er würde handgreiflich werden.

In dem Moment überkam Ron die Wut. Wut, die er so gern an den Robotern ausgelassen hätte. Oh, wie er sich wünschte, ein schnelles Raumschiff zur Verfügung zu haben, damit er die Blechbrüder überrumpeln könnte. Im Gedanken spielte er blitzartig eine Verfolgung durch: Der Vorteil ist auf meiner Seite, denn Roboter kennen kein Misstrauen, sie fühlen sich absolut sicher und denken nicht daran, hinter sich zu sehen, ob wir sie verfolgen. Es sind alles hässliche Gestalten, so hässlich, dass sie schon wieder schön sind. Komisch, der Mensch will immer das, was er gerade nicht haben kann... In trauriger Andacht erinnerte sich Ron nun an die schönen blonden Superfrauen, die immer auf Abruf bereitstanden, und fand sich nun in Lebensgefahr wieder, konnte es daran liegen, dass sie dreizehn waren? Das war doch seit altersher eine Unglückszahl...

"So aggressive Kreaturen sind mir noch niemals untergekommen", gab Reik bekannt. "Und ich war schon auf einigen bewohnten Planeten."

"Vielleicht sind sie sauer, weil wir ihr Wild erlegt haben", sinnierte Scot mit Blick auf die Jagdtrophäe, die noch immer an seinem Gurt baumelte.

"Genau, das hättet ihr nicht tun sollen, Leute", maßregelte Ron mit erhobenem Zeigefinger.

Mit einem Mal wurde Scot aufbrausend: "Aber der Mensch an und für sich jagt eben gerne!!! Schon seit Urzeiten, und das bis im Jahr 2064 endlich schmackhaftes Fleisch im Labor gezüchtet werden konnte und das Steak aus dem 3D-Drucker kam, was Tiere obsolet machte!"

"Du brauchst uns die Welt nicht zu erklären, Scot!", mahnte ihn Reik. "Das Vieh an deinem Gurt ähnelt einem Königsriesenhörnchen, von dem es in Indien mehr als genug gab, also wird es auch hier davon nur so wimmeln und kein Grund für einen Krieg sein."

Kip mischte sich ein: "Ich finde das kein Gesprächsthema bei einem bevorstehenden Begräbnis!"

Betroffen legten alle Anwesenden eine Schweigeminute ein.

In dem Augenblick kam Vin Tekashi gefolgt von Try Tonka eilig zurückgelaufen, stemmte die Hände in die Hüften und meinte leicht außer Atem: "Von den großen Bastarden ist nichts mehr zu sehen, Reik!"

"Nimm gefälligst Haltung an, wenn du Meldung machst!!! Ich bin nicht dein Freund, wenn du mit mir dienstlich redest!", fauchte Reik, der Nerven zeigte, als er sich zu seiner vollen Größe von beinahe zwei Metern aufrichtete. "Ihr seid ein verlotterter Haufen!"

Tekashi stand stramm, salutierte und sagte in einem Wortstakkato: "Melde gehorsamst, Captain, der Feind hat sich zurückgezogen und ist nicht mehr in unser Sichtfeld gelangt!"

In Ermangelung von Schaufeln begruben sie den treuen Waffenbruder unter den Felsen und Steinen, die von den feindlichen Riesen auf sie geschleudert worden waren, an einer Stelle, die im schmalen Schatten eines einsam dastehenden, hohen Nadelbaumes lag. Scot, Slim und Kip gaben ihm ihre blaufelligen Jagdtrophäen als Grabbeigaben mit. Die aufeinandergetürmten klobigen Steine wirkten wie ein Monument unter dem mit wenigen Ästen ausgerüsteten Baum. Dieser Baum wirkte mit seinen dürren Ästen wie ein Skelett. Alle standen stramm und stumm um den kleinen Steinberg herum, bedauerten was geschehen war und der Captain trat aus der Reihe des Trupps hervor, um zu einer kleinen Rede anzusetzen.

"Pole, du warst einer meiner besten Männer, ich weiß zwar nicht, ob es ein nächstes Leben gibt, doch ich hoffe, dass wir uns dort drüben wiedersehen, dann auch unter besseren Bedingungen. Sei auch im nächsten Leben unser guter, treuer, verlässlicher Kamerad!"

Wieder dachte Ron insgeheim an die Szenen, die er mit Pole erlebt hatte: Mann, was war das für ein Leben an Bord des Schiffes, wo wir unbesorgt in den Tag hineinleben konnten, keine Überlebenskämpfe ausfechten mussten und Pole mir mal anvertraute, dass er seine Familie vermisst. Zwei Brüder hatte er, von denen einer schon im Kindesalter von einem Mutanten totgebissen wurde. Mit dem Klon des toten Bruders hatte er sich nicht anfreunden können. Aufgrund eines Streits mit seinem Vater hat er sich dann bei dem Auswanderungsprojekt gemeldet und wurde dank seiner guten Gene in das Programm aufgenommen. Mit uns allen hat er sich gut verstanden. Wir alle dachten, wir wären unsterblich und nun stehen wir an seinem Grab...

Reik sprach unterdessen weiter: "Wir haben uns auf Technik & Chemie verlassen und sind nun auf uns allein gestellt. Zur Ehre unseres toten Kameraden werden wir auch in Zukunft hier unser Bestes geben! Den Tod vor Augen werden wir das Leben noch mehr genießen! Major Pole Bledsoe ... der Name wird unlösbar auf ewig mit uns verbunden sein und niemals vergessen werden. Sein Tod wird nicht umsonst gewesen sein! Vergesst nie unser Motto: Wir verlieren nie! Wir siegen oder wir lernen wie wir siegen werden! Ausdauer, Kampfgeist und ein eiserner Wille zum Sieg sowie ein unbändiger Glaube an den Erfolg unserer Mission sind uns immanent! Wir lassen uns nicht von ein paar hochgewachsenen Ungetümen einschüchtern! Die werden wir das Fürchten lehren!"

Die feierliche Stimme des Captains schien noch etwas nachzuhallen, Uki holte ein kleines Taschenmesser aus einer seiner Uniformtaschen heraus und schnitzte Poles vollen Namen mit schön geformten Buchstaben in die Rinde ein. Etwas Harz bildete sich an dem Stamm an der Einkerbung und glitzerte wie Bernstein im Sonnenlicht.

Den Geruch des Harzes in der Nase grübelte Ron weiter über den Tod, der ihnen alle auf einmal so unheimlich nahe gerückt war: Kann es sein, dass Pole nur der erste von uns war, der sterben muss? Hatte er wenigstens einen First Class-Tod erfahren? Wie es wohl ist, einfach zu sterben, seine Seele auszuhauchen? Wer mag der nächste von uns sein, der auf diesem entlegenen Planeten sein Leben aushauchen wird? Ist das Leben nur ein Spiel, bei dem der letzte Überlebende einen Preis gewinnt? Und wenn ja, welchen???

Schließlich war Ukis Ritzwerk fertig, er trat einen Schritt zurück und bewunderte es, gliederte sich dann in die Reihe seiner Kameraden ein; alle salutierten und gingen von dem Grab weg, ohne sich noch einmal umzublicken. Die Erschöpfung nach dem Kampf lähmte ihre Trauer etwas und es beschäftigte sie auch die Sorge um ein sicheres Nachtlager. Ebenso die Vervielfältigung ihrer Waffen, wenn auch nicht mittels Rapid Manufacturing, sondern in zäher Handarbeit, bereitete einigen von ihnen Kopfzerbrechen. Doch die erste Nacht auf der neuen Heimat in Ruhe zu überstehen, das war schon die Hauptsorge.

Obwohl - schon seit vielen Stunden waren sie auf dem verdammten Planeten und das Zentralgestirn wollte nicht und nicht untergehen. Es schien gefühlte drei Stunden auf dem Zenit der Bahn zu stehen, die der Planet drumherum zog, und ließ die zwölf verbliebenen ausgelaugten Neuankömmlinge gehörig schwitzen. Alle hatten schon einen Schweißfilm über dem Gesicht und glänzten wie synthetische Lebewesen, die sich ziellos in Zeitlupe fortbewegten. Schließlich hielt Reik seinen Trupp am Waldrand an und setzte sich in weiches Gras, um zu überlegen.

"Wieviel Grad mag es wohl haben?", fragte Al und blickte auf seinen Armreif, der ihm die Temperatur in Celsius anzeigte. "41,5 Grad! Puh!"

Ihre Uniformen verfügten zwar über ein Kühlaggregat, doch das schien sich den gegebenen Bedingungen noch nicht angepasst zu haben. Vor allem, weil ihnen die Helme fehlten.

"Offenbar gibt es hier auf Veno 38b einen längeren Tageslauf", erkannte Reik.

"Das wird uns noch schneller altern lassen", befürchtete Buzz Cochran.

"Oder sterben", entkam es Ron und er hätte sich am liebsten gleich die Zunge abgebissen für diese unnötige Bemerkung, die ihm seitens des Captains einen vorwurfsvollen Blick eintrug.

"Jedenfalls müssen wir einmal einen sicheren Platz zum Übernachten finden!", stellte dieser mürrisch fest und erhob sich wieder.

"Ich habe da einen Vorschlag, Captain", platzte Tekashi heraus und zeigte Richtung Westen. "Hinter dem See befindet sich ein kleiner Hügel mit einer

Trinkwasserquelle und sogar einer Ruine darauf."

"Dann lasst uns dorthin aufbrechen",
kommandierte Reik. "Tekashi! Du marschierst voran!"

"Aye Captain!" Schon trabte er los, wie frisch
ausgeruht, doch es mochte ihn auch nur sein Durst nach
erfrischendem Quellwasser zur Eile angetrieben haben.

Viel später erreichten sie alle wohlbehalten die
begrünte Anhöhe, welche einen ausgezeichneten
Rundumblick auf die nähere Umgebung gewährte. Der
Hügel war laut Armreif zwar nur 101 Meter hoch,
dennoch forderte er ihre letzten körperlichen Reserven
und sie erklommen ihn schwitzend. Oben wehte ein lauer
Wind. Aus der sprudelnden Quelle trank zuerst Reik,
dann stillten die anderen ihren Durst, obwohl sie alle für
den Notfall anstatt Wasserflaschen kleine
Feuchtigkeitspillen in den Uniformtaschen trugen, die
jedoch nicht so köstlich über ihre Zunge flossen. Das
Wasser hier schmeckte vorzüglich. Kein metallischer
Geschmack darin, wie sie ihn von den H_2O-Spendern an
Bord der WIKISPEED gewohnt waren, trotzdem hätten
sie diesen Nachteil liebend gern auf sich genommen,
wenn sie nur wieder zurückkonnten... Doch alles half
nichts - sie mussten sich mit der Situation abfinden und
aus ihrer nun suboptimalen Lage das Optimum für sich
herausholen.

Das Zentralgestirn begann nun rapide zu sinken,
der wolkenlose Himmel verfärbte sich unheildräuend
rötlich. Plötzlich kam ein schwerer Sturm auf und wehte
ihnen einige Blätter der Obstbäume entgegen, die wie
riesiges Konfetti wild in der Luft herumtanzten. Unter
andern Umständen hätte wohl eine gewisse Lebensfreude
von ihnen Besitz ergriffen, doch nach Poles
unerwartetem Ableben im Kampf befiel sie

verständlicherweise keine Lust mit den Blättern im Sturm herumzutanzen, dessen Pfeifen ihnen ein grusliges Gefühl vermittelte.

Die Ruine erwies sich als heimeliges Quartier, wenn man keine hohen Ansprüche stellte, und bot ihnen etwas Schutz vor den immer wilder werdenden Luftverwirbelungen. Daher wurde sie als Stützpunkt auserkoren, denn eine bessere Option blieb ihnen verwehrt und eine lange Suche nach einer passenderen Basis fiel wegen der miesen Wetterlage flach. Der anfänglich laue Wind, welcher sich in den üblen Sturm verwandelt hatte, wurde nun zischend zu einem Orkan und pfiff ihnen durch den Eingang kommend um die Ohren. Sie suchten eine windgeschützte Stelle in der nach oben offenen Ruine mit einer Fläche von nur 75 m^2 - offenbar war sie einst ein sechseckiger Turm gewesen. Dessen kärgliche Überreste - zu einer nunmehr überdimensionalen Bienenwabe ohne ersichtliche Funktion geschrumpft - bestanden nur aus ohne Mörtel aneinandergepressten Felsen - ungefähr dreieinhalb Meter hoch und fensterlos - zwischen deren Fugen kein Blatt Papier gepasst hätte. Doch herkömmliches Papier verwendete man schon längst nicht mehr und das schlaue Lernpapier, welches durch Essen das nötige Wissen vermittelte, war allein für die Nachkommenschaft bestimmt. Das hätte ihnen hier allerdings auch kein bisschen weitergeholfen.

Es wurde nun rasch dunkler, Reik und einige seiner Mannen stemmten sich aus ihrem windgeschützten Versteck hoch und erspähten gerade noch, wie die Sonne richtig vom Himmel fiel - kein langsamer stetiger Sonnenuntergang wie auf der Erde, ihrem lang verlassenen Heimatort. Die rasant aufgezogene Düsternis ergriff auch von ihrer Stimmung Besitz.

"Begreift ihr, was das bedeutet?", prüfte Reik seine Untergebenen in strengem Oberlehrerton.

"Dass es hier wohl keine gleichmäßige Rotation gibt, sondern eine unrunde. Der Planet wummert!", erklärte Try.

"Davon hat die Sonde aber nichts berichtet", wunderte sich Ron. "Schlimm, wenn auf die einfachste Technik kein Verlass mehr ist..."

"Sie war einfach zu kurz hier", belehrte ihn Reik. "Nur 10 Stunden. Was kann man schon in der knappen Zeit erkunden? Nur das Nötigste. Wir müssen noch viel über diesen Planeten und seine Bewohner lernen."

"Vielleicht finden wir ja einige Aufzeichnungen in Stein gemeißelt", sagte Uki mit Seitenblick zu Ron.

Nacht mit Nebenwirkungen
Der Orkan hatte sich gleichzeitig mit dem Sonnenuntergang in ein laues Lüftchen gewandelt und die angenehm warme Brise umgab sie nun alle direkt schmeichelnd. Weiches Moos am Boden lud zur bequemen Nachtruhe ein.

Der Captain überlegte, was sie bei einem weiteren Angriff der Riesen tun sollten und erkannte mit einem Mal, dass er sich bisher viel zu oft blind auf den Computer verlassen und darüber ganz die Eigeninitiative vernachlässigt hatte. Die kleinen grauen Zellen schienen im Wachkoma oder zumindest im Tiefschlaf zu liegen. Zusätzlich überkam ihn eine bleierne Müdigkeit, die seine Glieder zu lähmen schien.

"Tekashi! Du schiebst die erste Nachtwache", ordnete er an.

"Aye Captain!" Mit der Hand an seinem Phaser

patrouillierte er sofort zackig um die Ruine herum, während sich seine Kampfgefährten zur Ruhe begaben, hoffend, dass es nicht die ewige sein würde.

Am Nachthimmel sah er zwar keinen Mond, dafür unzählige Galaxien in allen Formen sowie blinkende Sterne, die wie Brillanten auf dunklem Samt glitzerten und ihm eine beschränkte Sicht auf die nähere Umgebung ermöglichten. "Wenigstens ist es nicht stockfinster hier."

Zum Glück gewährte dem Rest der Mannschaft die Ruine eine doch gemütliche Unterkunft, vor allem der bemooste Boden bot den müden Kriegern eine geruhsame Liegestatt. Ihre schönen goldenen Abzeichen und Ärmelaufschläge wirkten wie Restlichtverstärker und vermittelten ihnen den beruhigenden Eindruck einer Notbeleuchtung. Außerdem konnten sie bei Bedarf die Displays auf ihren Armreifen auch leicht zu Taschenlampen umfunktionieren. Der Nachteil bestand nur darin, dass im Falle eines nächtlichen Überraschungsangriffes dem Feind dadurch ein gutes Ziel geboten wurde. Doch der Feind ließ weder etwas von sich sehen noch hören - es herrschte eine unheimliche Stille, sodass sie ihre eigenen Atemgeräusche wahrnehmen konnten. Keine nachtaktiven Insekten wie Zikaden, Grillen und ähnliches Getier sorgte für irgendeine Soundkulisse. Totale Stille, auch der laue Wind hatte sich gelegt.

Überwältigt von den neuen Eindrücken und den Strapazen des Kampfes fielen sie alsbald in einen tiefen Schlaf, bewacht von Vin Tekashi, der draußen langsam mit einer Hand an seinem schussbereiten Phaser seine Runden zog. Ob er wollte oder nicht: er musste sich eingestehen, dass ein Gefühl der Angst in ihm hochkroch. Dabei entsann er sich: dieses natürliche Gefühl konnte ein sinnvolles Werkzeug sein, ja sich sogar nützlich bei ihm auswirken. Es schärfte die Sinne und ließ ihn leichter Adrenalin produzieren. Besorgt dachte er darüber nach, ob es einen erneuten Angriff geben werde und wie die feindlichen Riesen im Schutz der Nacht womöglich heimlich, still und heimtückisch angeschlichen kämen. Ob sie sich wohl in größerer Anzahl zurückmelden würden, ob sie in geordneter Formation oder in wildem Durcheinander über ihn samt seinen friedlich schlummernden Waffenbrüdern herfallen mochten, oder sie so wie diese die Nacht nur zum Schlafen nutzten...

In tiefster Nacht erwachte Ron auf einmal und stand auf, um sich aus der schützenden Ruine zu entfernen und mit schlafwandlerischer Sicherheit in den Gefilden des fremden Planeten herumzustreifen. Tekashi, der Wache schieben sollte, schien ihn nicht zu bemerken. Gedankenverloren stierte er in den Nachthimmel voller Sterne. Zuerst wollte ihn Ron spaßeshalber erschrecken, ließ es jedoch bleiben und schlich sich leise davon. No Risk, no Fun, dachte er grinsend. Die Temperatur fühlte sich sehr angenehm an, es hatte laut dem Armreif 22 Grad Celsius. Hastig machte sich Ron auf, den Hügel zügig und vorsichtig hinunterzusteigen, um dann ins freie Feld zu schreiten. Er fühlte sich so frei wie in einer Erdennacht, als er einen Fuß vor den anderen setzte, immer darauf bedacht manchmal nach hinten zu blicken, ob ihn etwa einer der Riesen verfolgte. Nein, hinter ihm war niemand zu sehen und vor ihm ebensowenig. Ungestört von seinen Kameraden nahm er sich vor, das Terrain zu sondieren, was ihm allerdings wegen der beschränkten Sicht nicht leichtfiel. Immerhin konnte er gerade nur ein paar Meter weit klarsehen, dahinter die Dunkelheit wie ein schwerer Samtvorhang. Und plötzlich - ja, da entdeckte er jemanden. In einiger Entfernung sah Ron eine Gestalt, doch diese hielt er weder für einen Riesen - dafür war sie zu klein - noch für einen der Dorfbewohner - dafür war sie zu groß - auch nicht für seinen tapfer Wache schiebenden Waffenbruder, obwohl sie ihm ähnlichsah. Aber in der Nacht waren alle Katzen grau, so hieß es seit uralter Zeit. Die Gestalt entfernte sich von ihm. Von Neugier getrieben schlich sich Ron näher heran und schließlich holte er zu der ominösen Gestalt auf und erkannte mit Schrecken, dass es sich um den toten Pole handelte, der da mit dem Rücken zu ihm voranging. Wohin auch immer. Ron war sich dabei total sicher, denn Pole hatte seine eigne Art zu gehen, nämlich immer ziemlich steif, als wäre seine Wirbelsäule kerzengerade. Wohin mochte er wohl gehen, fragte sich Ron, den eine Gänsehaut überkam. In die Ewigen Jagdgründe? Von denen berichteten einst die Ureinwohner Amerikas... Und vor allem: wer hatte ihn aus dem Tode auferweckt? Schon wollte er seinen Namen ausrufen, allein es gruselte ihn so sehr und daher schlich er so lautlos wie möglich hinter Pole her... Es mochten wohl nur wenige Minuten vergangen sein, als dieser auf einmal stehenblieb, so als hätte er seinen Verfolger bemerkt. Trotzdem wandte er sich nicht um, konnte er gar nach hinten sehen, ohne den Kopf zu drehen? Ron blieb ebenfalls stehen und wartete. Die Zeit schien sich dabei auszudehnen, der Planet stillzustehen. Kein Lüftchen wehte und oben am Firmament schien ein Stern nach dem andern zu verlöschen. Es wurde dunkler und schließlich hielt es Ron nicht mehr aus und fasste Pole von hinten an der Schulter an, worauf sich dieser

ruckartig umdrehte und ihm sein verzerrtes Antlitz
präsentierte. Eine wahre Fratze starrte ihn an.

"Geh weg von mir!!!", rief Ron erschrocken aus,
während er sich rückwärtsgehend von ihm entfernte.
"GEH WEG!"

Derart rüde abgewiesen fing Poles Gesicht vor
Zorn zu glühen an, ja es schien regelrecht zu schmelzen
und langsam von seinem Hals zu fließen.

"AAAHHH!", schrie Ron entsetzt aus, wehrte den
nun näher rückenden Pole mit beiden Händen ab.

Reik rüttelte ihn an der Schulter, sodass er aus dem
Schlaf schreckte, dann verwirrt um sich blickte, und
schrie ihn an: "RON! Es ist nur ein Albtraum!"

"OH!", machte Ron und schaute etwas betreten in
die Runde. "Ich glaub, ich bin vor Schreck um fünf Jahre
gealtert."

Alle waren aufgewacht, Tekashi kam eilends von
seinem Wachposten zurückgelaufen, sah ihn ebenfalls
fragend, sogar ziemlich besorgt an.

"Sag uns schnell, was du geträumt hast, sonst
vergisst du es." Reik wartete gespannt auf seine
Schilderung.

"Ich habe von unsrem Pole geträumt, dass er noch
lebt und hier herumirrt. Er taumelte vor mir her und als er
sich zu mir umdrehte, da war er-", hier brach er ab und
schluckte.

"Entstellt?", fragte Reik, der neben ihm hockte.

"Nein-äh, das heißt eigentlich... er hatte so ein
Maschinengesicht. So, als wäre das Fleisch auf seinem
Kopf in Metall mutiert und eingerostet. Seine Augen
schienen nicht nur glasig auszusehen, sondern ganz aus
Glas gemacht zu sein." Angewidert wischte er sich den
Angstschweiß von der Stirn.

"Es ist klar, dass die unvorhergesehenen Ereignisse des Vortages Auswirkungen auf unsre Psyche hatten. Wichtig ist, dass ihr darüber redet, um es besser verarbeiten zu können", erklärte der Captain, richtete sich auf und wartete, ob einer der anderen ebenfalls etwas zu erzählen hatte.

"Ich hatte keinen Traum, jedenfalls kann ich mich an keinen erinnern", bekannte Al Prong.

"Und ich träumte von daheim, ich meine unserem Zuhause auf dem Schiff...", erinnerte sich Buzz.

"Tropft es euch noch immer nicht in eure Gehirne, dass es für uns nur mehr ein Zuhause gibt und das ist HIER!!!", empörte sich der Captain lauthals, wobei er die Fäuste ballte und mit einem Fuß aufstampfte. "Ich will nichts mehr von dem verlorenen Schiff hören!!!"

"AYE CAPTAIN!"

"Wachablöse! Buzz, du löst Tekashi ab und weckst uns bei Sonnenaufgang!", ordnete Reik an und legte sich wieder hin.

Die Abfolge, in der die Männer zum Nachtdienst eingeteilt worden waren, zeigte auch die Einschätzung deren Verlässlichkeit seitens des Captains an. Auf Buzz Cochran konnte man sich ebenso wie auf Vin Tekashi blind verlassen. Das wusste Buzz und fühlte sich dadurch von Reik beinahe in den Ritterstand erhoben. Seinen Auftrag nahm er ernst, drehte eine Runde nach der anderen, obwohl er sich noch schläfrig fühlte. Sicherheitshalber nahm er noch einen großen Schluck aus der Trinkwasserquelle, um erfrischt seinen weiteren Dienst zu versehen, blickte dann in den Himmel hinauf, wobei er sich an die Wand der Ruine lehnte. Zwischen all den Sternen vermeinte er ein Raumschiff zu erkennen. Je intensiver er starrte, umso mehr blinkte es, so als funke es ihm mit jedem Blinken eine wichtige Botschaft, aber welche?

Soll ich den Captain aufwecken, fragte er sich, oder noch zuwarten, ob es landet? Soll ich irgendwie auf mich aufmerksam machen, indem ich meinerseits mit meinem Display Lichtzeichen in den Himmel sende? Kaum zu Ende gedacht, näherte sich etwas, das kein Raumschiff im herkömmlichen Sinn sein konnte. Es schien mehr so eine Art von Maschine zu sein, die aus diversen verformten Röhren mit vereinzelt angeschweißten Scheinwerfern in die Tiefe sank. Dazwischen befand sich ein Modul sich drehender Teile, die wohl die Energiezufuhrsquelle sein musste. Der Zweck dieser Maschine erschloss sich ihm nicht, nur, dass sie wohl gleich landen würde. Aufgeregt lief er auf und ab, um besser nachdenken zu können, ob er nur beobachten oder einen Weckruf starten sollte. Knapp über dem Boden begann die ganze Maschine zu leuchten, als glühte sie aufgrund von Überhitzung.

Nun wollte Buzz den Captain rufen, doch aus seinem Mund kam kein Laut. Konnte die ominöse Maschine so etwas wie ein Schalldämpfer sein, der jedes Geräusch verhindern sollte? Haben die Riesen diese Maschine erbaut und setzten sie nun gegen ihre Feinde ein?

Schließlich begann die leuchtende Maschine zu schmurgeln, würgte bald den Strom ab, sodass die Energiezufuhrsquelle abschmierte und ihr Totalausfall alles in Dunkelheit tauchte. Selbst die Sterne am Himmel schienen erloschen zu sein. Überdies befiel Buzz nun eine komplette Lähmung seiner Glieder, unfähig sich zu bewegen, starrte er in Richtung der Absturzstelle. Tief durchatmend wollte er schreien, als unvermittelt stampfende Geräusche immer näher heranrückten. Er konnte ein Monster an Willenskraft sein, wenn er sich anstrengte. Wieder startete er einen Versuch, sich zu bewegen und zu schreien.

"ALARM!"

Der Ruf verhallte ungehört, keiner kam aus der Ruine gelaufen, alle schienen trotz der heraufstampfenden Gefahr selig zu schlummern.

STAMPF-STAMPF-STAMPF! Die herannahenden Töne verkündeten drohendes Unheil. Durch die Finsternis leuchtete hin und wieder ein rotes Licht wie eine Warnung, doch wovor?

"HALT! WER DA?", brüllte Buzz.

"NIEMAND!", hallte eine dröhnende Stimme.

Das Stampfen ebbte ab, die Sterne am Himmel flammten wieder auf, fast wie eine Neonreklame alter Zeiten formten sie eine Nachricht: TRINK AFRI-ENZIAN UND LEBE EWIG! Neben den blinkenden Buchstaben formte sich der Umriss eines Frauenkörpers mit der typischen Sanduhr-Figur und einer langen Wallemähne, mit einer Hand winkend vom Himmel herabsteigend. Die Silhouette einer Traumfrau stieg tatsächlich vom Nachthimmel herab, manifestierte sich dabei in nacktem Fleisch mit blauschwarzer Mähne bis zu den üppigen Brüsten, kam auf langen Beinen in schnellen Trippelschrittchen auf ihn zu. Atemberaubend, denn ihr penetrantes Parfum wehte ihm entgegen, beim Einatmen verklebte es ihm wie flüssiges Karamell die Bronchien.

"NEIN! DAS IST NUR EIN TRAUM!"

Kaum in seiner Halbdistanz angekommen knallte sie ihm eine schallende Ohrfeige - sein schlaffer Körper rutschte von der Ruinenwand und fiel zu Boden, worauf

sich Buzz schleunigst hochrappelte und mit geweiteten
Augen umherblickte. Leichtes Brennen seiner Backe ließ
ihn zweifeln, gerade nur Opfer eines Traums gewesen zu
sein. Keine Maschine in Sicht, kein Stampfen zu hören,
keine Frau vor sich; eine große Ruhe überkam ihn, vor
allem, da keiner von seinem kurzen Nickerchen an der
Wand lehnend Notiz genommen hatte. Sicherheitshalber
eilte er rasch zum Eingang der Ruine, wo er seine
Schutzbefohlenen in tiefen Schlummer vorfand, nur einer
wälzte sich stöhnend herum, womöglich weil er einen
ähnlichen Traum erlebte.

Puh, Glück gehabt, tröstete er sich, von dem
Traum werde ich niemand etwas erzählen, denn auf
Nachtwache einzuschlafen, ist ein kaum entschuldbares
Vergehen! Allerdings wusste er nicht mehr, wo der
Traum begonnen hatte - hatte er nun schon aus der
Quelle getrunken, oder den erfrischenden Trunk schon
geträumt? Oder hat die Quelle den Albtraum verursacht?

Verunsichert schob er sich eine der
Feuchtigkeitspillen in den Mund und nahm sich vor,
beim nächsten Nachtdienst wachsamer zu bleiben...

Mühsames Tagwerk

Der nächste Morgen begann wieder normal mit
dem Aufgehen des Zentralgestirns und gestaltete sich
genauso still wie die gesamte Nacht. Kein
Vogelgezwitscher, kein Bienensummen, kein Garnichts.
Es schien fast, als wären sie alle taub. Nur ihre eigenen
Töne, wie das leichte Quietschen der Uniformen bei
gewissen Bewegungen, das Auftreten mit den Stiefeln,
das Ausatmen oder das Kratzen an den Köpfen
verursachte eine ihnen bekannte Geräuschkulisse. Und
leider machte sich dazu eine weitere lautlose

Unnannehmlichkeit bei allen bemerkbar: circadiane Dysrhythmie. Die innere Uhr, welche an Bord des Schiffes auf den 24-Stunden-Tag der Erdzeit gepolt war, lief nicht mehr mit der Ortszeit synchron. Früher nannte man das Jetlag, doch die Jets waren ja schon lange aus der Mode gekommen. Jedenfalls stellte dieser Zeitzonenkater einen nicht zu unterschätzenden Faktor dar, denn die verminderte Leistungsfähigkeit bei allen körperlichen, manuellen und kognitiven Anforderungen konnte auf einem solchen Planeten mit feindlichen Lebensformen logischerweise zusätzlich empfindlich schaden.

Die meisten von ihnen eilten sogleich zu der Trinkwasserquelle, um sich mit einem kühlen Morgentrunk zu erfrischen, und erfreuten sich an derem leisen Plätschern. Nur Scot wälzte sich noch kurz auf dem Moos, betrachtete das frische Grün, schnüffelte daran und wunderte sich. Denn es roch nicht und er fand auch keine Kleinstlebewesen, die man mit freiem Auge sehen konnte, wie z.B. Insekten, Käfer, usw. Inspizierend fuhr er mit einer Hand zwischen der Wand der felsigen Ruine und dem Moos entlang. Dabei staunte er nicht schlecht: das Moos ließ sich wie ein Teppich hochziehen - darunter lag der nackte Steinboden.

"Captain", rief er verdutzt aus, als er Reik entgegenlief. "Das Moos hier ist ja fast so wie ein Veloursteppich. Dennoch ist es organisches Material."

"Kein Vergleich zur schwebenden Couch an Bord", murmelte Ron.

"Scot, wir haben jetzt vordringlichere Sorgen, als uns um die hiesige Besonderheit der Natur zu kümmern", wies ihn Reik zurecht, der morgens immer etwas länger brauchte, bis er alle seine Sinne genügend geschärft hatte.

Ziemlich verwirrt blieb also Scot mit seiner vermeintlich unwichtigen Entdeckung allein zurück und inspizierte das geheimnisvolle Moos weiter: es roch so richtig frisch - konnte daher also kein anorganischer Teppichboden sein, wenn man dran leckte, schmeckte es nach Spinat. Jedenfalls besser als der Algenfraß an Bord des Schiffes. In der Farbe unterschied es sich nicht von den Moosen, die er von der Erde kannte. Buzz zeigte schließlich Interesse und schnüffelte auch an dem Moos, konnte dem Geschmack allerdings nicht viel abgewinnen, da er Spinat schon seit seiner Kindheit hasste.

Verhungern würden sie hier jedenfalls nicht, denn die Obstplantagen mit den leckeren Früchten boten schier endlose Möglichkeit, den Appetit zu stillen. Der Captain und Al hatten sich ja bereits gestern von der Fülle des Angebots überzeugt und auch den andern mundete es sichtlich und hörbar. Laut schmatzend füllten sie ihre Bäuche, ohne sich um die spätere Verdauung zu kümmern.

Da plötzlich hallte von den Bergen her ein unheimliches Geräusch zu ihnen, so als litten die Riesen an Bronchitis. Es dauerte nur wenige Sekunden, dann ebbte es auch schon wieder ab, doch ihr Argwohn war geweckt.

"Was kann das gewesen sein, Captain?", fragte Al Prong. "So eine Art von Kriegsgeheul?"

"Geheul kann man das schwer nennen", meinte Reik. "Eher ein Röcheln."

"Vielleicht haben die Riesen gerade mit dem Blut der Zwerge gegurgelt", mutmaßte Ron mit einem breiten Grinsen.

"Wenn es einen Preis für die blödeste Bemerkung

zum unpassendsten Moment gäbe", begann Reik unwirsch und streckte seine Wirbelsäule durch, um noch größer zu wirken, "dann hättest du ihn verdient! Überhaupt entsinne ich mich nicht, dich nach deiner unwichtigen Meinung befragt zu haben."

"Tschuldigung! Wusste nicht, dass Humor verboten ist", motzte Ron, dessen unterdrückte Wut auf Reik sich Bahn zu brechen drohte. Der hält sich für den Größten, nur, weil er zehn Zentimeter länger als wir ist, dachte er, während er unwillkürlich die Zähne bleckte.

Nach einem hämischen Lächeln meinte Uki: "Captain, wir sollten den Riesen eine Falle stellen."

"Und was schwebt dir da in etwa vor? Eine Grabung oder sollten wir Schlingen auslegen?" Sein leichter sarkastischer Unterton rang nun den Untergebenen ein Lächeln ab.

"Weder noch, Captain, wir könnten doch die Dorfbewohner zum Kampf ausbilden."

"Das vergiss mal besser sofort wieder. Wir werden ganz sicher nicht unsre potentiellen Nahrungskonkurrenten in der hohen Kampfkunst unterrichten, wenn wir sie uns noch nicht einmal zum Freund gemacht haben."

Der Lange hat strategisches Denken, überlegte sich Ron, das muss ihm der Neid lassen. Dann sah er sich um, als wäre er eben erst gelandet. Denn gestern betrachtete er alles nur mit den Augen eines Besuchers oder eines Touristen, der von seinem Kurzurlaub einige Eindrücke einer fremden Welt mitnehmen möchte. Heute, da er wusste hier für den Rest seines Lebens ausharren zu müssen, schaute er mit den Augen eines Einwanderers, der seinen Platz in der neuen Welt zu finden hoffte, und zwar den besten Platz möglichst schnell, ehe man ihn von hier vertreibt oder noch schlimmer tötet. Dieser Planet könnte ein schönes Heim für mich werden, dachte er, sobald ich mich hier akklimatisiert habe und der Captain nicht mehr seine Befehlsgewalt über mich ausüben kann. Natürlich wäre es noch schöner, wenn ich meine gewohnte Lebensweise beibehalten - also jeden technischen & chemischen Komfort genießen - könnte, doch mit ein wenig Anstrengung und Glück werde ich hier heimisch werden, nahm er sich fest vor.

Mittlerweile wurden Scot, Slim und Kip erneut zu einem Team und begaben sich schnell wieder in den idyllischen Wald, um ihrer Jagdleidenschaft zu frönen, mussten jedoch feststellen, dass sich die Tiere entweder verkrochen hatten, oder von ihnen gestern ausgerottet worden waren. Trotz angestrengter Pirsch konnten die drei Männer kein einziges weiteres Exemplar mehr erspähen.

"Komisch, scheinbar waren die Tierchen die letzten ihrer Art", sagte Kip und ließ seine Augen nervös die Gegend weiter absuchen.

"Ich möchte wetten, dass es gestern mehr waren, als wir erlegen konnten", wandte Scot ein.

Slim Hubble schüttelte den Kopf. "Nein, soweit ich mich erinnere haben wir alle, die uns über den Weg liefen, auch erwischt. Und das mit urzeitlichen Waffen. Vergessen wir die Sache einfach."

"Aber das ist doch unlogisch, dass in einem noch funktionierenden Ökosystem nur so wenige Tiere leben", konnte es Scot nicht fassen.

"Wie heißt es so schön: es gibt nichts, was es nicht gibt", gab Kip zu bedenken.

"Soll ich euch was sagen?", fragte Slim mehr rhetorisch, "mir ist der Wald auf einmal unheimlich … so gespenstisch still."

Nickend meinte Kip: "Wie muss es erst des Nachts im finstren Wald sein, lasst uns wieder die Nähe zu den Kameraden auf der Plantage suchen."

Der Metabolismus der Männer begann sich merklich umzustellen. Nachdem sie die Zufuhr der Age-Stopp-Pillen gezwungenermaßen abgebrochen hatten und dem Genuss der leckeren Früchte zusprachen, erlebten viele leichte Bauchschmerzen gefolgt von übelriechendem Durchfall. Etwas, das sie so gar nicht gewohnt waren. Im Bauchraum gluckste und gurgelte es, da die verspeiste Nahrung nun nicht mehr ausschließlich der Energieversorgung gewidmet wurde und direkt in die Muskeln geriet, sondern durch den Verdauungstrakt wanderte, um dort in Brauchbares und Unbrauchbares gespalten zu werden. Dieser bei den Männern schon seit etlichen Jahren ruhend gestellte Vorgang ging mit Magendrücken, Reflux sowie Völlegefühlen einher. Das komplette Menschsein eben, das ihnen in dieser fremden Umgebung zusätzlich Unwohlsein bereitete. Menschliche Bedürfnisse, wie Koten & Urinieren machten ihnen alsbald zu schaffen, denn bisher wurde ja jegliche Kalorienzufuhr mit Hilfe der Age-Stopp-Pillen in reine Energie ohne die üblichen lästigen und stinkenden Abfallprodukte umgewandelt. Also mussten sie sich ab nun Plätze suchen, an denen sie ihre durch die delikaten Früchte verursachten, sehr übelriechenden Ausflüsse loswerden konnten. Dabei machten sich auch Blähungen und Schmerzen im Analbereich bemerkbar. Alles Anzeichen einer normalen Menschheit, die nicht mehr länger durch chemische Substanz in eine andre Sphäre gehoben wurde.

Fast alle beklagten diese üblen Probleme hinter

vorgehaltener Hand.

"Die bisherigen Speisen an Bord unserer WIKISPEED schmeckten zwar weniger delikat als diese fremden Früchte hier, doch immerhin hinterließen sie keine derartigen Nachwirkungen", erinnerte sich Uki.

"Essen musste man den Algenfraß an Bord doch mit verbundenen Augen", bemängelte Ron. "Hast du vergessen, wie mies die Pampe aussah? Wie schon mal gegessen! Und auf der Zunge fühlte sie sich wie durch Erdöl verseuchtes Meerwasser an. BJÄCH!!!"

"Und hier müssen wir unsere Ausscheidungen mit verbundener Nase abgeben", konterte Uki. "Da frage ich mich zwangsläufig, wo ich besser dran war."

"Wird das jetzt ein Sehnsuchtstransfer, oder was?"

Nach einem weiteren unangenehmen Stuhlgang gleich hinter einem der Obstbäume erwähnte Ron gegenüber Uki leidend: "Mir tut mein Arsch weh!"

"Erzähl das doch jemandem, den das interessiert", riet ihm Uki.

Da musste Ron zwangsläufig an Schalinda denken: Ob sie wohl von mir träumt? Eigentlich weiß ich gar nichts von ihr, außer, dass sie tollen Sex machen kann dank ihres kleinen Parasiten in ihrem Schoß. Wie würde wohl ein gemeinsames Kind von uns aussehen? Bernstein-Augen, Bartwuchs, sechs oder nur fünf Zehen? Wäre eine Tochter mit ihr nur halb so attraktiv wie unsre Fleisch-Hologramme oder sogar noch optimaler? Könnten wir auf einem anderen Planeten eine Zukunft frei von Zwängen durch den Captain oder die Riesen genießen? Jedenfalls macht der Sex unsere triste Existenz erst lebbar!

"Früher sagten unsere Vorfahren, die Kacke sei am Dampfen. Jetzt wissen wir, was das überhaupt bedeutet", meinte Uki, als auch er sich erleichtert hatte. "Dass wir jemals den ursprünglichen Sinn dieses alten Spruchs erfahren, hätte ich mir nie gedacht."

"Erzähl das doch jemandem, den das interessiert", posaunte ihm Ron entgegen, freute sich diebisch über die kindische Retourkutsche.

Schweigend schlenderten sie zwischen den vollbeladenen Bäumen mit den erntefrischen Früchten ein wenig herum, auch um sich die Beine zu vertreten.

Da hörten sie den Captain laut maulen: "Das gibt es doch nicht! WER WAR DAS?"

"Was hat der Lange jetzt schon wieder?", zischte Ron mit einem Daumenzeig in Richtung dessen harscher Stimme, aber Uki wandte sich von ihm ab und ignorierte die Frage.

"Wo man frisst, scheißt man doch nicht!", wütete Reik und es war klar, warum er sich so aufregte - er hatte leider Ron und Ukis stinkende Hinterlassenschaft gefunden. "Legt euren Dreck gefälligst woanders ab!!!"

Es blieb unklar, ob er die Übeltäter identifiziert hatte, oder einfach nur so ins Blaue hinaus seine Empfehlung für einen anderen Ort der nötigen Kotabgabe losließ.

Eilig verdrückten sie sich und Uki meinte noch: "Wir hätten eigentlich Manns genug sein sollen, ihm zu gestehen es nicht mehr halten zu können."

"Nichts da, geordneter Rückzug im Eiltempo! Sonst scheißt uns der Lange noch wegen fehlender Beherrschung der Schließmuskeln an!"

Die Kotflügler

Tag drei auf dem verschissenen Planeten Veno 38b ohne Sex - so eine Folter, dachte Ivan Sastro deprimiert,

während er sich ein Kolka-Plättchen unter die Zunge
schob, über uns wird hier bald der Sturm der Geschichte
hinwegfegen, so als hätte es uns niemals gegeben...

Währenddessen standen Try Tonka und Vin
Tekashi etwas von ihm entfernt auf dem Hügel vor der
Ruine und blickten sich um. Das Zentralgestirn befand
sich noch im Aufgang, doch einer von beiden machte
sich tiefgreifende Gedanken zur hiesigen Natur.

"Kennst du eigentlich Golf?", erkundigte sich Try.

"Oh ja, ist das nicht das Spiel, wo man einen
kleinen Ball mit einem dafür ungeeigneten Schläger quer
über einen Hindernisparcours in ein kleines Loch
bewegen muss?", stellte Vin eine Gegenfrage.

"Exakt, ich hab es einmal während eines Urlaubes
auf der Erde gespielt und bei Betrachtung dessen, was ich
hier sehe, fallen mir Parallelen auf. So ein Golfparcours
besteht aus verschiedenen Elementen wie dem Grün,
einem Wasserloch, einem Sandplatz - auch Bunker
genannt - und einem Fairway - das ist der Bereich für den
Abschlag. Dazwischen liegt immer ein Rough - also ein
rauer Teil. Dort wo ich gespielt habe, war der Fairway
liebevoll mit kleinen Häuschen verziert, die man
natürlich nicht treffen durfte."

"Verstehe, das muss ja hübsch angelegt gewesen
sein."

"Du sagst es - von einem Architekten angelegt",
freute sich Try in Erinnerung an seinen Erdurlaub und
zeigte mit einem ausgestreckten Arm auf das, was er
meinte, "und jetzt sieh dir mal die Landschaft da unten
an. Der Wald - und möglicherweise auch unser Hügel -
ist das Grün, der See das Wasserloch, das Dorf der
Fairway, dort hinten seh ich eine ockerfarbene Fläche -
das könnte der Sand sein, dazwischen immer ein Rough -

also keine natürlich gewachsene Natur."

Vin schüttelte den Kopf. "Nun mach aber einen Punkt! Willst du damit andeuten, dass alles hier nur eine angelegte Spielfläche ist? Um die Bronzekugel von der Turmspitze zu schlagen, sind selbst die Riesen zu klein."

"Mhm, aber es könnte ihre Wut auf uns Spielverderber erklären. Wir gehören nicht hierher und darum wollen sie uns liquidieren."

"Diese These solltest du dem Captain besser verschweigen, denn sie klingt einfach zu abenteuerlich, außerdem stünden da noch die Berge dort hinten zur Diskussion. Welchen Wert sollten die denn deiner Meinung nach haben?"

Kurz überlegte Try und antwortete: "Die Dimension des Wertes hängt nicht unbedingt von der räumlichen Größe oder der Menge des Vorhandenen ab. Sie könnten auch nur ein zusätzliches Hindernis sein..."

"Immerhin ein natürlich gewachsenes Hindernis, oder denkst du etwa, die Riesen hätten die Berge persönlich aufgetürmt, Try?"

"Um das zu wissen, müssten wir sie länger studieren!"

In dem Augenblick kam Reik hinzu und schien nur den letzten Satz mitbekommen zu haben. "Du hast es erfasst! Wir müssen die Bewohner unserer neuen Heimat genau studieren, um mehr über ihre aggressiven absonderlichen Gewohnheiten zu erfahren!"

Als die anderen der Truppe hinzustießen, sah er jeden einzelnen an und impfte ihnen Vorsicht bei Begegnungen mit den Einheimischen ein: "Männer, wir haben uns soweit eingewöhnt, dass uns der längere Tag hier nicht mehr so zusetzt und den Feinden gezeigt, dass wir uns trotz ihres Riesenwuchses sehr wohl gegen sie durchsetzen können. Die werden uns nicht mehr unterschätzen und vice versa!!! Als nächstes müssen wir ihre Schwachstelle ausmachen, um sie endgültig von weiteren Angriffen gegen uns abzuschrecken."

Aufmerksam hatten sie alle zugehört, fast so als verfolgten sie eine politische Rede der Führung via Live-Stream, die gerade spannend zu werden versprach.

Doch Reik bellte nur mehr einen Befehl: "AUSSCHWÄRMEN!"

Mit gemischten Gefühlen starteten sie alle von ihrem Stützpunkt aus in den noch jungen Tag, ohne eine Ahnung, was dieser noch für sie bringen mochte...

Uki und Ron hatten sich von der schützenden Gruppe ihrer Kameraden abgesondert; am Waldrand machten sie Rast. Einige Nadelbäume spendeten ihnen Schatten, als sie noch etwas orientierungslos herumstanden. Der Geruch von Harz stieg ihnen in die Nase und ließ Erinnerungen an den lang zurückgelassenen, dereinst blau gewesenen Heimatplaneten wach werden, der nach jahrhundertelanger intensiver hochtechnischer Zivilisation ziemlich ausgelaugt gewesen war, wodurch seine Bewohner regelrecht ins All getrieben wurden.

"Wir kamen hierher und haben sofort mit der Zerstörung eines funktionierenden Gesellschaftssystems begonnen", sinnierte Uki.

"Ja, wahrhaft große Kämpfe setzen immer Zerstörung voraus", wusste Ron. "Unsre Ankunft kann der hier heimischen Gesellschaft einen ungeheuren Modernitätsschub geben. Die Kleinen können sich dann gegen die Knechtschaft durch die Großen erwehren."

"Und unsere Knechtschaft??? Werden die Kleinen uns als ihre Herren akzeptieren oder vorher die Großen ausmerzen? Werden sie wie Roboter funktionieren oder sich auch einmal gegen uns erheben? Es wird problematisch werden! Kein Vergleich zu früher, wo wir nur Knöpfchen drücken mussten oder Befehle geben. Unser Leben war reglementiert und arrangiert", überlegte Uki, wobei er Ron mit einem durchdringenden Blick fixierte.

"Ja, in einer fliegenden Konservenbüchse", gab ihm Ron zu bedenken und schob mit seinen Händen die Luft vor sich zusammen, um ihm ihre Eingeschränktheit an Bord zu demonstrieren. "Wir waren doch 96 % unserer Zeit im Inneren des Schiffes gefangen, ja fast wurden wir an den Rändern zusammengepresst."

"Es waren 89 %, aber ich hab nicht mitgezählt!", verbesserte ihn Uki, der seinen Blick nun suchend herumschweifen ließ - entweder, um sich nähernde Feinde ausmachen oder um sich von Rons Anblick abwenden zu können.

"Auch gut! Mir kam es jedenfalls so vor, als flögen wir schon seit Äonen durchs All", stöhnte Ron und vollführte eine gekünstelte Armbewegung.

"Immerhin mussten wir uns all die Äonen keine Gedanken um unser Überleben machen", äffte Uki seinen Tonfall plus Geste nach, die er durch sein peripheres Sehvermögen mitgekriegt hatte.

"Aber diese trostlose Aussicht eeewig lange in der Blechbüchse gefangen zu sein...", gähnte Ron und breitete die Arme aus, wobei er extra tief durchatmete. "Hier ist doch ein Freiheitsgefühl spürbar, ebenso wie ein Pioniergeist!"

"Dafür hatten wir von oben den vollen Überblick, einen fixen Tagesplan und viele Annehmlichkeiten."

"So viele waren das auch wieder nicht", wiegelte

Ron ab.

"Nicht viele, aber so oft wir wollten! Und nun haben wir kein Stück mehr-"

"Naja, wenn du die weiblichen Stücke meinst, die haben wir hier auch." An der Stelle zwinkerte ihm Ron verschwörerisch zu.

"Ich wollte sagen, wir haben kein Stück mehr dazugewonnen. Es sollte eine Entspannung für uns werden und wurde leider ein Trip in die Vergangenheit."

"Vergangenheit? Wie meinst du das?"

"RON! Kapier es doch!!! Wir sind der Natur ausgeliefert mit nur einer Waffe für jeden und einem Allzweckanzug. Keine Kampf-Roboter, keine Maschinen, keine Chemie, dafür Riesen und Zwerge und jede Menge Probleme, wie z.B. dem Riesenproblem des Alterns. Wie einst unsere Urahnen, die es als narzisstische Kränkung empfanden."

"Du vergisst, dass wir über ein riesiges Wissen verfügen. Damit meine ich nicht nur unsre Armreifen. Jeder von uns ist ein Spezialist auf einem wichtigen Gebiet und einige sind Experten für eigentlich alles", zählte Ron auf, wobei er wie so oft leicht übertrieb.

"Ja, nur müssen wir Experten hier erst einmal die nötigen Rohstoffe abbauen und so zusammenfügen, dass wir sie auch zu unserem Zweck nutzen können. Bis wir da sind, wo wir schon längst waren, vergehen so viele Jahre, dass wir uns gerade noch automatisch ein Grab schaufeln lassen können."

Buzz kam dazu, der die letzten paar Sätze gehört hatte und sich sofort ins Gespräch einbrachte: "Lebt nicht in der Vergangenheit! Die stellt sich nämlich oft als gedankliche Falle heraus. Entweder idealisiert man sie oder versucht sie zu analysieren, ohne dabei auch nur einen Schritt weiterzukommen."

"Exakt!", pflichtete ihm Ron bei. "Aber Uki ergeht sich in sinnlose Grübelei um des Kaisers Bart, wie es seit altersher heißt."

Mit einem vernichtenden Blick zischte ihm Uki zu: "Einen Bart werden wir bald alle bekommen, denn ohne Age-Stopp-Pillen werden wir schnell alt aussehen."

"Das haben unsre Vorfahren ausgehalten und wir werden es auch!", versicherte ihm Ron mit wegwerfender Geste.

"Ich weiß da einen Spruch: die Vergangenheit ist ein Paradies, aus dem man nicht vertrieben werden kann! - Von hier wollen uns übellaunige Riesen vertreiben", beschwerte sich Uki gepresst.

"Pah", meinte Ron und zog die Mundwinkel herunter. "Unsere Vergangenheit ist kein Paradies, sondern eine Sackgasse! Erinnerungen sind wie Ketten, die einen nur daran hindern, die Gegenwart zu genießen."

"Was willst du hier genießen? Den Kampf oder die Abgeschiedenheit?"

"Da haben wir es schon", erkannte Buzz, wobei er sich wie ein Ringrichter zwischen die Diskutanten stellte. "Wenn man der Versuchung nachgibt, mit Zeitgenossen über Vergangenes zu diskutieren, dann gibt es bald Streit. Findet euch damit ab, dass wir hier bei Null beginnen, ohne um unsre nützlichen Tools zu trauern."

"Eventuell können wir einiges selbst herstellen, was uns einst so nützlich war", hoffte Ron nun. "Man verlässt sich nicht auf den andern, wo es besser ist selber zu handeln! Außerdem könnte dieser Planet noch einige positive Überraschungen für uns bereithalten!"

Nun schwieg Uki, sah zu Buzz, der ebenfalls in Gedanken versunken schien und zeigte dann in Richtung

Himmel. Als Ron aufsah, flog ein Schwarm kreischender Storchenvögel über sie hinweg und lud einige natürliche Abfallprodukte - vulgo Vogelscheiße - über ihnen ab. Wie auf der Erde handelte es sich um weiß-flüssige Batzen, die wie Meteore aus dem Himmel herabfielen und denen sie geschickt auswichen, dank geschulten Reflexen. Doch einer dieser unappetitlichen Batzen traf den Ast - präziser ausgedrückt - einen dürren Zweig eines Astes der Nadelbäume, worauf der Zweig abbrach und zu Boden fiel.

Uki hob ihn auf und zeigte ihn den andern. "Seht euch das an, wie ätzend die Scheiße hier ist. Nennst du das vielleicht positive Überraschung, Ron?""

Mit einem sehr leisen 'SSST!' fraß sich das weiße Exkrement in den Zweig hinein, sodass dieser an der getroffenen Stelle verdünnte und erneut abbrach.

"Das sieht nicht gut aus", stellte Buzz fest. "Wenn wir von einem dieser Kotflügler getroffen werden, könnte das gesundheitliche Folgen über die Verletzung hinaus haben."

"Yeah, so eine Art Vogelgrippe!" In hohem Bogen warf Uki den Rest von dem Zweig von sich und murrte mit Blick zu Ron: "Wieder ein Nachteil, obwohl hier doch paradiesische Zustände herrschen! An die werden wir uns noch auf unserem Totenbett erinnern."

Unbeteiligt tuend zuckte Ron nur die Schultern, ehe er säuselte: "Die Shit-Bomber ätzen, aber durch jedes Paradies schlängelt sich ein böses Reptil."

"Und ein Wurm durch den Apfel", setzte Buzz fort.

"Und dampfende Scheiße durch die Obstplantage!", fügte Uki harsch und unnötigerweise noch hinzu, wobei er sich sein aufgebranntes Hinterteil unauffällig kratzte.

"Ja, jetzt fehlt uns eigentlich nur die Sintflut, Gottes feuchter Reset-Versuch", grinste Ron, der sich keine Blöße geben wollte, obwohl er nicht weniger beunruhigt als die andern war.

"Ach, jetzt hört endlich auf mit diesem ewigen Vergangenheits-Wiederkäuen!", mahnte Buzz. "Ist euch schon aufgefallen, dass es hier keine Insekten zu geben scheint?

"Kaum, damit habe ich mich noch nie beschäftigt. Kerbtiere und Asseln sind mir sowas von egal", meinte Ron mit halb geschlossenen Lidern.

"Mir drängen sich da zwei Fragen auf", begann Buzz mit erhobenem Zeigefinger. "Wie funktioniert hier die Bestäubung der Obstbäume? Wovon ernähren sich die Vögel?"

Da zuckte Uki nur mit den Schultern, ehe er sagte: "Bestäubung von Hand wäre möglich, wenn die Zwerge ihre Leitern mitbringen. Die Vögel sind möglicherweise Aasfresser."

"Oder die Vögel bestäuben die Bäume und fressen dann die Früchte", setzte Ron fort. "Oder es gibt technische Pollinatoren, wie bei uns als das große Bienensterben begann..."

"Ich fürchte, wir werden hier noch einige Überraschungen erleben", ahnte Buzz Unheil. "Möglicherweise keine guten..."

"Haha", lachte Ron auf einmal auf. "Was einem so alles einfällt... Als Kind musste ich altertümliche Literatur pauken, da stieß ich auf eine Ballade, die ein deutscher Dichter im 18. Jahrhundert über einen Vogelschwarm schrieb. Die Kraniche des Ibykus."

"Und was ist so lustig daran? Haben die Kraniche

den Dichter auch vollgeschissen?" Uki hörte man immer noch unterschwellig Wut an.

"Nein, die Kraniche werden einzige Zeugen des Mordes an einem gewissen Ibykus. Dem Täter, einem ruchlosen Räuber, entschlüpft 23 Strophen später beim Zug der Vögel: das sind die Kraniche des Ibykus."

Buzz kratzte sich an der Schläfe. "Ehrlich gesagt verstehe ich nicht wo der Witz ist. Oder war dieser Ibykus Steuereintreiber?"

"Nein, der Witz ist, dass sich der Mörder angesichts der Vögel selbst verrät. Und ich musste lachen, weil Uki mich so mordlustig angesehen hat, bevor die Kotflügler auftauchten."

"Tolle Assoziationskette", bemerkte Uki kopfschüttelnd, "von unserer Pein auf einem fremden Planeten kommst du auf die Reime deiner Kinderzeit."

Bevor neuer Streit drohte, beschloss Buzz die beiden abzulenken. "Was haltet ihr davon, wenn wir uns wieder in Bewegung setzen, um unsere überschüssigen Energien loszuwerden?!" Ohne auf Antwort zu warten, ging er buchstäblich mit gutem Beispiel voran.

Im Kopf wirre Gedanken, im Herzen Löwenmut marschierten die drei tapferen Recken gemeinsam durch den Wald, der mit seinem saftigen Grün eine Augenweide darstellte und mit seinem harzigen Geruch ein Labsal für die Nase. Inmitten des Waldes hielt Reik soeben den restlichen Kameraden eine Rede zum Thema Kultur. Im Eifer des Redegefechts merkte er gar nicht, dass Buzz, Uki & Ron sich klammheimlich dazugesellten und aufmerksam lauschten.

Exhumierung
"Ich will euch ja nicht belehren, aber die fehlende

Verbindung zwischen Bedürfnisspannung und Bedürfnisbefriedigung ist die Voraussetzung für die Entstehung der menschlichen Kultur. Was ich damit andeuten will: es bleibt weiterhin dabei, dass es keine wie auch immer geartete Interaktion zwischen uns und den Eingeborenen gibt!", stellte Reik unmissverständlich klar. "Wir wollen hier keine soziale Disruption hervorrufen! Dass die Riesen uns bekämpft haben, entsprang wohl ihrem natürlichen Drang, ihren Planeten vor unerwünschten Eroberern zu schützen."

Hast du eine Ahnung, dachte Ron und musste sich das Lachen verbeißen. Gleichzeitig fragte er sich, wie lange es der Captain wohl ohne weibliche Dienste aushalten würde und schätzte seine Askese-Fähigkeit auf ein bis höchstens zwei Wochen.

Uki dachte an seine Dummheit, sich von seinem notgeilen Kameraden in einen Krieg treiben zu lassen und versuchte, seinen aufsteigenden Groll darüber zu unterdrücken.

Doch wie so oft ließ es Ron nicht auf sich beruhen, dass er von oben angeordnet um sein sexuelles Vergnügen kommen soll, und bohrte bei der Obrigkeit nach: "Captain, mit Verlaub gefragt, dürfen wir mit der weiblichen Bevölkerung hier nicht einmal ein kleines äh-Techtel-Mechtel haben?"

Der Captain holte tief Luft, was schon die kommende Lautstärke signalisierte: "NEIN!!! Sie sind für euch TABUUUU!"

"Ich hörte nur einmal von einem Arzt, dass man an Samenverhaltung krepieren kann."

Man sah Reik an, dass er sich beherrschen musste, doch er empfahl mit ausnehmender Höflichkeit: "Ich gebe dir einen Tipp, mein Lieber! If you can't make it fake it! Do it yourself!"

"Naja, einige von uns haben durch den Gebrauch der Fleisch-Holos schon vergessen wie das Wixen geht!"

"DANN LERNT ES!!!"

"AYE CAPTAIN!", brüllte Ron zurück, worauf eine kurze Stille eintrat.

"Wer von euch hat eigentlich Poles Armreif an sich genommen?", wollte Reik nun wissen und ließ seinen Blick in die Runde seiner nun etwas eingeschüchterten Mannen schweifen.

Keiner meldete sich, denn in ihrer Trauer hatten sie total darauf vergessen, dem Toten alle für sie nützlichen Dinge abzunehmen. Der Captain nahm erneut einen tiefen Atemzug und alle erwarteten einen Wutanfall mit dazugehörigem Gebrüll, Vorwürfen oder den Hinweis, dass der erhöhte Sauerstoffanteil hier eigentlich ihre Gehirne aktivieren sollte.

Doch Reik zischte nur durch die Zähne: "Los, Ron und Uki! Ihr zwei exhumiert ihn und bringt mir seine Habe! ABER DALLI-DALLI! Das muss Zack-Zack-Zack gehen!"

Ohne zu murren zogen sie eilends los und natürlich entspann sich ein Dialog zwischen ihnen, der um das Thema Nummer Eins kreiste.

"Der redet von Bedürfnissen und verbietet uns deren Befriedigung", maulte Ron los. "Dabei hat jeder Mann ganz einfache Grundbedürfnisse wie Nahrungsaufnahme und Sexualität."

"Du vergisst das Bedürfnis nach sozialer Akzeptanz", kritisierte Uki.

"Logisch, das geht doch mit dem Sex Hand in Hand", verteidigte er sich. "Welche bessere Akzeptanz als Sex mit einem willigen Weibchen kannst du dir denn vorstellen, Uki?"

"Sex mit einem heißen Fleisch-Hologramm und die Auszeichnung meiner militärischen Leistung durch eine Ordensverleihung", ratterte dieser herunter.

"Ach, das sind doch nur billige Surrogate!"

"Ron, gib Ruhe! Sonst kommen uns beide deine Extra-Touren noch teuer zu stehen!"

"Also ich finde, sie geben unserem Trip hier erst Sinn!", befand Ron, der es liebte, das letzte Wort zu haben.

Als die beiden wenig später schweigend bei Poles Steingrab ankamen, traf sie beinahe der Schlag: die Steine und ein paar Felsen waren abgetragen worden und lagen wild verstreut wie Spielzeug für die Riesen herum, von dem Leichnam fehlte jede Spur. Auch sonst zeigte sich auf dem harten Boden keine Spur von Tritten, Pfotenabdrucken von Raubtieren oder gar Schleifspuren. Nichts, so als hätte hier nie ein Toter gelegen oder sich dieser einfach in Luft aufgelöst.

"VERDAAAMMT!", brüllte Ron los.

"RUHE!", brüllte Uki zurück, ehe er in normaler Lautstärke erklärte: "Wir müssen nach brauchbaren Spuren suchen. Wenn ihn ein wildes Tier ausgebuddelt hat, bzw. von den Steinen befreit und weggeschleppt, dann müssen wir ihn rasch finden, ehe sich die Einheimischen an die Erprobung seines Armreifens machen."

"Immerhin hatte er ja keinen Phaser dabei!", beruhigte ihn Ron.

"Ja, aber der Armreif hat auch seine Tücken, wie du wohl weißt", erinnerte ihn Uki an einige Funktionen des Reifens, den sie in höchster Not sogar als Waffe für den Nahkampf gebrauchen konnten.

"Moment mal", fiel Ron ein. "Hatte er den überhaupt noch?"

"Was weiß ich", überlegte nun auch Uki. "Wenn ihm die Roboter den Armreif abgenommen hätten, dann-"

"-dann müsste das demjenigen aufgefallen sein, der ihm die Fesseln abgenommen hat. Wer war das nochmal?", fragte sich Ron nun kopfkratzend selbst und verfluchte seine Unaufmerksamkeit. Das war auch so eine dumme Nebenwirkung der Bequemlichkeiten an Bord des Raumschiffes: die jederzeitige Alarmbereitschaft sank gegen Null und man wurde sehr leicht unkonzentriert, da erhöhte Aufmerksamkeit einfach nicht überlebensnotwenig war.

"Ich habe eine Idee", sagte Ron und begann die Steine einzusammeln und sorgsam wieder aufeinanderzulegen.

"Die meisten Ideen sterben schon als Babies!", meinte Uki ironisch.

"Ich finde, unsere Ideen sollten miteinander schlafen und unzählige neue Ideen gebären!", erwiderte Ron schlagfertig und mühte sich gerade mit einem Felsen ab.

"Wie ich sehe, willst du den Anschein erwecken, als läge Pole noch unter den Grabsteinen."

"Fast richtig", lobte ihn Ron. "Denn du meintest sicher seine Leiche läge noch drunter. Jedenfalls erspart es uns eine Menge Ärger, wenn wir sein Verschwinden einfach verschweigen und dem Captain erklären, dass er keinen Armreif anhatte, da wir sonst den unangenehmen Auftrag erhalten könnten, diesen aufzuspüren."

"Und was, wenn der verfluchte Armreif doch noch auftaucht?" Uki sah ihm beim nun hastigen Steine-

Auftürmen tatenlos zu.

"Das wäre mehr Pech als wir zwei zusammen haben könnten!", beruhigte ihn Ron, der das Steingrab fast wieder so hingekriegt hatte, wie sie es alle verlassen hatten, als unter der Last der vielen Brocken noch Poles zirka 90 Kilo schwerer Körper lag. "Aber wenn du dich unbedingt vom Captain anplärren lassen willst... bitte! An mir soll es nicht liegen." Fatalistisch breitete er die Arme aus und grinste unverschämt.

"Ron, du spielst mit deinem Leben." Nichtsdestotrotz gruppierte er einige Steine um. "So, das müsste ungefähr hinkommen!"

"Na also, endlich bist du vernünftig geworden." Ron klopfte ihm wohlwollend auf die Schulter und kassierte wieder einmal einen bösen Blick.

"Das ist nun schon unser zweites Geheimnis", bemerkte Uki in Anspielung auf ihren verbotenen Sex mit den indigenen Frauen. Es bereitete ihm ein mulmiges Gefühl, so als würde er immer tiefer in einen Treibsand-Pool sinken. Andererseits stank ihm das aufgeblasene Gehabe des Captains. So saß er irgendwie zwischen zwei Stühlen, auf denen er doch nie richtig Platz nehmen konnte.

Bei ihrer Rückkehr harrten Reik samt dem Rest der Mannschaft schon der spannenden Nachricht, was denn die Exhumierung in Erfahrung gebracht hatte. Mittlerweile war Kip eingefallen, dass er es gewesen war, der Pole die Kabel, mit welchen ihn die Roboter gefesselt hatten, abgenommen hatte.

Als Ron im Beisein von Uki dem Captain nun in einem Rapport mit gespielter Erleichterung berichtete, dass Pole seinen Armreifen nicht dabeihatte, da geriet Kip ins Grübeln, denn er war sich ziemlich sicher, dass er ihn schon anhatte. Doch nun herauszuplatzen und dem streng gewordenen Vorgesetzten etwa zu sagen 'Ach, mir ist gerade einfallen, dass ich ihm die Fesseln abnahm und ich bin ziemlich sicher, er hatte den Armreifen noch' war ihm einfach zu peinlich, also schwieg er einfach. Nichts erklären - nicht beschweren!

"Habt ihr auch seine Uniformtaschen untersucht?", wollte Reik wissen.

Wie aus dem Phaser geschossen entgegnete Ron dienstbeflissen: "Jawohl! Sie waren alle leer."

"Hm", machte Reik vergrämt, biss sich auf die Unterlippe. "Die vermaledeiten Roboter haben ganze Arbeit geleistet."

"Captain, ich glaube, ich habe eine wichtige Entdeckung gemacht", meldete sich Kip Linquist mit erhobenem Zeigefinger wichtigtuerisch zu Wort.

"Sprich!"

"Als ich die Kleidung einer weiblichen Dorfbewohnerin befühlt habe, da fiel mir auf, dass-"

"WAS?", unterbrach ihn Ron empört. "DU hast es gewagt eine der Eingeborenen anzufassen, trotz des ausdrücklichen Verbotes vom Captain???"

Angewidert von Rons Frechheit verdrehte Uki die Augen und auch der Captain warf ihm einen skeptischen Blick zu, zeigte ihm mit der Hand gebieterisch an, gefälligst zu schweigen.

"ICH HABE NUR IHRE KLEIDUNG ANGEFASST!", bellte ihn Kip an, wandte sich dann wieder an Reik. "Mich interessierte der schöne farbenkräftige Stoff. Da bemerkte ich, dass es sich um ein modernes Material mit Lotus-Effekt handelt, vollkommen schmutzabweisend, das heißt, sie braucht es nie zu waschen, keine Tenside verunreinigen hier die

Gewässer und deswegen hat der See auch
Trinkwasserqualität. Daher gibt es hier auch keine
Wäsche, die auf Stricken im Wind flattert, wie sonst bei
solch altertümlichen Dörfern üblich."

Das mit den Lotus-Effekt-Kleidern war Ron noch
gar nicht aufgefallen, da er viel zu beschäftigt gewesen
war, sich die nackten Körper darunter vorzustellen. "Bei
den Windgeschwindigkeiten, die bei Sonnenuntergang
auftreten, würde die Wäsche wohl nicht lange im Wind
flattern, sondern auf Nimmerwiedersehen verweht
werden", warf er ein.

"Na schön, das ist zwar interessant, aber für uns
doch kaum von Belang, Kip", meinte Reik etwas
enttäuscht.

"Eigentlich folgerte ich daraus eine grobe
Unstimmigkeit. Schließlich tragen die kleinen Frauen
keine Schuhe, leben in ziemlich primitiven Hütten und
dann kleiden sie sich mit derart hochwertigem Material,
ich meine, dieser Stoff wächst doch nicht auf Bäumen so
wie die köstlichen Früchte hier."

"Pah, vielleicht haben wir diese Bäume nur noch
nicht gefunden", mischte sich Ron wieder ein.

Erneut warf ihm der Captain einen strafenden
Blick zu, ehe er erklärte: "Kip zeigt da einen
Anachronismus auf, der tatsächlich von Interesse für uns
sein könnte, doch im Augenblick können wir dessen
Ursprung nicht eruieren, sondern müssen uns
wesentlicheren Problemlösungen widmen."

"Ja, das sehe ich genauso, Captain", gab ihm Ron
recht. "Das Wichtige zuerst und dann können wir eine
Feldstudie über die hiesige Mode machen, mein Freund!"
Gönnerhaft zwinkerte er Kip zu.

Dessen Miene sprach Bände. Im Grunde hätte er

sich von Reik einen Verweis für den vorwitzigen Kameraden erwartet, doch schwieg er. Einen Vorgesetzten an seine Pflicht zu erinnern, konnte nur schlecht rüberkommen.

"Darf ich dennoch eine meiner Beobachtungen kundtun?", fragte Slim Hubble etwas schüchtern, um auf ein Kopfnicken des Captains fortzufahren: "Als ich mir das Dorf ansah, bemerkte ich einen Stall, in dem vier an einen Wagen angespannte Zugtiere parat standen. Ähnlich Pferden, nur mit runderen Köpfen. Das kam mir seltsam vor, denn alten Aufzeichnungen zufolge wurden Tiere aus dem Stall geholt und erst draußen an einen Wagen angespannt. So aber schien es mir, als wäre das Gespann wie ein Auto in einer Garage fix & fertig zur Abfahrt. Das wäre ein weiterer Anachronismus."

"Andre Planeten, andre Sitten", meinte Reik schulterzuckend.

"Und was, wenn die Tiere so eine Art von Cyborg sind", fiel Kip ein.

"Hattest du den Eindruck, Slim, dass es sich um echte Tiere gehandelt hat?", forschte Reik.

"Ja, sie schnaubten laut, als sie mich sahen, rochen nach nassem Fell und eins davon scharrte mit einem Vorderhuf", berichtete er eindringlich gestikulierend. "Sie stellten jedoch keine Gefahr für mich dar, falls Sie das meinten, Captain."

"Dann lassen wir auch hier noch eine genaue Prüfung hintanstehen", ordnete Reik an. "Informiert mich sofort, falls einer von euch irgendetwas für uns alle Gefährliches erkennt!"

Erneut senkte sich die Nacht ziemlich rasant nach langem Tage und tauchte die atemberaubende Landschaft in geheimnisvolle Dunkelheit bis auf das von den

üblichen Himmelskörpern am Firmament gestreutem
Licht. Die Phoenix-Zwerggalaxie besaß in ihrer
Zentralregion eine Anzahl junger Sterne, die sich in
Richtung Ost-West bewegte, und in der Außenregion
eine Population älterer Sterne, die sich in Nord-Süd-
Richtung bewegte, und sehr gut sichtbar waren. Ein
selten schönes Schauspiel von Lichtpunkten, die beinahe
wie geschliffene Diamanten auf einem schwarzen
Samtvorhang glänzten. Bedauerlicherweise wusste
niemand etwas über eine menschenähnliche Population
auf den die Sterne umgebenden Planeten, auf deren Hilfe
man hätte hoffen können, wenn deren technische
Errungenschaften schon ausgereift genug gewesen
wären...

Schwarze Messe

In der folgenden Nacht konnte Ron nicht und nicht
einschlafen, sein Gedankenkarussell kreiste um die
verspielte Vergangenheit und eine ungewisse Zukunft.
Lustlos wälzte er sich von einer Seite auf die andere,
schnüffelte am Moos, das ihm als weiche Unterlage
diente und dachte wehmütig an die fehlende sexuelle
Interaktion. Vorsichtig sah er sich um, alle seine
Waffenbrüder einschließlich dem Captain schlummerten
schon und über ihm schienen die Sterne zu tanzen, die
Galaxien verlockend zu glühen - da wurde ihm ganz
kribbelig zumute und er erhob sich leise, schlich sich
nach draußen, immer darauf bedacht, den zur Zeit Wache
habenden Ivan Sastro nicht zu begegnen. Geduldig
wartete Ron, bis Ivan bei seinem Rundgang um die Ecke
der Ruine gebogen war und hoffte, sein Abgang werde
ihm nicht auffallen. Doch dieser genoss sein immer noch
vorhandenes Kolka und beachtete Ron nicht weiter,

daher lief dieser eilig von der Ruine weg. Etwas Verbotenes zu tun, wie das unerlaubte Entfernen von der Truppe, vermittelte ihm einerseits das Gefühl des Desertierens andererseits ein prickelndes Abenteuer. Ungeachtet der Gefahr, der er sich so alleine in der Dunkelheit aussetzte, wollte er schnurstracks in das kleine Dorf, in dem seine Schalinda lebte, doch fand er es in der Finsternis nicht, es schien ihm sogar, als bewegte er sich immer nur im Kreis. Als Wegweiser leuchtete ihm nur die Turmspitzen-Bronzekugel, sodass er sich entschloss, einfach dorthin zu marschieren, um Nachschau zu halten, warum die Kugel in der Nacht so hell leuchtete. Komisch, dachte er sich, halten die Bewohner gar eine geheime Mitternachtsmesse ab?

Den Glauben an Gott hatten er und seine Zeitgenossen längst ad acta gelegt und hingen nur mehr der logischen Wissenschaftsgläubigkeit an. All jene, die bisher an Gott oder gar an den Teufel geglaubt hatten, erklärten sich die natürlichen Phänomene mit den Gesetzen der Physik, die auf einigen Planeten doch unterschiedlich zum Ausdruck kamen. Doch hier auf Veno 38b lebten ja noch zwei ziemlich ungebildete humanoide Rassen, die zwar in ihrer Größe verschieden waren, nicht jedoch in dem Glauben an ein höheres Wesen, dem sie wohl nun ein Gebet oder gar ein Opfer darbrachten? Sein Blutdruck stieg in der Gefahr, von einem der Riesen erwischt zu werden, denn von den knollennasigen Männern und den herzigen dickbäuchigen Weibchen drohte ihm sicher keine Gefahr. So dachte er jedenfalls, als er sich Schritt für Schritt dem kirchenähnlichen Bauwerk näherte. Eine Art von rhythmischem Gesang mit stark wummernden Bässen dröhnte ihm entgegen. BOOM-BOOM-TSCHA-TSCHA-

BOOM-BOOM!!! Langsam öffnete er das große Tor einen Spalt, lugte hinein und sah die Wände glühen. Keine Lampen, keine Fackeln, keine Kerzen, nur helle Wände, die wohl von der Bronzekugel auf der Turmspitze mit Energie gespeist werden mussten. Ab und zu blitzten verschiedenfarbige Lichtreflexe auf.

Das ist gar keine Kirche, dachte Ron, sondern vielleicht ein Nachtclub! Innen tanzte die gesamte Dorfgemeinschaft wie in Extase, besonders die Frauen. Wild und heftig in geradezu konvulsivischen Bewegungen mit fliegenden Haaren tanzten die Weibchen mit wogenden Brüsten im Kreis herum. Ihre bunte Kleidung flatterte lustig im Luftsog ihrer schnellen Bewegungen, die sie anmutig vollführten. Mitten darunter tanzte seine Schalinda, als litte sie an einem Tremor, den Tanz der sieben Schleier (was hier vorging war ihm schleierhaft)! Doch sakrale Innigkeit und brodelnde Leidenschaft gingen ja bei primitiven Völkern Hand in Hand wusste er aus der Menschheitsgeschichte und der Geschichte von den Völkern, die sie bisher auf fremden Planeten besucht hatten, wenn es auch wenige waren. In dem Augenblick wünschte er sich nichts mehr als stoßende, schiebende, schweißtreibende Erotik bis zum Umfallen.

Neugierig und brünftig trat er ein, schloss das Tor wieder hinter sich und beäugte sich die von Alkohol trunkenen Männlein, die nur mehr schwach auf den Beinen tänzelten. Sie lallten in der fremden Sprache leierartig den immer selben Text herunter. Wohl ein Gebet oder eine mythische Beschwörung. Na hoffentlich beschwören die keinen Dämon, dachte Ron, aber so etwas gibt es ja nicht. Außer, es steht mit irgendeiner utopischen Technik in Zusammenhang. Sein Misstrauen wuchs im Ausmaß der Lautstärke. Spielten ihm die tanzenden Mitglieder der Dorfgemeinschaft nur ein Ritual vor? Schließlich wurde er mutiger und trat von der Seite her näher an die Tanzenden heran, die ihn keines Blickes würdigten. Vielleicht befanden sie sich auch schon in einer Art Delirium Tremens, was angesichts des ruchbaren Alkoholkonsums kein Wunder gewesen wäre. Wer konnte schon wissen, wie das genossene Gesöff wirkte, ob es Halluzinationen heraufbeschwor oder doch nur eine Art von Bewegungsdrang. Schon wollte er Schalindas Namen ausrufen, doch andererseits wollte er sie in ihrer künstlerischen oder auch kultischen Darbietung nicht unterbrechen. Die Kleine sah wunderhübsch aus und verströmte einen betörenden Duft, der bei jeder ihrer Drehungen seine Nase streifte und ihm einen Niesanfall verursachte.

Weiter hinten schien so etwas wie ein Altar zu stehen, daher machte er sich auf, diesen näher in Augenschein nehmen zu können. Der Altar mochte etwa drei mal drei Meter breit und zwei Meter hoch sein wobei einige Stufen zu ihm hochführten. Dahinter hing so etwas wie eine Fahne, ein Stofffetzen, auf dem rote Flecken eine Art von Rorschachtest zum Raten boten. Die Flecken formierten sich in einer Bienenwaben-Struktur mit an den Ecken ausgefledderten Enden. Und auf dem Altar war etwas oder jemand mit Stricken festgebunden. Noch befand er sich zu weit weg, um erkennen zu können, um was oder um wen es sich handelte, während ihm der unentwegte Gesang, bzw. das Geleier der trunkenen Männlein plus der Wummer-Musik schon in den Ohren schmerzte. Vibrationen davon schienen seinen Körper zu erfassen und ihn gleichsam im Rhythmus der tanzenden Frauen mitzureißen. BOOM-BOOM-TSCHA-

TSCHA-BOOM-BOOM. Endlich kam er dem Altar nahe genug, um zu erkennen, dass sich darauf ein nackter Mann befand, der reglos und scheinbar schicksalsergeben dalag.

Was soll ich nur tun? Wer ist es und soll ich ihm helfen, überlegte Ron hektisch mit steigender Pulsfrequenz die Stufen nach oben nehmend, eilte zum Gipfel des Grauens und erschrak, als er neben dem Nackten den ihm wohlbekannten Armreif bemerkte, auf dessen Display er sich selber erkannte, wie er die Steine wieder zu einem Grab auftürmte und er rief erschrocken aus: "POLE!"

Der Lärm ebbte ab, der Sound verhallte und gespenstische Stille trat ein wie ein unsichtbarer Gast in dieser unheimlichen Stätte. Pole hob den Kopf mit seinem entstellten Gesicht, starrte auf Ron, wobei ihm die Augäpfel aus den Höhlen zu fallen drohten.

"AARGH!", rief Ron aus, trat zurück, fiel die Stufen - holterdipolter -hinunter, schlug unten hart auf und - erwachte.

Alle seine Kameraden einschließlich dem Captain erwachten und sahen ihn fragend an.

"Hast du wieder schlecht geträumt, Ron?", erkundigte sich Reik.

"NEIN!", log er schnell und sah nun selbst fragend von einem zum anderen. "Aber ich hab etwas gehört. Einen Schrei!"

"Ich auch!", bestätigte Scot Wigfield und erhob sich energisch. "War das gar Ivan? Der sollte doch Wache halten."

Alle machten sich sofort auf die Suche nach dem zur Nachtwache abkommandierten Ivan Sastro, der den Schrei hätte ausstoßen können, um ihm zu Hilfe zu eilen.

Nach nur einer Umrundung der Ruine fanden sie ihn schließlich etwas abseits liegend vor, doch scheinbar unverletzt. Reik beugte sich zu ihm, rüttelte ihn, worauf er wie von einem Giftreptil gestochen hochsprang und dann verwirrt herumguckte.

"Verdammt nochmal!", fluchte der Captain los.

"Was ist denn los?" Benommen rieb sich der Kolka-Konsument die Augen.

"Das frage ich dich, du Niete!", schimpfte Reik gepresst. "Du nimmst meinen Auftrag für uns Wache zu halten, offenbar zuwenig ernst."

"Äh, tut mir leid, ich muss eingenickt sein", gab er zu, wobei aus seinem Mund eine Geruchsfahne von Kolka wehte. Die Droge bewirkte nicht nur eine nervenberuhigende Lethargie bei anspannenden Situationen, sondern konnte je nach Dosierung auch in eine viel schönere Weltwahrnehmung umschlagen, was Depressionen oder Aggressionen verhinderte, schien für den Wachdienst jedoch gänzlich ungeeignet!

"Den Grund dafür rieche ich! Die Drogenplättchen scheinen dir eine eklatante Gehirnerweichung verursacht zu haben. Du hast während der Dienstzeit Kolka konsumiert", warf ihm Reik anklagend vor, "und damit unsere Sicherheit riskiert."

"Verzeihung, Captain!" Ivan stand stramm und salutierte. "Das wird nie wieder vorkommen."

"Richtig, weil ich dir hiermit dein noch verfügbares Kolka konfisziere!", kündigte Reik mit strenger Stimme an, streckte dabei seine offene rechte Hand zum Empfang aus. "HER DAMIT!"

Widerwillig rückte es Ivan Sastro mit einer Miene, als leide er jetzt schon an dem Entzug, aus seiner seitlichen oberen Uniformtasche und sah dabei aus, als hätte ihn der Captain zum Minenräum-Roboter degradiert.

"Leg dich schlafen!", befahl ihm Reik und steckte das Kolka selbst ein. Wahrscheinlich würde er sich auch selbst die kleinen graugrünen Plättchen vor der erneuten Nachtruhe unter der Zunge zergehen lassen. "Ron! Du hältst die restliche Nachtwache!"

"Zu Befehl, Captain!", willigte Ron stante pede ein und war heilfroh, dass er nicht wieder vor versammelter Mannschaft als ein nächtlicher Störenfried, den Albträume plagten, dastand. Stattdessen hatte es eben Sastro erwischt, der sich auf Wache einfach zugedröhnt hatte, aber impulsive Menschen kannten ja keine Grenzen. Und Ivan schien sich dauerhaft in einem Ausnahmezustand zu befinden, den er mit Rauschmittel zu dämpfen versuchte.

Kaum hatte sich Reik mit den anderen in die Ruine zurückgezogen, um sich auszuschlafen, fühlte sich Ron versucht, seine im Traum erlebte Erkundung in die Tat umzusetzen, was allerdings hieße, dass er alle ungeschützt wem auch immer auslieferte. Das konnte er mit seinem Gewissen nicht vereinbaren und nahm sich fest vor, aufrecht Wache zu schieben. Bei seinen Runden geriet seine Blickachse immer wieder zu dem von dem Hügel aus gut sichtbaren kirchenähnlichen Turm, der ihn mit seiner Bronzekugel anzulocken schien. Von ferne meinte er einen seltsamen Klang zu vernehmen, ähnlich einer Äolsharfe. Nein, dachte sich Ron resolut, mich kannst du nicht hier weglocken!

Im Dorf der kleinen Leute
Im Morgenlicht boten die hohen Berge in der Ferne mit ihren schroffen Felswänden ein Monument

jener Feindseligkeit, welches die Riesen in humanoider Gestalt zu verkörpern schienen. Auch ein etwas niederer Berg in der Nähe versprach kaum einladender zu sein. Dennoch teilte Try Tonka den Kameraden spontan mit, dass er ihn zu besteigen gedachte.

"Du musst irre sein, wozu willst du da hinaufklettern?", fragte Ron verständnislos. "Sei froh, dass uns der Lange keinen Befehl dazu gibt."

"Der Captain schätzt Eigeninitiative und ich besteige den Berg, weil ich mir Ergebnisse erhoffe, die ich dem Captain mitteilen kann", erklärte Try festen Blickes. "Ich werde auf Streife dorthin gehen und mit dem Phaser auch einige Brocken absprengen, um mir anzusehen, ob der Berg irgendwelche brauchbaren Bodenschätze bietet."

Dieser nützliche Idiot ist auf eine Beförderung scharf, dachte sich Ron und wandte nach dessen Abgang seine Aufmerksamkeit der örtlichen Ansiedlung zu.

Im Dorf schien noch keiner aufgestanden oder schon alle ausgeflogen zu sein. Ron, Uki und Al trieben sich zuerst zwischen den Häusern herum, die alle rechteckig gebaut mit hübschen Dächern jedoch ohne Fenster etwas abweisend dastanden.

Wissbegierig befühlte Al das Baumaterial, indem er an einer der Hauswände mit der flachen Hand entlangstrich. "Scheint gehärteter Lehm zu sein, die Türen sind aus Holz." Sicherheitshalber scannte er noch mit seinem Armreif. "Ja, die Technik gibt mir recht!"

"Die Anordnung entspricht unseren mittelalterlichen Städten", stellte Ron fest. "Warum wohl die Fenster fehlen? Kennen die kein Glas?"

"Möglicherweise wollen sie vermeiden, dass ihnen jemand in die Stube hineingucken kann", vermutete Uki.

"Sie scheinen etwas gegen Voyeure zu haben."

Die Häuser unterschieden sich kaum voneinander, weder im Baustil noch in der Größe. Daher verloren die drei Männer schnell ihr Interesse an den Wohnstätten. Es schien einfach eine Ansiedlung von Behausungen der Eingeborenen zu sein. Dennoch warf die eine oder andere kleine Abweichung von den ihnen bekannten Fakten über solche Siedlungen Fragen auf. Besonders der Mittelpunkt des Dorfes schien ihnen einer näheren Inspektion würdig.

"Lasst uns zu der komischen Kugelkirche pilgern", schlug Ron flapsig vor.

Auf dem Dorfplatz stand der sakral anmutende Bau mit dem hohen Turm, auf welchem sich die große Bronzekugel befand. Stumm standen sie vor dem seltsamen Bauwerk und beäugten alles ganz genau. Das Baumaterial der kirchenähnlichen, ebenfalls fensterlosen Konstruktion stellte sich ebenso als gehärteter Lehm wie die Häuschen heraus, und dessen Turm ragte 85 Meter empor, wirkte mit der kugeligen Turmspitze wie ein Relikt aus einer lang vergessenen menschlichen Ära, die hier erst zu beginnen schien. Sakralbauten gab es auf der Erde längst nicht mehr. Mit zunehmender Verschmutzung lösten Kläranlagen für Luft und Wasser diese Bauwerke ab. Doch auf Veno 38b schien die Welt noch in Ordnung zu sein: frische Luft, glasklares Wasser und unbedarfte kleine Wesen in heimeligen Hütten, die wohl ab und an von Riesen bedroht wurden, sonst konnte man keine Gefahren erkennen.

Interessant fanden sie, dass der Sakralbau zwar über eine Tür verfügte, diese jedoch keine Türschnalle aufwies. Auf Al Prongs zaghaftes Klopfen öffnete sie sich nicht, außerdem hörte sich das Tor nicht etwa hohl an, sondern, als wäre dahinter gar kein Raum.

"Merkwürdig", stellte Al fest. "Kann doch nicht sein! Man baut doch kein solches Gebäude, ohne reingehen zu können."

"Da gibt es ein Wort dafür", fiel Uki ein. "Potemkin'sches Dorf - nur Fassade. Und hier ist sogar hinter der Fassade nichts."

Voller Übermut schoss Ron mit seinem Phaser gezielt die große Bronzekugel von der Turmspitze des kirchenähnlichen Gebäudes herunter, um Stärke zu demonstrieren. Das glitzernde fünf Meter im Durchmesser große Ding fiel scheppernd herab und landete praktisch vor ihren bestiefelten Füßen, wobei Uki einen Sprung zur Seite machen musste, um von dem auf ihn zurollenden Gegenstand nicht umgestoßen zu werden.

"Du Geistesfragment!", schalt ihn Uki. "Du weißt doch null über diese Kugeln."

"Es ist ein simpler Sonnenkult! Wir müssen denen zeigen, dass sie mehr von uns als von der Sonne abhängig sind!", meinte Ron und steckte den Phaser zurück ins Halfter. "Also immer mit der Ruhe, Uki, mein Freund!"

"Guck doch mal, was da aus der Kugel raushängt, du Wixer!!!", ärgerte er sich und deutete auf ein Stück Draht. "Wofür hältst du das? Für ein Metall-Spaghetti, häh?"

"Hm, ein Draht, wohl um das Ding nachts zu beleuchten", schätzte Al.

"Siehst du hier irgendwo Hochspannungsmasten oder Trafo-Stationen?", erkundigte sich Ron.

"Das ist eine Alarmanlage!", zischte Uki.

"ACH - wirklich?" Nun sah Al fragend zu Ron, der nur mit den Schultern zuckte und ansonsten ein ausdrucksloses Gesicht zeigte.

Von all den Männern der Truppe hatte Ron das kantigste Gesicht, symbolträchtig für die Ecken und Kanten seines Charakters. Außerdem besaß er von allen die meiste Widerspenstigkeit.

"Wollen wir wetten?"

"Von mir aus gern, Uki." Mit gespielter Gleichgültigkeit drehte Ron beide Handflächen nach oben.

"Um wieviel?" Zornig stemmte er die Hände in die Hüften und zeigte danach Ron die berühmte Geldgeste - obwohl Geld für sie längst keine Rolle mehr spielte, doch es konnte durchaus sein, dass sie es wieder einführten, wenn es die Umstände verlangten - während Al stumm unschlüssig zwischen ihnen hin- und herguckte.

"Und wie kommst du da drauf, dass diese primitiven Leutchen sowas Technisches überhaupt kennen, häh? Wo die nicht einmal Fenster haben, sollen die Elektrizität kennen?"

"Gerade, weil sie keine Fenster haben, brauchen sie doch Licht!"

"Aber Uki, Licht kann man nicht nur elektrisch herstellen, sondern mittels Fackeln, oder auch durch Spiegel, die das von den Rauchfängen empfangene Tageslicht nach unten weiterleiten", explizierte Ron.

"Wann war die Sonde hier? Vor rund 100 Jahren! Und welchen Fortschritt haben die Leutchen hier gemacht? Vom Naturvolk zur Zivilisation ist es ein Riesensprung. Der ist in so kurzer Zeit gar nicht möglich!" Ukis Stimme hörte sich gepresst und aggressiv an.

"Also das ist mir eigentlich auch schon aufgefallen", meldete sich Al wieder zu Wort. "Wir

Menschen brauchten doch vom ersten Ackerbau bis zur Industriellen Revolution gute 12.000 Jahre, wenn die ganzen Aufzeichnungen stimmen."

"Bravo, du hast deine Hausaufgaben gemacht", lobte der Captain, der neugierig dazugekommen war und genau wusste, dass Wertschätzung gegenüber Untergebenen als wichtige Stellschraube für die emotionale Bindung an den Trupp galt. Man konnte auch sagen, dass er immer dann auftauchte, wenn ihn seine Untergebenen so gar nicht benötigten. "Was also folgern wir daraus?"

Ron tat sich großspurig hervor: "Jemand hat ihnen geholfen und zwar, um sich selbst zu bereichern. Am Erz, Gold oder was weiß ich!"

"Darf man wissen was hier los ist?", erkundigte sich der inzwischen ebenfalls dazugestoßene Buzz Cochran.

"Ron hat eine der Turm-Kugeln zerstört, ohne sich vorher über deren genauen Sinn zu informieren. Da lugt noch ein Draht von einer Alarmanlage raus", klärte ihn Uki auf.

"Von der du nicht genau weißt, ob es eine ist!", vervollständigte Ron grimmig. "Oder hast du das zweite Gesicht?"

"Ich habe eine untrügliche Intuition, wenn es um Gefahren geht. Und bei mir klingeln alle Sirenen, wenn ich den Draht sehe, du Klugscheißer. Wer ist eigentlich für deine Existenz verantwortlich? Ein selten unfähiger Fertilitätsmediziner?"

"Entschuldigt, wenn ich euch inkommodiere", brachte sich der Captain leicht verstimmt in Erinnerung, "aber anstatt hier locker miteinander zu plaudern, habt ihr mir MELDUNG ZU MACHEN!"

Sofort standen sie stramm.

"Rührt euch!"

Alle standen wieder bequem.

"WARUM HAST DU DIE KUGEL ZERSTÖRT, RON?"

"Naja, aus Neugierde einerseits und andererseits, um der Bevölkerung zu zeigen, dass wir hier nun am Drücker sind und von ihnen bedient werden wollen. Ein Hang zur Unterwerfung kann sehr behaglich sein, Captain, den können wir uns so leichter zunutze machen."

"Das macht man aber nicht mit dem Presslufthammer, sondern mit dem Chirurgenskalpell!", belehrte ihn Reik gepresst. "Wir können nicht alles zerstören, was in der Weltordnung der Zivilbevölkerung bisher Bestand hatte! Außerdem ist eine Machtdemonstration sinnlos, wenn keiner zusieht! Jedenfalls sind die Kugeln keine Zierde, sondern dienen offensichtlich einem technischen Zweck!"

"Möglich wäre es, dass die Einheimischen doch schon hochtechnisiert sind, es aber hinter altertümlicher Fassade geschickt verbergen. Die Kugeln könnten Blitzableiter oder auch simple Funkstreckenverlängerer sein", folgerte Ron.

"Da könntest du recht haben", stimmte Reik zu. "Hier muss nichts so sein, wie es uns erscheint. Vergesst nicht, dass dieser Planet wohl erdähnlich, aber nicht unsre Mutter Erde ist. In Zukunft tut keiner von euch etwas ohne meinen ausdrücklichen Befehl, vor allem, was grobe Umbauten an Geologie oder Architektur betrifft."

"Captain, dann sollten Sie dringend mit Try reden", schlug Ron vor. "Der wollte nämlich einige

Felsbrocken von dem kleinen Berg dort sprengen, um sich von den vorhandenen Bodenschätzen ein Bild machen zu können."

"Verflucht, macht hier jeder, was er will?", fluchte Reik, rannte wie ein geölter Blitz Richtung der Berge und Buzz sowie Al schlossen sich ihm sofort in vorauseilendem Gehorsam an.

Als die drei außer Sichtweite waren, setzte sich auch Ron in Bewegung, wobei er einen Pfiff ausstieß, um die pferdeähnlichen Lasttiere anzulocken. Allein... sie erschienen nicht.

"Die Viecher haben wohl eine besondere Tonlage eingespeichert", mutmaßte Ron, der stehengeblieben war und sich suchend umsah. "Als die Weiber pfiffen, kamen sie sofort presto angetrabt."

"Ich wünschte, ich könnte auf Pfiff mein Fleisch-Hologramm antraben lassen", ließ Uki sehnsüchtig verlauten, verdrehte seine Augen dabei.

"Und ich wünschte mir den Kopf des verfluchten Roboters! Nachts träum ich von dem heimtückischen Konstrukt!", verriet ihm Ron.

"Wie schön hatten wir es auf unserm Schiff! Hier haben wir nur unsere Tarnmodus-Uniform", seufzte Uki. "Und auch die Verpflegung an Bord war gar nicht so übel. Hier können wir uns nur als Jäger und Sammler betätigen."

"Sieh es einfach als Abenteuerurlaub!"

"Aber hier müssen wir auch ums Überleben kämpfen. Ob Tarnkünstler, Jäger oder Kletterer, nichts ist ein Garant dafür wohlbehalten den Abend zu erleben", erkannte Uki desillusioniert. "All die schönen sexuellen Entspannungsmomente an Bord werden uns bald sehr fehlen."

"Hört auf, man soll nicht in der Vergangenheit leben. Machen wir das beste aus der Gegenwart, dann haben wir hier auch eine Zukunft!", forderte sie Tekashi auf, der durch den Pfiff angelockt dahergeeilt war.

"Welch goldne Worte!", spottete Ron abfälligen Tons. "Du solltest Dichter werden."

Durch seinen Pfiff waren auch Reik samt seinen beiden treuen Begleitern wieder auf dem Rückweg, konnten jedoch von weitem Tekashi nicht zu ihm sagen hören: "Und sobald wir uns hier etabliert haben, können wir uns bestimmt auch Materialien sichern, mit denen wir uns wieder einen Fleisch-Holografen bauen können."

"Toll", stimmte Uki sofort begeistert zu.

"NEIN!", entfuhr es Ron entsetzt. "In der Folge werden sich die rassigen Weiber hier doch sofort nach dem Vorbild des projizierten Schönheitsideals zu Skeletten herunterhungern, ihre entzückende Schamhaarbehaarung abrasieren und ihre Kopfhaare bleichen. Profitgierige Ärzte werden ihnen Plastik in die Brüste stopfen, ihre dritte Brustwarze - wer weiß, was womöglich noch alles - amputieren und ihre Nasen zu flachen Steckdosen umoperieren. Das will ich nicht!" Es klang ziemlich trotzig, fehlte nur, dass er mit dem Fuß aufstampfte.

"RUHE!", herrschte ihn Uki an. "Wir sind keine Sexonauten! Es interessiert keinen, was du willst oder nicht!"

Zum Glück hatte Reik den vollen Sinn von Rons Gefühlsausbruch nicht mitbekommen und fragte nur: "Gibt's ein Problem?"

"Äh- nein", sagte Ron kleinlaut. "Nur, dass ein Fleisch-Holograf gebaut werden soll, finde ich unpassend."

Da musste ihm der Captain sogar zustimmen: "Ich fürchte auch, unsere Priorität ist vor allem die Selbsterhaltung, auf die wir uns konzentrieren sollten! Unser aller Vergnügen muss noch warten!"

In dem Moment stieß auch Try wieder zu ihnen, in den Händen einen fußballgroßen Gesteinsbrocken. "Captain, sehen Sie, was ich gerade fand."

"Wer hat dir erlaubt, auf eine Gebirgsexpedition aufzubrechen?"

"Äh, ich dachte, etwas Eigeninitiative an den Tag zu legen, Captain."

Wie gewählt sich der aufgeblasene Tropf ausdrückt, dachte Ron amüsiert, soll ihm der Lange gleich mal die Leviten lesen.

"Alles zu seiner Zeit", wehrte Reik ab. "Du hast den Stein aus dem Berg gesprengt?"

"Nein, ich fand ihn auf dem Weg dorthin. Das Interessante ist, dass er etwas Merkwürdiges verbirgt, sehen Sie selbst!", forderte ihn Try auf und hielt ihm den Brocken unter die Nase.

"Wenn mich meine Augen nicht trügen, dann könnte das eine große Schraube sein", erkannte Reik und befühlte einen aus dem Stein herausragenden Metallteil, welcher ein deutlich sichtbares Gewinde aufwies.

Auch die anderen traten neugierig näher heran und warfen einen Blick auf den Stein.

"Eindeutig ein Metallgewinde", konstatierte Vin Tekashi.

"Das ist ein Fossil", stellte Ron zuversichtlich fest. "So eine Art von Drehwurm."

"Sehr witzig!", entkam Uki. "Für mich steht jedenfalls fest, dass es sich um etwas Technisches handelt."

Der Captain scannte mit seinem Armreif das Alter des Brockens und verlautbarte erstaunt: "Der Stein hat ein Alter von über 40 Millionen Jahren. Wenn es etwas Technisches ist, dann muss es hier schon vor langer Zeit eine Zivilisation gegeben haben."

"Dem steht allerdings die Sauberkeit von Luft und Wasser entgegen", bemerkte Ron. "Jede technisierte Zivilisation hinterlässt deutliche Spuren in der Atmosphäre."

"Das muss nicht notwendigerweise der Fall sein", belehrte ihn Reik. "Es könnte auch möglich sein, dass die damalige Bevölkerung ihre Abwässer geklärt und die Luft von allen Rückständen gereinigt hat."

"Und dann haben sie sich selbst in Luft aufgelöst?", fragte Ron provokant, wie es eben seiner Art entsprach.

"Aus welchen Gründen sie den Planeten verlassen haben, erschließt sich uns aufgrund dieser Schraube natürlich nicht", sagte Try.

"Es könnte doch auch sein, dass die Schraube von einem Besuch von einer außerirdischen Raumfahrt-Crew hier hinterlassen worden ist", merkte Buzz an.

"Ja, das könnte durchaus sein", stimmte ihm Al zu.

"Warum sollten sie ausgerechnet eine Schraube hiergelassen haben?" Ron schüttelte den Kopf. "Nein, das sieht mir wie ein versteinertes Urtier aus."

"Möglich, dass sie eine Reparatur ausführten", gab Vin zu bedenken.

Uki tippte sich an die Schläfe. "Welche Raumfahrer nützen Schrauben für eine Reparatur?"

"He, die Schraube ist mindestens 40 Millionen Jahre alt", erinnerte Buzz. "Die hatten damals womöglich ganz andere Raketen als wir damals."

"Anstatt hier herumzuraten, sollten wir uns besser auf die Suche nach weiteren Fakten begeben, die uns helfen könnten, von hier zu wieder wegzukommen", verkündete Reik. "Wir werden uns gemeinsam den Berg ansehen. Buzz, Vin und Al, ihr trommelt die andern zusammen, während ich mit Ron, Try und Uki schon mal den Spähtrupp stelle!"

Jetzt kommt zwar endlich Bewegung in die Sache, dachte sich Ron, herauskommen wird sicher nichts dabei.

Der Berg ruft

In einer ruhigen Minute überlegte sich Ron, was er wohl in sein Diary eintragen würde, wenn er es dabeigehabt hätte: Zeit auf Veno 38b zerrinnt uns zwischen den Fingern - hausen in einem rustikalen Unterschlupf mit Sternenblick - haben schon einen Dreitagebart - sind Alter & Tod schutzlos ausgeliefert - einem ungewissen Schicksal preisgegeben - von der Nachwelt vergessen. Hätte nie gedacht, die öde Routine an Bord der WIKISPEED je zu vermissen - Da fällt mir auf: der Name ist ein Pleonasmus, bedeutet gleich zweimal schnell - und wir sind hier einem langsamen Tod ausgeliefert. - Archäologie-Auftrag zwecks Erforschung einer Steinschraube erhalten.

Zum Glück war er nicht allein, als er diese trüben Gedanken durch seine Ganglien ziehen ließ, sondern befand sich auf Spähtrupp mit Reik, Uki und Try Tonka. Das Dorf hatten sie hinter sich gelassen und befanden sich auf einem ebenen Gelände, das in einiger Entfernung in felsigen Grund mit Sicht auf ihr Ziel, den Berg überging.

Mit manchen Menschen ist es leicht zusammen zu sein und mit anderen eher zäh - man lernt so eine Gegend und ihre Bewohner von einer ganz anderen Seite kennen, überlegte sich Ron, als er hinter dem Captain neben Uki und Try durch die Landschaft streifte. Und mit Try wurde meist sogar ein simpler Spaziergang zum Kommandounternehmen, bei dem alles und jeder gleich ein potentieller Feind war. Doch diesmal erzählte er locker im Plauderton von seiner Begegnung auf Nutta 17d mit einem affenartigen Tier, was unfreiwillig sogar komisch klang.

"Ich hatte das Gefühl, als träfe ich meine lang verlorene Familie!", schwärmte Try, der den gefundenen Gesteinsbrocken wie ein Baby in den Armen hielt. "Das Tierchen ähnelte einem ehemaligen Vorgesetzten von mir auf dem Mars, der wie ein Vater für mich war."

"Ach, ich hab meine Familie nicht so geliebt, um sie zu vermissen, als ich sie verlassen habe", erinnerte sich Ron, "immer nur Streit zwischen den Frauen und Profilneurosen bei den Männern. Daher kann ich mir nicht vorstellen, mich über verwandtenähnliche Tiere zu freuen."

Reik wandte sich um, sah aus als litte er unter Verdauungsbeschwerden und zischte: "Dieses Gefühl ist doch nur von denen induziert worden! Erinnert euch an die Frauen mit den drei Brüsten, die uns das Gefühl gaben, als wären sie die schönsten Wesen im gesamten Weltall!"

"Die sind wie unsre Roboter, die glauben, sie sind uns über und wir sind retardiert", schloss Uki messerscharf. "Darum arbeiten sie mit so elementaren Gefühlen wie Verwandtenliebe und was weiß ich noch alles. Und völlig unerwartet fallen sie einem in den Rücken."

"Diese Reflexion der Bewohner von Nutta 17d

kommt reichlich spät", monierte Reik. "Und eure damalige Realitätsverweigerung, als ich euch auf die Gefahr hinwies, hätte uns damals schon das Leben kosten können."

Entweder erkannte Try noch immer nicht, dass der Captain sauer war, oder er wollte einfach nur krampfhaft lustig sein, denn es sprudelte allerlei Frechheit aus ihm heraus: "Haha, ich werde nie vergessen, wie Sie hinter Ihrem Zynismus die pure Verzweiflung verbargen, Captain!"

Gerade, als ihn Reik zur Räson bringen wollte, lenkte ihn Ron Dews ab.

"Seht euch mal den Himmel an", forderte er sie auf und alle blickten wie auf Kommando nach oben. Dort türmten sich Wolkenbänder gewaltigen Ausmaßes auf, immer neue walzten heran, obgleich kein Lüftchen wehte. Der ehemals blaue Himmel bot kein freies Fleckchen mehr, die Sonne schien keine Kraft zu haben, diese Ansammlung von getrübtem Dampf zu durchdringen und es wurde stetig dunkler.

Als hätten die anderen Kameraden geahnt, dass sich etwas über ihnen zusammenbraut, tauchten sie auf einmal auf.

Buzz rief schon von weitem: "Captain, wir dachten, wir schließen besser schnell zu Ihnen auf!"

Nervös guckte Len Packham in den sich hinter aufquellenden Wolken in unterschiedlichen Grautönen verbergenden Himmel hinauf. "Das ist ja direkt unheimlich, wie diese Gewitterwolken sich zusammenrotten."

"Na und?", fragte Try, als er die dichten grauen Wolkenberge sah. "Wird bald regnen. Wir sind ja nicht aus Zucker."

"Diese Wolken sehen doch aus wie mit dem Lineal gezogen. Das sind keine natürlichen Formationen", stellte Ron fest, als wäre er der Wetterexperte des gesamten Trupps.

"Ah, du denkst an Chem-Trails?", vermutete Scot Wigfield.

"Wir haben keine Flugzeuge gehört oder gesehen", erinnerte sie Reik.

"Das ist es ja!" Ron schnippte mit den Fingern. "Die sind abgebrüht. Die haben das Wetter im Griff, ohne auf so primitive Flieger angewiesen zu sein wie unsere Vorfahren."

"Und was meinst du, wollen die damit erreichen?", erkundigte sich Slim. "Uns im Regen stehen lassen oder was???"

"Du bist nicht der Hellsten einer!", formulierte Ron elegant. "Offenbar wollen SIE unseren Blicken ihre anfliegenden Raumschiffe verbergen."

"Das glaube ich weniger", widersprach Reik. "Wenn SIE - wen auch immer du genau damit meinst - so weit fortgeschritten sind, wie du Verschwörungstheoretiker annimmst, dann haben sie sicher einen Tarnmodus und sind auf so Wolken-Verhüllungsspielchen nicht mehr angewiesen."

"Der Meinung bin ich allerdings auch", stimmte Kip Linquist sofort zu, den Ron schon lange der Speichelleckerei beim Captain im Verdacht hatte. Aber einen nach Lob lechzenden Opportunisten gab es schließlich in jeder Gruppe.

"Außerdem hätten wir sicher schon einen dezidierten Hinweis auf eine raumfahrende Rasse hierorts gefunden", meinte Vin Tekashi. "Diese Naturerscheinung ist sicher keiner!"

"Und Trys komischer Fossilien-Steinbrocken noch weniger", erinnerte ihn Ron triumphierend.

Enerviert atmete Reik aus und erinnerte an die Vorsichtsmaßnahme noch vor Betreten des Planeten: "Beim Anflug haben wir null Hinweise auf eine Hochzivilisation und deren Technik festgestellt. Weder Satelliten noch stationäre Sendeanlagen, Abschussrampen, Radioaktivität und dergleichen, also vergiss es!!!"

Und Kip musste natürlich gleich des Captains Sermon untermauern: "Jawoll! Der Planet ist ein von Atommüll & Plastik noch unverdorbener Sehnsuchtsort! Nicht einmal geothermische Aktivität gibt es hier! Also hör auf mit deinem unbegründeten Alarmismus!"

"Hm", machte Uki und dachte nach; ein mulmiges Gefühl beschlich ihn, darauf hatte er sich immer verlassen können, dass ein solches Gefühl bald schlimme Folgen haben würde, ungeachtet der Schönfärberei seitens anderer. "Aber irgendeinen Sinn muss diese Wolkenpracht doch haben. Vielleicht sind Schadstoffe drin und beim Abregnen-"

Weiter kam er nicht, denn die ersten grellen Blitze zuckten los und eine elektrische Ladung erfasste sie und riss allesamt zu Boden. Trys Stein entglitt ihm und kollerte fort, als hätte er ein Eigenleben und wollte flüchten.

"YEEK!", schrie Ivan Sastro erschrocken aus.

"Schnell!", schrie Reik und begann zu wie wild zu robben. "IN DECKUNG!!!"

Alle krochen wie Echsen auf der Flucht vor einem gefährlichen Jäger in Richtung des Berges und hörten über sich Donnergrollen, welches immer mehr an Lautstärke gewann, doch kein Tröpfchen Regen verirrte sich nach unten. Die Erde, über die sie in ihrer Furcht vor der nächsten Ladung krochen, zeigte sich staubtrocken und steinhart.

"Zum Glück gibt es noch keinen Regen", sagte Reik ausatmend, ohne sein Kriechtempo zu verlangsamen. Die alte Weisheit bei Gewitter nicht aufrecht zu gehen, kannten auch seine Untergebenen trotz langer Absenz von einem Landgang.

"Na, ein paar Tropfen schaden weder uns noch unserer Ausrüstung", plapperte Try ahnungslos daher.

"Try, dir müssen wohl schon die Gehirnwindungen schimmeln", ärgerte sich der Captain.

"Ach", fiel Vin ein, "der Regen könnte radioaktiv sein!"

Al hielt im Krabbeln inne und scannte mit seinem Armreif: "Nope! Keine Gefahr!"

Daraufhin stoppte der Captain, wandte sich schon leicht außer Atem zu ihm um und schimpfte: "Ihr Niedrigenergiesoldaten verlasst euch zu sehr auf die Technik! Benutzt eure graue Masse im Oberstübchen!"

Ron dämmerte es und er erklärte: "Der Boden ist hier steinhart wie Beton, wenn es also regnet, saugt er keinen Tropfen auf und wir werden alle von einer Flutwelle fortgespült!"

"Bravo, Ron!", lobte Reik und begann wieder im Eiltempo loszukriechen, gefolgt von seinen treuen Mannen, wobei er ihnen aufmunternde Worte zukommen ließ: "Es gibt kein Problem, das sich nicht mit Hilfe von Chemie oder Physik lösen ließe. Und die Anleitung dazu hat jeder von uns per Bildungspapier erhalten. Wetter ist nichts anderes, als das Zusammenspiel von Hoch- und Tiefdruckgebieten, die Wind und Regen vor sich herschieben."

Ein banger Blick nach oben verriet Ron, dass er die Gefahr bereits heraufbeschworen hatte. Fasziniert schaute er zu, wie ein riesiger Tropfen aus einer der Wolken herausquoll und lautlos erzitterte, während er größer und trächtiger wurde, bis er sich endlich loslöste und mit einem dumpfen, fetten PLOM! auf den harten Boden herabfiel und in Millionen kleiner Tropfen zerplatzte. Schon formten sich Tausende weitere dieser Riesentropfen, die zu der Größe von literschweren Ballonen anwuchsen. Seine Kameraden und der Captain hatten ihn bereits Meter hinter sich gelassen, als Ron mit all seiner noch vorhandenen Energie versuchte, sie wieder einzuholen. Ungelenk, wie ein Alligator auf der Futterjagd an Land. Der Berg stand noch in einigen Metern Entfernung als sichtbare Rettung vor ihnen - ihn mussten sie erreichen, bevor sich die Tropfen zu einer lebensgefährlichen Flut zusammenrotteten wie eine Bande wildgewordenen Wassergeister, die sie zu ersäufen drohte. PLOM, PLOM, PLOM fielen diese feuchten Bomben herab und es bildete sich in der großen Ebene ein Wasserfilm wie Aquaplaning, der ihnen das Kriechen jedoch sogar etwas erleichterte, es fühlte sich alsbald wie ein Schwimmen mit dem Strom an und endlich erreichten sie den rettenden Berg und erklommen ihn Meter für Meter während sich unter ihnen ein reißender Fluss bildete. Wendig wie Reptile kletterten die Männer schweigend hoch und standen bald auf einem Plateau, von dem aus ein Weiterklettern nicht mehr möglich schien, da der Berg nun abweisend nur noch eine glatte Wand ohne weitere Felsvorsprünge oder andre Möglichkeit, sich ohne Saugnäpfe daran hochzuhieven, bot. Der zum Strom angewachsene Fluss unter ihnen schien jedoch nicht mehr höher zu steigen, sondern schoss tosend das leicht abschüssige Gelände in ein fernes Tal hinunter.

Captain Reik massierte sich gedankenverloren sein Kinn, Vin staunte mit offenem Mund und Kip bewegte nervös seine Kiefer auf und ab, als kaute er Kaugummi. Try blieb äußerlich ruhig und dachte an seine Kindheit in einer rauen Gegend des Mars zurück. Durch Terraforming hatte sich der einst rote Planet in eine Landschaft ähnlich dem des US-Staates Arizona verwandelt. Zu bestimmten Zeiten bildeten bestimmte Planeten den Mittelpunkt der Welt. Zuerst die Erde, dann der Mars. Und nun war es Veno 38b, der ihren Mittelpunkt der Welt darstellte...

"Wir müssen eine Verteidigungsstellung beziehen!", ordnete Reik an und sah sich fieberhaft um.

Verteidigung gegen die Natur, fragte sich Ron und vermutete, dass Reik doch eher die ihnen noch unbekannten, technisch fortgeschrittenen Lebewesen meinte, die ihnen das Leben hier so schwer wie möglich machen wollten. Freiwillig hätte er sich mit keinem der anderen jemals auf eine Freundschaft eingelassen, aber in der feindlichen Fremde schweißte sie alle das unbarmherzige Schicksal der Greenhorns, der völlig im Dunkel gelassenen Neuankömmlinge wider Willen zusammen. Ja, das Schicksal schweißte Menschen zusammen und brachte immer das Beste oder auch das Schlimmste in ihnen hervor.

"Sehr her, Männer!", rief Scot aus, während er seitlich von sich nach unten zeigte. "Captain, hier ist eine Höhle!"

Tatsächlich erkannten sie ein ziemlich unscheinbares Loch in der Bergwand, das ihnen beim Aufstieg gar nicht aufgefallen war. Es bot auch nur einen knappen Meter hohen Eingang zu einem dunklen Zufluchtsort. Mit seinem Armreif leuchtete der Captain hinein und scannte auf mögliche versteckte Raubtiere oder andre Gefahren darin.

"Ist sauber", verkündete er. "Nichts Lebendiges darin, keine gefährlichen Gase oder Ähnliches - wir können rein."

Einer nach dem anderen kroch in das Loch, welches in seinem Inneren eine veritable Höhle zeigte. Im Licht der Armreifen offenbarten sich glatte Wände, die jedoch Spuren von Spitzhacken aufwiesen.

"Hm!", machte Reik. "Die Einheimischen haben hier scheinbar Gesteinsproben herausgehackt."

"Das müssen aber fleißige Leutchen gewesen sein, meiner Schätzung nach haben die mindestens zehn Tonnen abtransportiert", stellte Buzz anerkennend fest.

"Hier könnten wir vorübergehend einziehen", schlug Kip vor. "Es riecht nicht einmal schlecht hier."

"Ziemliche Fallhöhe für uns", bemerkte Ron. "Von Weltraumfahrern zu Troglodyten, also Höhlenbewohnern."

"Warum hältst du nicht einfach die Fresse?", fauchte ihn Reik an. "Wer konnte ahnen, dass sich alle Wassertropfen dieses Planeten vereinigen, um auf uns herabzuprasseln? Wir werden natürlich nur solange hier verweilen, bis der Regen nachgelassen hat."

Ziemlich ausgepowert setzten sich alle hin, lehnten sich an die kühle Felswand der Höhle, während draußen plätschernd ein wahrer Wasserfilm herabbrauschte. Alle warteten - nicht etwa auf einen transformativen Moment, sondern einfach nur darauf, dass die Sintflut vorbeiging, ohne sie in ihre Fluten zu ziehen und doch noch fortzuspülen wie unerwünschtes Ungeziefer. Alle saßen also still und beschäftigten sich mit ihren Armreifen. Das Display zeigte in glasklarer Bildqualität - wie einst bei den antiken iPhones - auf Wunsch private Erinnerungen an bessere Zeiten. Try beäugte sehnsüchtig seine Schnappschüsse aus dem Valles Marineris, wo er seinen letzten Heimaturlaub verbrachte, Vin spielte Go mit der KI und Ron tippte eine Nachricht an Uki in seinen Armreif.

DENKST DU AUCH POLES LEICHE WURDE VON EINER SOLCHEN FLUT WEGGESCHWEMMT?

Mit hochgezogenen Brauen las Uki den Satz und tippte seinerseits die Antwort ein: NEIN SONST WÄREN DOCH AUCH DIE STEINE FORTGESPÜLT WORDEN!

DARIN LIEGT EINE GEWISSE LOGIK tippte Ron als Antwort. ABER EV GELTEN HIER VÖLLIG ABNORME NATURGESETZE

SOLANG DER REGEN NICHT NACH OBEN FÄLLT BEZWEIFLE ICH DAS

HAST DU AUCH VON POLE GETRÄUMT

NEIN ICH TRÄUMTE VON AFRIKAS WILDER NATUR UND LANG AUSGESTORBENEN TIEREN AUF DEREN RÜCKEN ICH IN DEN SONNENUNTERGANG RITT

WIE ROMANTISCH

Nach einigen Minuten schien der sintflutartige Regen samt dem Getöse des dahinrauschenden Flusses endlich aufgehört zu haben und ein Blick nach draußen verriet den Männern, dass sich die Wolken verzogen hatten, um wieder dem blauen Himmel Platz zu machen. Vorsichtig kamen einer nach dem anderen aus der Höhle heraus und sie spähten herum. Ein Blick nach unten ließ alle nicht schlecht staunen: der reißende Fluss war völlig verschwunden - schien einfach irgendwo abgeflossen zu sein.

"Der Fluss war dreckig, die Luft ist wieder rein - die Riesen müssen ersoffen sein", reimte Ron.

"Deine Wunschträume teilen wir gerne", gab Reik zu, "allein, die Riesen werden uns den Gefallen nicht getan haben, kennen sie doch die Natur hier länger als wir und werden sich längst in Sicherheit gebracht haben, ohne auch nur nasse Füße bekommen zu haben."

"Vielleicht gedeihen deshalb die Obstbäume hier so prachtvoll, weil sie ausreichend gegossen werden", sagte Buzz.

"Apropos, ich habe Hunger!", verkündete Scot Wigfield.

"Machen wir uns auf zur Obstplantage", gab Reik sein Okay. "Auch, wenn uns deren Produkte Analkrämpfe verursachen!"

"Wir müssen uns als das sehen, was wir sind: Bioinvasoren", meinte Buzz ganz sachlich, "und darum kämpfen wir mit der Umwelt und ihren scheinbar leckeren Nebenprodukten."

"Nebenprodukten?", fragte Kip. "Und was denkst du, sind hier die Hauptprodukte? Die Riesen oder die Zwerge?"

"Weder noch, mir erscheinen noch nicht entdeckte Kräfte im Hintergrund maßgeblich zu sein."

"Die Natur hier ist überwältigend schön und noch vollkommen unbelastet. Aber die kleinen Weibchen. Die sehen aus wie Zahnweh!"

"Urteile nie zu hart über andere, Kip", warnte ihn Buzz. "Mit der Zeit wirst du sie sogar schön finden, wenn du den Sex mit unsern Fleisch-Hologrammen vermisst."

"LEUTE", rief Reik. "Ich wiederhole mich ungern, kein Sex mit den Weibchen, unabhängig davon, ob ihr sie schön findet oder nicht!"

"Was wird nun aus dem seltsamen Stein, der mir leider verlorenging?" Try sah aus wie ein Eichhörnchen, dem man die Nuss geklaut hatte.

"Die Forschung danach muss warten", befand der Captain und setzte sich in Bewegung nach unten.

Während alle vom Berg direkt zu der üppigen Nahrungsquelle eilten, schlich sich Ron Richtung Wald, wohin ihm Uki wie ein Schatten folgte. Bald war klar, warum er diese Richtung eingeschlagen hatte.

"RON", rief ihn Schalinda. "GRUU!"

"Ich glaube, sie will mit diesem Balzruf mein Interesse wecken", sagte Ron und blieb stehen. "Sieh mal, Schurka scheint wieder ein Auge auf dich geworfen zu haben, du Schwerenöter! Hast der kleinen die Augen verdreht, sie guckt ganz komisch."

Tatsächlich deutete ihnen Schurka, die in Schalindas Gefolge weilte, mit einem unmissverständlichen Handzeichen, mitzukommen, was sie auch willig taten. So, als hielte sie eine Fernsteuerung für brünftige Soldaten in der Hand. Die gewitzte rotgewandete Schurka schien genau zu wissen, dass die beiden wohl keinen Sex haben durften, ihn jedoch an einem versteckten Ort umso mehr genießen würden.

Glucksend zog sie Uki an seiner Hand hinter sich her in Richtung des üppigen Waldgebietes, wo die Männer schon einmal auf einer Lichtung gehörigen Spaß mit ihr hatten. Schalinda nahm Ron an der Hand und folgte - in ihrem smaragdgrünen Gewand gut getarnt - Schurka und Uki. Wenig später erreichten sie eine Stelle des Waldes, wo ein umgestürzter Baum ausgezeichneten

Sichtschutz gewährte. Die koketten Weibchen zogen sich mit rhythmischen Bewegungen aus und legten sich gurrend auf den Waldboden. Uki ging mit Schurka sogleich zur Sache, sich freuend, dass Sprödigkeit hierorts ein Fremdwort bildete, während Ron neugierig Schalindas unter dem haarigen Wildwuchs verborgenes Geschlechtsteil inspizierte. Mit sanftem Streicheln bedachte er zuerst ihre Schenkeln - die wabenförmige Cellulite fühlte sich erstaunlich erregend an - dann teilte er die blutrote Haarpracht zwischen ihren Beinen und erschrak: auf einmal schlängelte sich eine gespaltene Zunge aus ihrer Klitoris heraus. Zartrosa, verlockend feucht und betörend duftend. Diese Zunge musste sogar einen Eunuchen erregen!

HUCH, dachte Ron, die treiben es mit gespaltener Zunge! Früher sagten die Ureinwohner Amerikas, die Bleichgesichter sprechen mit gespaltener Zunge und hier ... Ob die Weibchen auch damit sprechen können?

"NGOK-NGOK-NGLUCK", machte Schalinda, grapschte ihm in den Unterleib und strampelte wieder mit ihren kurzen Beinchen, als er endlich in sie eindrang.

Ihm schien es sogar noch schöner zu sein als beim ersten Mal und auch Uki stöhnte lauthals wollüstig, als würde sich ein ganzer Harem um seine Befriedigung kümmern. Nach ungefähr dreieinhalb Minuten war der Hormonrausch bei den Männern auch schon wieder vorbei und sie standen verklärten Gesichtes auf, während die Weibchen rasch ihre Kleidung anzogen und von dannen eilten. Auch die Männer machten sich wieder auf den Weg zurück zum Captain Richtung Obstplantage.

"Ach ja", seufzte Ron, "das alte Rein-Raus-Spiel kommt nie aus der Mode!"

"Normalerweise kommt erst das Fressen und dann

die Moral", erinnerte sich Uki eines alten Spruches, der noch nicht in Vergessenheit geraten war. "Aber bei dir kommt erst das Ficken und dann das Fressen!"

Mit gespielter Empörung hauchte ihm Ron entgegen: "Zähme deine Zunge, Kamerad, wie redest du mit mir? Leg dir eine salonfähige Diktion zu, sonst nehm ich dich nie wieder mit ins Reich der Sinne!"

Dann grinsten beide befriedigt.

Ein Baum gibt Rätsel auf

Einige der Männer saßen noch gefräßig unter den Obstbäumen im Kreis beisammen und hielten so etwas wie eine Manöverbesprechung ab. Es ging wieder einmal um die gezielte Bedarfsorientierung der Truppe, also die Nahrungsbeschaffung und den Umgang mit den Einheimischen, die ihnen dieses Grundbedürfnis erfüllen sollten.

"Die kleinen Damen könnten uns allen nützlich sein, indem sie für uns Beeren sammeln und sie in Kuchen einbacken", schlug Buzz vor.

"Wir wissen noch gar nicht, ob hier alle Beeren essbar sind", gab Reik zu bedenken.

"Essbar sind alle, manche eventuell nur einmal", scherzte Ron. "Naja, Humor muss sein. Die Riesen haben keinen, die Dorfbewohner schon."

"Wahnsinnig lustig", ätzte Reik und verzog kurz das Gesicht, was allerdings nicht als ein Lacher gemeint war. "Bei deinem Priming scheint irgendwas schiefgelaufen zu sein! - Also vergesst vor dem Verzehr das Scannen nicht! Sonst noch generelle Unterschiede zu uns?"

"Ja, die Weibchen hier haben in ihrem Geschlechtsteil eine gespaltene Zunge", rutschte es Ron heraus, wonach er sich die eigene am liebsten abgebissen hätte.

"RON, DU NOTGEILER PRIMAT!", entrüstete sich Reik. "Du hast also schon mit einer Einheimischen geschlafen, trotz meines ausdrücklichen Verbotes!"

"NEIIIIN!", jaulte Ron entsetzt auf. "Ich habe nur eine der Einheimischen beim Baden im See beobachtet!" So hoffte er davonzukommen, getreu dem Motto vieler Politiker auf der Erde: wenn es ernst wird, muss man lügen!

"Du wagst es, mich derart dreist anzulügen? Man badet doch nicht mit gespreizten Beinen!", keifte ihn Reik an und tippte sich an die Schläfe.

"Mit Verlaub, Captain", meldete sich Try zu Wort. "Ich habe auch einmal mit einer Frau auf dem Mars gebadet und sie spreizte die Beine, um sich alles penibel waschen zu können. Natürlich besaß sie keine GZ."

"GZ?", wiederholte Reik verständnislos. "Gebühren-Zählmaschine? Warst du bei einer Prosti?"

"Aber nein, ich meinte Rons gespaltene Zunge äh- die Zunge, die er bei einem Weibchen gesehen hat!", erklärte Try leicht verwirrt, der sie sich wohl gerade vor seinem geistigen Auge vorstellte.

"Z!", machte Reik und griff sich mit einer Hand an die Stirn.

Bevor er wieder das Wort ergreifen konnte, kam Al daher und zog seine Aufmerksamkeit auf sich: "Entschuldigen Sie die Störung, Captain, aber das sollten sie sich ansehen."

"Len, Slim und Kip, ihr kommt mit mir!", ordnete er an und eilte sofort mit ihnen und Al geschäftig davon.

Mittlerweile hatte sich Ron schon ein Thema überlegt, mit dem er vom Thema Nummer Eins ablenken konnte.

"Ist euch eigentlich aufgefallen, dass es hier zweierlei Baumbewuchs gibt? Einerseits im Wald die Laub- und die Nadelbäume, die eher dürr aussehen, und dann diese herrlich fruchttragenden Obstbäume, die nicht weit von den andern entfernt in exakt ausgerichteter Formation stehen. Seht selbst, sie sind symmetrisch geordnet angebaut worden." Ron zeigte mit den Armen in die Reihen der Obstbäume, die wie Soldaten in einer Reihe standen, die sich auf den Beginn eines Gefechts vorbereiteten. Mit einem schier unerschöpflichen Vorrat an knackigen köstlichen Frucht-Wurfgeschoßen...

"Na und? Auf der Erde gibt es doch auch Nadel- und Blätterbäume mit Früchten, die sich in unmittelbarer Nähe befinden. Erst die Obstbauern kultivierten sie in Plantagen", wusste Try.

"Ja schon, aber...", er schüttelte den Kopf, während er die herrlichen obsttragenden Bäume beäugte. "Ich weiß auch nicht, wie ich es euch erklären kann, mir kommt das alles so vor, als stünden hier nicht natürlich gezüchtete Bäume. Dafür sind die einfach zu... perfekt."

"Was meinst du? Eine Realfrucht-Holografie???", wunderte sich Uki.

"Nein, mehr ein Eingriff in die Natur, gröber als nur eine simple Überzüchtung."

"Mit diesem Begriff kann ich nichts anfangen, da mein Spezialgebiet immer nur die Technik war", bekannte Uki. "Was macht es für einen Unterschied für uns, wenn jemand die Bäume in Formation gepflanzt oder maschinell in die Erde gestanzt hat?"

"Mich wundert nur, dass es in dem Waldgebiet kaum Bodendecker gibt. Vielleicht wurden sie von den Einheimischen alle ausgerissen, damit der dichte

Bewuchs den Schall nicht streut", überlegte Buzz, "So könnten sie das Herannahen von Feinden oder Raubtieren besser hören."

"Na Raubtiere kommen hier doch gar nicht vor", wundere sich Try.

"Da ist noch was Anderes", fügte Ron hinzu und zeigte mit dem Finger auf die üppigen Kronen der Bäume. "Hier pflücken die Einheimischen doch täglich ab und wir jetzt auch. Und seht ihr vielleicht irgendwo irgendeine abgeerntete Fläche? Oder auch nur eine unregelmäßige Bestückung mit den saftigen Früchten? Seht ihr Fallobst, das der Sturm von den Ästen geweht hat?"

Try sah herum und bemerkte: "Jetzt, wo du es sagst, fällt es mir auch auf! Alle Früchte sind in exakt dem gleichen Abstand angeordnet. Dass eine abgepflückte Frucht so schnell nachwächst, scheinbar innerhalb weniger Stunden, ist sicher nicht normal! Fehlt eigentlich nur noch, dass sie viereckig sind, damit man sie leichter stapeln kann."

"Ich wette, die köstlichen Früchte bleiben auch in dem herrlich reifen, essbaren Zustand bis zum Verzehr. Wir sollten uns also Gewissheit verschaffen, versuchen wir mal, einen der Bäume auszugraben", schlug Ron vor.

"RON!", rief Uki genervt aus. "Reicht dir nicht, dass du eine der komischen Kugeln zerstört hast, willst du nun auch noch den Bäumen hier den Garaus machen?"

"Ich will ergründen, woran wir hier sind!", erklärte Ron und hockte sich schon an einen der Bäume, um mit den Händen das weiche Erdreich drumherum wegzuschaufeln. "Es geht sogar ganz leicht ohne irgendwelche Hilfsmittel. Das ist auch ziemlich verdächtig."

Try und Buzz halfen ihm, wobei Buzz bemerkte: "Die Erde verschmutzt die Hände gar nicht."

"Damit hätten wir eine weitere Abartigkeit", stellte Ron fest.

Schon nach wenigen Minuten der händischen Grabung neigte sich der Baum zu einer Seite und offenbarte sein Wurzelwerk.

"Da haben wir es ja!", triumphierte Ron und zeigte auf das verzweigte Wurzelgeflecht, welches um eine Art von glänzender Knolle geschlungen war.

"Was haben wir da?", erkundigte sich Uki verständnislos.

"Na, hältst du das etwa für natürlich?", fragte Ron und deutete auf die silberfarbene, zirka faustgroße runde Knolle.

"Ob du's glaubst oder nicht, ich habe daheim auf der Erde nicht ein einziges Mal einen ausgegrabenen Baum gesehen. Daher weiß ich nicht, wie er unter dem Erdreich aussieht", gab Uki ungern zu. "Wir ernährten uns von Sandwürmern, die auf dem schwarzen Kontinent seit 200 Jahren gezüchtet werden, nussig schmecken, viel Protein enthalten und endlich die Hungersnöte beendet haben."

Nun zeigte Try kurz auf. "Ich weiß aber schon wie so ein natürliches Baumwurzelwerk aussieht und ich kann dir versichern, dass diese komische silberne Kugel da definitiv nicht natürlichen Ursprungs ist."

"Der Meinung bin ich auch!", pflichtete ihm Buzz bei.

Da kam der Captain mit Len Packham im Schlepptau wieder zurück, so als habe er sie aus der Ferne schon länger observiert und er wollte klarerweise wissen, was hier vor sich ging. "Was soll das nun wieder? Wollt ihr die Eingeborenen aushungern, indem ihr ihnen die Bäume ruiniert? Darf ich euch daran erinnern, dass das auch unsere Haupt-Nahrungsquelle ist."

"Captain", begann Ron aufgeregt. "Melde gehorsamst, dass hier schon vor uns eine hochtechnisierte Mannschaft war, die den Eingeborenen diese Bäume hier hochgezüchtet hat. Aus der komischen Metallknolle werden die Früchte wohl genährt, ähnlich einem Dünger oder so etwas Ähnlichem."

"Seit wann bist du ein Biologe, Ron? Habe ich da in deinem Lebenslauf etwa eine wichtige Information übersehen?" Der Captain nahm die Neuigkeit keineswegs freudig auf, außerdem schien sie ihn nicht im mindesten zu irritieren.

"Und selbst wenn es stimmt, warum sollte uns das kümmern?", fragte Uki und zuckte die Schultern.

"Du verkennst die sich aufdrängende Analyse unserer eben gewonnenen Erkenntnis", kritisierte ihn Ron.

"Und die wäre?" Uki schaltete entweder auf stur oder hatte null Ahnung.

Ron sah fragend zum Captain, als wolle er diesen um Erlaubnis bitten weitersprechen zu dürfen oder auch, um von ihm die Erklärung zu hören.

Doch Reik meinte nur: "Na los, sag es ihm!" Es schien fast so, als wüsste er es nicht oder stellte sich als denkfaul hin.

Ron räusperte sich und erläuterte: "Wenn die Bäume hier künstlich genährt werden, dann sollte uns die Zusammensetzung des Nährstoffes und seiner Nebenwirkungen interessieren, vor allem, da wir ihn ja selbst in uns aufnehmen. Außerdem könnten die

Obstbaum-Gärtner noch hier sein und die Zusammensetzung womöglich zu unsrem Schaden ändern!"

"Genau!", stimmte ihm Len nun zu und ergänzte: "Eventuell müssen sie dazu gar nicht persönlich in Erscheinung treten, sondern können das Kunststück mittels Induktion schaffen!"

"Aha!", ließ Uki verlauten und auch der Captain machte ein Gesicht, als hätte man ihm erklärt, dass seine Existenz auf Messers Schneide stand. "Möglich wäre doch, dass die Bronzekugeln Signale an die Bäume aussenden müssen und so ihr Wachstum reduzieren oder eben die Früchte vergiften könnten!"

"Hm! Das sind allerdings wichtige Argumente. Unser bester Mann bezüglich solcher Analysen ist - das heißt war - Major Bledsoe, daher übergebt das silbrige Ding dem dafür am zweitbesten geeigneten Mann, Sergeant Wigfield, und esst vorläufig nicht mehr von den Früchten", ordnete Reik an.

"Ha, wie der verbotene Baum im Garten Eden", fiel Try ein.

"Was?", fragte Uki mit großen Augen, der von der Bibel scheinbar auch noch nie etwas gehört hatte.

"Er meint die religiöse Version unserer heiligen Schöpfungsgeschichte", klärte ihn Reik auf. "Das erste Menschenpärchen Adam und Eva bekam von Gott einen blühenden Garten namens Eden geschenkt und das strikte Verbot aufgebrummt, von einem bestimmten Baum zu essen. Als sie es taten, wurden sie gnadenlos aus dem Paradies vertrieben."

"Jetzt fällt es mir wieder ein", freute sich Uki. "Diese lustige Story hat mir meine Mutter einmal als Kind vorgelesen. Ganz altmodisch, bevor ich in der

Schule nur das schlaue Papier essen musste und zu dem werden konnte, was ich heute bin."

"Du hast sicher mal einige Blätter davon wieder unverdaut ausgespien!", scherzte Ron, schnitt mit dem seitlich in seiner Uniformhose versteckten Messer die glänzende Knolle ab und nahm sie an sich. "Eins habe ich allerdings bei der uralten Story nie verstanden. Warum pflanzt jemand einen Baum mit verbotenen Früchten?"

"Na als Prüfstein selbstverständlich", wusste Try. "Der Göttervater wollte seine Geschöpfe auf deren Zuverlässigkeit prüfen und sie bestanden den Test leider nicht, daher wurden sie aussortiert."

Reik kratzte sich am Hinterkopf und folgerte: "Apropos aussortieren ... Dann müssen wir uns auch eine andere Nahrungsquelle suchen!"

Eingedenk seiner nachlassenden Analschmerzen entgegnete ihm Len Packham: "Aber die Zapfen der Nadelbäume kommen nicht dafür infrage. Die sind gerade gut genug, um sie sich in den Arsch zu schieben!"

Mit einem angewiderten Ausdruck im Gesicht wandte sich Reik an ihn: "Wie kommst du auf die perverse Idee?"

"Ach, das war nur Spaß!", log Len und sah betreten zu Boden.

"Ich würde euch allen mehr Ernst empfehlen. Unsre lustigen Tage an Bord sind leider ein für alle Mal vorbei!", erinnerte sie der Captain und zog sich pikiert zurück.

Wissbegierig meldete sich Ron zu Wort: "Darf ich fragen, was sich der Captain ansehen sollte, Len?"

"Sicher! Die Bronzekugel, die du von der Turmspitze geschossen hast, ist wieder an ihrem alten Platz."

"Na sieh mal einer an", wunderte sich Uki. "Schneller Reparaturservice."

"Dann erfüllt sie hundertprozentig einen technischen Zweck!", stellte Ron auf einmal mit apodiktischer Sicherheit fest.

"Negativ", entgegnete Len Packham sofort. "Wir haben sie gescannt. Die Kugel ist tot, gab keinen Pieps von sich."

"Ja, im Moment, eventuell wird sie nur phasenweise aktiv." Mit etwas überheblicher Miene schloss Ron kurz die Augen. "Ich kann förmlich die Schwingungen, die sie manchmal ausstößt, fühlen."

"Toll, dann solltest du mit Reik sprechen, damit er dich zum Kugel-Experten ernennt", ätzte Len und ließ ihn einfach stehen.

"So ein Wixer!", ärgerte sich Ron, als Len außer Hörweite geriet. "Der Kerl hat keinen Riecher für Gefahren, die er nicht technisch erfassen kann."

"Aber du schon, was", folgerte Uki etwas abschätzig.

"Warum sollten sich die Dorfbewohner mit der Kugel abmühen, wenn sie nicht irgendeinem wichtigen Zweck dient, der uns womöglich schaden kann?"

"Ron, du hast doch im Anflug auf Veno 38b bereits etwas von einem dickbäuchigen Erlöser gefaselt", erinnerte sich Uki. "Wenn die Kugel wirklich einem religiösen Zweck dient, dann ist doch sonnenklar, dass die Gläubigen sie so schnell wie möglich wiederinstandsetzen, auch wenn das für DICH kein wichtiger Zweck ist, verstanden? Sie bewegen sich hier in ihrem natürlichen Habitat, das sie mit aller Macht verteidigen wollen."

"Hm-hm", machte Ron, während er

bedeutungsschwanger den Kopf wiegte, "darin liegt eine gewisse Logik. Schaden könnte sie uns deshalb leider immer noch. Auch, wenn sie nur einem ideellen Zweck dient. Darum wurden früher religiöse Schriften verboten, weil sie den Gläubigen zu viel Energie schenkten."

Der umgestürzte Baum lag nun da wie ein entzaubertes Stück Natur, ein Mahnmal gegen die Umweltzerstörung, schien ein wenig zu welken und begann leicht säuerlichen Fäulnisgeruch zu verströmen, der etwas an Erbrochenes erinnerte, und immer stärker wurde. Eigentlich nur eine Nebensächlichkeit, die doch für das große Ganze stand: hier stank etwas gewaltig...

Saftig sprachlos

"Wir müssen die Sprache der Indigenen lernen." Buzz zwinkerte kurz.

"Sollten nicht eher DIE unsre Sprache lernen?", kam von Ron eine Frage wie ein gesprochenes Manifest.

"Überleg einmal, nutze deine graue Masse, die deinen Schädel ausfüllt", herrschte ihn Reik an. "Ein kluger Mann meinte einmal, dass die Grenzen seiner Sprache die Grenzen seiner Welt sind!" Diesen Satz ließ er einmal in die Gehirne seiner Zuhörer sickern, ehe er fortfuhr: "Über ihre Sprache lernen wir eine Menge über ihre Herkunft, ihre bisherigen Erfahrungen mit wem auch immer!"

"AHA!", freute sich Try. "Übrigens ist mir etwas Absonderliches aufgefallen! Euch auch?"

"Eigentlich nicht", gab Len ehrlich zu.

"Es ist aber ziemlich offensichtlich", meinte Try und sah von einem zum andern, so als warte er auf die Bestätigung seiner Beobachtung.

"Jetzt mach keine Ratespielchen mit uns!", kritisierte ihn Reik und ließ wieder einmal den ruppigen

Captain raushängen. "Spuck schon aus, was hier für dich Absonderliches los ist, bevor ich es aus dir herausschüttle!"

"Es ist hier so ähnlich wie auf der Erde, außer einem großen Unterschied: Hier gibt es keine Kinder!", löste er das Rätsel auf. "Wenn sie die armen Kleinen nicht in Höhlen halten oder in den Erzminen rund um die Uhr roboten lassen, dann..." In einer ausholenden Geste wurde er unterbrochen.

"Ja, natürlich!", stimmte ihm Ron sofort zu. "Weder im Dorf noch sonstwo..." Angestrengt nachdenkend kratzte er sich am Hinterhaupt, hob dann erfreut einen Zeigefinger. "Ich hab's! Die verfolgen hier eine Kein-Kind-Politik so wie bei uns anno 2113 aufgrund der Übervölkerung."

"Also dazu sind es aber viel zu wenige." Uki schüttelte den Kopf. "So etwas macht man doch nur, wenn der übervölkerte Planet schon auf dem letzten Loch pfeift, was hier nun wirklich nicht der Fall ist!"

"Außerdem sehen sie sich zu ähnlich, manche sind ja geradezu identisch", stellte Buzz fest. "Ob die Eingeborenen womöglich alle steril sind, ihnen eine natürliche Weitervermehrung gar nicht möglich ist?"

"Das wäre praktisch, denn dann gäbe es in der Zukunft keine Überpopulation", erkannte Uki. "Und folgedessen keine Kriege um mehr Lebensraum und ausgehende Ressourcen..."

"Falls du dir die Frauen angesehen hast, Buzz", sprach ihn Vin an, "bin ich auch deiner Meinung. Aber die Männchen hier haben zum Beispiel alle unterschiedlich große Nasen und sicher auch unterschiedlich große Schwänze. Es heißt ja: wie die Nase des Mannes..." Er ließ den Rest offen, doch alle verstanden.

"Das stimmt überhaupt nicht!", protestierte Al, der das kleinste Riechorgan aufwies. Scheinbar fühlte er sich in seiner Mannesehre gekränkt.

"Mach dir nix draus", tröstete ihn Ron scherzhaften Tones. "Eventuell wächst er ja noch."

Gemeinschaftliches Gelächter brauch aus, man hätte es auch als gemeines Gelächter bezeichnen können.

"Das ist nicht komisch!", mahnte der Captain und sofort verstummten alle. "Worauf spielst du an, Buzz? Auf Kloning?"

"Dieser Gedanke drängte sich mir auf, jawohl!", gab er zu. "Es könnte doch der Fall sein, vor uns war schon eine hochzivilisierte Mannschaft hier und hat hier ihre Spuren hinterlassen oder ein Gen-Experiment gestartet, nicht wahr?"

Wenig beeindruckt von diesem Gedankengang meinte Reik: "Auf der Erde gibt es einen Fisch, der sich seit Urzeiten selbst klonen kann. Soviel ich weiß, heißt er Amazonenkärpfling. Auch Blattläuse, Wasserflöhe und einige Eidechsenarten vermehren sich auf diese Weise ganz natürlich."

"Und auch bei den Frauen hier gibt es kleine Unterschiede", warf Uki ein, worauf ihm Ron unauffällig andeutete zu schweigen, doch die anderen nahmen von seinem Einwand ohnehin keine Notiz.

"Das ist natürlich korrekt, aber Captain, bei allem Respekt, das sind doch im Vergleich zu uns und den hiesigen Leutchen alles eher ziemlich niedere Lebewesen", wollte Buzz seinen Verdacht erhärten.

"Wenn vor uns jemand mit technischem Know-How hier war", kombinierte Try, "dann kommt er vielleicht bald wieder her!"

"Das wär ja ein Ding!", rief Ron begeistert aus. "Dann hat er sicher auch weitere Spuren von seinem Besuch hier hinterlassen."

"Ich schlage vor", was aus Reiks Mund als Befehl galt, "dass ihr das sofort überprüft."

"Aye Sir!", bestätigte Ron sofort und stand stramm. "Folge mir, Kamerad Uki! Das Geheimnis werden wir bald lüften" Schon eilte er davon. Er hing sein Mäntelchen in den Wind, den er selbst erzeugte, und Uki folgte ihm zähneknirschend.

Nach einigen Metern, weit genug von den hellhörigen Ohren ihres Vorgesetzten entfernt, erkundigte sich Uki: "Und wie sollen wir das wohl anstellen, du Held?"

"Etwas mehr Ernst, Kamerad!", forderte ihn Ron mit einem kritischen Seitenblick auf. "Ist doch kinderleicht. Wir besuchen Schalinda und horchen sie aus."

"Toll, dass du neuerdings ihre Sprache sprichst." Dem Satz konnte man deutlich Sarkasmus entnehmen.

"Wir verständigen uns mit Händen und Füßen. Ich deute auf ihren Bauch und dann zeige ich ihr ein Baby an. Die Gebärdensprache ist doch ganz universell!"

"Da bin ich mal gespannt!"

Bei ihren bisherigen Zusammenkünften mit den wenigen außerirdischen Kulturen war die Verständigung dahingehend kein Problem gewesen, als sie dabei immer das Interkult-Mikro zur Hand hatten. Eine praktische Erfindung, die so aussah wie ein antikes Kofferradio mit integriertem Kassettenrecorder. Hiermit brauchte man nur einige Worte der Aliens aufnehmen - so sie sich nicht telepathisch äußerten - und dann einige Sekunden warten, ehe man die neue Sprache damit leicht übersetzen konnte. Doch leider war dieses nützliche Tool an Bord ihres Raumschiffes geblieben, da ein Kontakt mit den hiesigen Lebewesen von der Führung nicht vorgesehen war. Und das Raumschiff, wo mochte es wohl nun gerade sein, flog durch die unendlichen Weiten des Alls mit der Roboter-Crew vermindert um ihre Anwesenheit. Nun ja, es brachte ja überhaupt nichts, diesem Tool nachzutrauern, man musste sich eben anders behelfen, mehr auf die primitive Art und Weise...

Beide fanden Schalinda beim emsigen Früchteeinsammeln inmitten der Obstplantage. Ihr Körbchen war schon fast voll der köstlichen, auberginfarbenen Fruchtdelikatessen. Als sie Ron erblickte, erhellten sich ihre Züge und die Äuglein mit der bernsteinfarbenen Iris strahlten. Es schien wie Liebe auf den ersten Blick.

"Schalinda, hör mir gut zu", begann er.

"Ron, gruu, gruu!", machte sie begehrlich und streckte ihm schon ihre Ärmchen entgegen, in Erwartung gleich wieder von ihm hochgenommen und begattet zu werden.

"NIX GRU-GRUU!", wehrte er sie ab und begann im Beisein Ukis wild zu gestikulieren. Ungeschickt wie ein amputierter Pantomime deutete er bei sich einen Bauch an, ging dann gespreizter Beine in die Hocke, ächzte und stand wieder auf.

"Soll das die Andeutung einer Geburt gewesen sein?", erkundigte sich Uki, um dann spöttisch hinzuzufügen: "Sah eher aus wie eine Sitzung zur Kotabgabe bei chronischer Verstopfung!"

Unschlüssig stand Schalinda vor den beiden, guckte hilflos von einem zum andern und lallte fragend: "Katschaa?"

"Nix katschaa!", ärgerte sich Ron über ihr Unverständnis. "Bist du über die Lall-Phase nicht hinausgekommen? Wo du Kinder hast, du doch schwanger sein!" Wie ein Attentäter ohne Waffe deutete er immer wieder ruckartig gegen ihren Bauch in die Luft.

"Sie kapiert eben nicht, was du meinst!", erklärte ihm Uki. "Von wegen universelle Gebärdensprache. Da fällt mir was ein! Zeichne ihr es einfach auf. Nach dem Motto 'ein Bild sagt mehr als 1000 Worte'!"

"Für eine Idee von dir ist das eine gute Idee!", freute sich Ron, schnappte sich einen der Zweige, die bereits leer gepflückt über ihm hingen, riss ihn ab und stocherte dann in dem weichen Boden herum. Leider erwiesen sich auch seine zeichnerischen Künste als eher deutungsschwer.

Was er da in den weichen Boden einritzte, glich eher einem abstrakten Kunstwerk, daher nahm ihm Uki den Zweig aus der Hand und kritzelte ein dickbäuchiges Männchen hin.

"Du hast den Busen vergessen", kritisierte ihn Ron. "Du musst dem Strichmännchen Brüste machen, damit sie weiß, dass sie gemeint ist!"

Uki setzte geduldig zu einem neuen Kunstwerk an. Diesmal zeichnete er penibel eine doppelbrüstige liegende Figur mit großem Bauch und deutete dann auf Schalinda, die begeistert nickte. Offenbar erkannte sie sich in dem naiven Kunstwerk wieder.

"Bravo!", lobte Ron. "Und jetzt wird's schwierig."

"Gar nicht!", fand Uki und zeichnete ein kleines Strichmännchen zwischen die Beine des dickbäuchigen Kunstwerks hin.

"Sehr gut!", lobte Ron wieder und äffte nun das Babygeschrei eines Neugeborenen nach:

"WÄÄÄHHHH! WÄÄÄHHH!"

Schalinda erschrak und lief entsetzt davon.

"Was musstest du auch so loskreischen wie ein Brüllaffe", zischte ihm Uki zu. "Du Intelligenzallergiker hast sie jetzt total verschreckt!"

"Ich glaub, die hat noch nie ein Kind geboren", vermutete Ron und wölbte demonstrativ seinen Bauch nach vorne. "Das nennt man Nullipara."

"Bravo! Im Besitz unnötigen Wissens bist du Milliardär!", ätzte Uki und applaudierte ihm lautstark. "Dennoch solltest du mal deine Kindheit überdenken!"

"Suchst du Streit?" Er zog seinen Bauch wieder ein und streckte stattdessen warnend den Brustkorb nach vorne. "Wenn du den Kampf mit mir aufnimmst, dann musst du schwer gerüstet sein!"

"Ja, ich hatte immer schon den leisen Verdacht, dass du bösartig bist!"

"Falsch Uki! Meine bösen Instinkte sind es, die mich im Falle eines Angriffs schützen!"

Zum Glück kam es nicht zum Äußersten, denn wenig später kam Schalinda mit Schurka zurück und wieder versuchte sich Ron als Pantomime, deutete zuerst einen dicken Bauch bei sich an, ging erneut in die Hocke, ächzte und zeigte dann auf das kleine Strichmännchen, diesmal allerdings ohne Babygeplärr-Imitation.

Schurka schien sofort zu verstehen, denn sie radierte mit einem ihrer sechszehigen Füße das kleine Männchen aus und zeigte auf den vollen Korb mit Früchten, wobei sie laute Schmatzgeräusche machte.

"Mjamm! Mjammjammjamm!" Hernach deutete sie auf ihren dicken Bauch.

"Was soll das nun wieder bedeuten?", fragte Ron hilflosen Blickes seinen staunenden Kameraden. "Hat sie

Bauchweh, so wie wir manchmal?"

Dieser tippte sich an die Schläfe. "Ich glaub, ich hab's! Die dicken Bäuche von den Weibern hier kommen vom Futtern! Diese leckeren Früchte müssen ziemlich nahrhaft sein und ihnen das dickliche, birnenförmige Aussehen verleihen."

"Aha, apropos Aussehen. Ich finde diese Bäuchlein supertoll, erotisch!", schwärmte er und wollte sich Schalinda schon wieder in eindeutig sexueller Absicht nähern.

Rasch zog ihn Uki am Ärmel zurück und herrschte ihn an: "Bist du wahnsinnig, Ron! Wenn dich der Captain erwischt! Der weiß doch noch nichts von unseren kleinen Abenteuern!"

"Na und?", fragte Ron und sah Uki provokant an. "Was soll er schon groß machen? Uns bei der Führung verpfeifen? Von der hier weit und breit keine Spur ist und auch in nächster Zeit nicht sein wird. Uns aus dem Bevölkerungs-Programm streichen, das leider durch unsre vorwitzigen Roboter verhindert wurde? Uns die Age-Stopp-Pillen streichen, die uns leider ebenfalls nicht mehr zugänglich sind?"

"Schon klar, dass sich das alles erledigt hat, doch immerhin ist er noch unser Vorgesetzter. Und er kann sich eine Strafe ausdenken, die er oder die andern an dir vollziehen können. Ron! Denk doch einmal nach, bevor du deiner Spontanität nachgibst! Und zwar mit deinem Gehirn anstatt mit deinem Gemächt! Wir sind hier aufeinander angewiesen!!!" Die letzten Worte klangen direkt beschwörend.

Jedenfalls leuchteten sie ihm ein und er zog sich etwas beleidigt zurück.

"Was wirst du jetzt dem Captain melden?",

erkundigte sich Uki, der ihm dicht auf den Fersen blieb.

"Dass die Weibchen unfruchtbar sind und diese komischen Äpfel vermutlich 4.000 Kalorien pro Stück haben. Dann hebt er das unsinnige Essverbot wieder auf und wir dürfen weiterschlemmen! Obwohl... ich hätte mich sowieso nicht daran gehalten!"

"Ach, das Verbot reizt doch immer wieder zum Übertreten", sinnierte Uki eingedenk seines fleischlichen Vergnügens.

"Wem sagst du das", teilte ihm Ron mit, wollte schon wieder sein ehedem in Erfahrung gebrachtes züngelndes Geheimnis lüften, als er mitten auf dem weichen Boden riesige Fußspuren entdeckte. "Halt! Da ist irgendwo ein Riese!"

"Die Spuren führen aber von uns weg", stellte Uki fest und machte sich vorsichtig auf die Verfolgung des noch Unsichtbaren.

Hinter ihm mahnte Ron zur Umkehr: "Lass uns einen andern Weg nehmen, wir wollen doch nicht schon wieder einen von denen töten!"

Leises Rascheln hinter einem der Bäume verriet das Kommen von jemandem.

"Pst, wenn es sich nicht vermeiden lässt, eliminieren wir einen Feind auch ohne ausdrücklichen Befehl", erklärte Uki, der schon seinen Phaser gezogen hatte.

Schnell nahm Ron hinter einem der Baumstämme Deckung und wartete gespannt. Seinen Kameraden hatte er im Blick, dessen Miene verriet ihm jedoch die pure Verwunderung.

"Nun sieh dir das mal an, Ron", forderte ihn Uki auf.

Wissbegierig verließ Ron daraufhin sein Versteck

und äugte in die Richtung, in welche Uki zeigte. Dort stand eine der kleinen anderen Damen, mit denen sie bereits ihre erste Sex-Orgie gefeiert hatten: es handelte sich um die Gelbgewandte und sie war - oh Wunder - total erschlankt! Nicht die Spur eines dicken Bäuchleins.

"Das ist ja ein Ding!", entkam es Ron. "Hat die Kleine eine Blitzdiät gemacht oder was? Die hat ja eine richtige Wespentaille!"

Leichter Wind wirbelte ihr das dunkle Haar ins Gesicht und sie grinste ein wenig. Kokett sah sie von einem zum andern, als warte sie auf etwas.

"Wie hieß die Tussi nochmal?", fragte Ron seinen ebenfalls erstaunten Kameraden.

"Pfff, keine Ahnung, sie hat mir keine Visitenkarte von sich überreicht."

"Du bist auch zu ungehobelt", kritisierte Ron, "man stellt sich doch vor, ehe man mit einer weiblichen Person intim wird." Spät, aber doch tat er das auch, indem er auf sie deutete und fragte: "Name?"

"Pschüfkaba?", stammelte sie fragend, was wohl heißen sollte: was willst du wissen?

Ausatmend über Rons Ignoranz deutete Uki zuerst auf sich, sagte seinen Namen, danach auf Ron und sagte dessen Namen, worauf er auf sie deutete und fragend guckte.

"Schluppa!", antwortete sie und ihre Bernstein-Augen leuchteten erwartungsfroh.

"Warum du schlank, Schluppa?", forschte Ron auf ihren Bauch zeigend, wobei er allerdings ihre Auffassungsgabe überschätzte, denn sie verstand nicht, was 'schlank' wohl bedeutete, also wiederholte er den holprigen Satz lauter, dem Trugschluss folgend, dass sie ihn aufgrund der Lautstärke nun verstand: "WARUM DU

SCHLANK, SCHLUPPA?"

"Küfkaba?"

"Sie kapiert unsre Sprache nicht", erläuterte ihm Uki.

"Offenbar hat sie doch ein Kind geboren." Ron stampfte zornig auf, denn er vermutete von den beiden andern Frauen belogen worden zu sein.

"Das glaube ich kaum, denn dann hätte sie doch ihr Baby dabei!"

"Vielleicht passt die Oma auf ihren Balg auf."

"Hast du hier schon eine Oma gesehen?", fragte ihn Uki, wobei er heftig den Kopf schüttelte. "Hier sehen doch alle gleich alt aus, will sagen alle gleich jung."

"Z!", machte Ron genervt. "Auf das Aussehen geb ich nichts! Die altern vielleicht nur innerlich. Oder die Jungen haben die Alten in den Kellern versteckt, warum auch immer! Wir sollten mal eine Hausdurchsuchung durchführen, wer weiß, was wir da alles finden!"

"Das lassen wir schön bleiben", stellte Uki unmissverständlich klar. "Vor allem, wo wir dazu gar keinen Befehl haben! Außerdem wissen wir nicht, welchen Imponderabilien wir hier noch ausgesetzt sind. Es wäre dumm, uns die willigen Weibchen zum Feind zu machen! Wer weiß, die hat vielleicht nur eine Blitz-Diät hinter sich."

Inzwischen schien es Schluppa zu langweilig geworden zu sein, den beiden Männern bei ihrem Disput in einer ihr fremden Sprache zu lauschen und sie verzog sich rasch.

"Uki, wir müssen das denken, was nicht sein darf, und das, was es noch nicht gibt, erfinden! Ein alter Spruch unserer Vorfahren. Warum die Kleine auf einmal nimmer korpulent ist, könnte von Wichtigkeit für uns sein."

"Hör auf, mich zu belehren! Zuallererst müssen wir unsern Auftrag ausführen, der lautet in Erfahrung zu bringen, ob sich die Einheimischen klonen und ich denke, wir können guten Gewissens berichten, wir hätten keine Hinweise auf natürliche Geburtsvorgänge gefunden."

"Einverstanden, aber im Geheimen gehen wir dieser mysteriösen Verringerung des Bauchumfanges weiter nach", bestimmte Ron, worauf Uki nur wieder laut ausatmete.

Beide stapften von der Plantage weg und schlenderten zur Basis, wo sie dem Captain Bericht über ihre Erkenntnisse abliefern wollten. Da sahen sie in weiter Ferne einen der Riesen, der ein kleines Weibchen auf seiner Schulter sitzen hatte.

"Nun guck dir den an!", forderte Ron voll Empörung Uki auf. "Das Schwein will sich an der Kleinen vergehen. Dem werde ich gleich-"

"Nichts wirst du!", mahnte Uki und stoppte Rons Hand auf dem Weg zur Pistole. "Wir nehmen sofort Tarnmodus an und beobachten nur!"

"Wir sollen in stiller Verzweiflung abwarten und nicht besser doch in aggressiver Art - wie es unserer Spezies entspricht - den Feind einfach angreifen?"

"Nicht solange wir keine ausreichenden Informationen über ihn haben."

Beide aktivierten die Chamäleon-Funktion ihrer Uniformen und verschmolzen unsichtbar mit ihrer Umgebung, noch bevor sie der herannahende Riese erkennen konnte. Aus dem Uniformjackenkragen schnellte eine Kapuze hervor, welche sich augenblicklich über Kopf und das Gesicht stülpte und nur mehr eine

Sicht in Schwarz-Weiß ermöglichte und alle anderen Unsichtbaren gänzlich verschwinden ließ, darum war ein Feuern in diesem Zustand der Unsichtbarkeit streng verboten - zu groß die Gefahr, dabei einen Waffenbruder zu treffen. Der Tarnanzug der Superlative ließ sie also einfach verschwinden, allerdings nicht unhörbar oder gar unverwundbar werden.

"Wir degradieren uns selbst zu Voyeuren, wie ekelhaft", meinte Ron.

"Wer weiß, vielleicht lernen wir ja noch was!"

Verständnislos flüsterte Ron: "Was ich nicht verstehe: wie kann ein Riese Sex mit einer Zwergin praktizieren? Die unter der Gürtellinie liegenden anatomischen Größenverhältnisse sind doch nicht kompatibel!"

"Hast du schon einen Penis von denen gesehen?", fragte Uki mehr rhetorisch. "Sogar Gorillas, das waren diese Menschenaffen, welche den Neandertalern ähnelten, hatten nur Mikropenisse."

"Aha, die haben also nur einen kleinen Pipi-Hahn, meinst du, naja..."

Geräuschlos folgten sie dem Riesen in ihrer perfekten Tarnung und erkannten, dass er geradewegs zur Plantage trampelte, wo er sich ein ruhiges Plätzchen aussuchte, sich hinlegte und der korpulenten kleinen Frau langsam ihre Kleidung auszog. Doch was nun folgte, war absolut keine Sex-Orgie, sondern ein Akt der Nahrung, denn der Riese saugte an ihrer dritten Brustwarze schlürfend, wohl irgendeinen ziemlich wohlschmeckenden Saft, sodass er nach kurzer Zeit schon ihren Bauch immer schlanker saugte, bis seine Genussspenderin die Maße einer Idealfigur annahm.

Leise schlichen sich die heimlichen Beobachter,

die ziemlich lange sprachlos zusahen, wieder davon, denn sie hatten genug gesehen.

"Wow, die benutzen die armen Frauen offensichtlich als Milchkühe und saugen denen die Milch aus dem Bauch raus", erkannte Ron. "Das nenn ich eine Win-Win-Situation, der Bauch des Riesen füllt sich und der des Weibchens schrumpft auf Wespentaille! Vor über 200 Jahren wäre das DER DIÄT-HAMMER gewesen und hätte viel Geld eingebracht!"

"Auf die Idee, das Bauchwarzenherzchen zu saugen, bin ich nicht gekommen", gab Uki zu. "Aus den Brustwarzen kam jedenfalls nichts raus, als ich dran gesogen habe."

"Wer weiß, eventuell kommt ja aus dem Bauch auch keine Milch, sondern so eine Art von Alkohol oder ähnlichem Rauschmittel raus", überlegte Ron.

"Natürlich werden wir das bei nächstbestem Kontakt mit einer Eingeborenen überprüfen", versprach Uki, deaktivierte den Tarnmodus und lief eilends seinem Kameraden voran zum Captain.

Nachdem Uki ihn über die Symbiose der Bewohner und die nahrhaften Früchte aufgeklärt hatte, suchte Ron auch wieder die Nähe des Captains, wobei er darauf achtete ihn allein zu erwischen.

"Captain, mir ist da ein vielleicht abwegig klingender Gedanke gekommen."

"Abwegiger Gedanke von dir? Das verwundert mich überhaupt nicht! Sprich ihn ruhig aus!", forderte ihn Reik geduldig auf.

"Das Wummern des Planeten, die künstliche Baumwurzelknolle und all das haben mich drauf gebracht: dieser Planet könnte doch als Ganzes künstlich erzeugt worden sein. Ein Stahlskelett in einer hohlen

Erdkugel, in welcher sich fremde Wesen breitgemacht haben. Und außen herum erwecken sie geschickt den Anschein eines lieblich natürlichen Sonnentrabanten."

"Hm", überlegte Reik, ehe er den Zeigefinger gen Himmel hob. "Nicht übel, dein Gedankengang. Allerdings hast du einen wichtigen Aspekt vergessen." Nach einer Kunstpause fuhr er fort: "Den der Verteidigung! Jemand, der sich solch immense Mühe gibt, einen Planeten nach seinem Geschmack zu formen, mit Lebewesen darauf samt Fauna & Flora, der lässt das doch nicht alles ohne Verteidigungsanlage brachliegen."

"Das gibt eine menschliche Logik. Doch der oder die Erbauer sind sicher keine Menschen", argumentierte Ron.

"Hör zu, jeder, absolut jeder, der solch ein wertvolles Eigentum schaffen kann, der schafft sich auch entsprechende Mittel an, mit denen er es gegen etwaige Eindringlinge verteidigen kann", erklärte ihm Reik in einem Ton, der für ein grenzdebiles Kleinkind angemessen gewesen wäre.

"Ich widerspreche äußerst ungern", begann Ron, "doch liegt bei mir die Vermutung nahe, dass uns dieser Schöpfer, oder auch ein Kollektiv von Schöpfern, nicht als ebenbürtig betrachtet und uns daher nicht mit voller Kraft abgewehrt hat. Eher stelle ich mir vor, dass wir ihm zupass kamen in seinem Schöpfungsexperiment."

"Das erscheint mir reichlich irrational! Unser ungeplanter, spontaner Einfall hier soll einem erwünschten Schöpfungsprozess entsprechen?", fasste Reik entgeistert zusammen.

"Warum nicht, sozusagen als unvermutete, jedoch durchaus willfährige Bereicherung dessen!" Bei diesen Worten sah er seinen Vorgesetzten an, als hätte ihn dieser schon ewig völlig zu unrecht unterschätzt. "Als so eine Art kosmischer Sparring-Partner seiner Geschöpfe."

"Das wäre allerdings...", ließ Reik den Satz unvollendet, da er mit dem Sinn noch immer gedanklich zu kämpfen hatte. "...eine Möglichkeit, die ich mir lieber nicht vorstellen möchte. Nur ein Spielball eines Aushilfs-Gottes zu sein, wäre für uns alle die volle Härte."

"Nicht unbedingt, Captain. Es könnte doch sein, dass wir durch unsre Handlungen das Schöpferkollektiv derart überraschen, dass sie uns eine Zusammenarbeit anbieten."

"Was du da sagst, ist gar nicht mal so abwegig, Ron", gab Reik ungern zu. Ungern einerseits, weil er einem Untergebenen nicht gern recht gab und andererseits, weil er von der dargebotenen Möglichkeit angewidert war. "Ich will allein darüber nachdenken!"

"Zu Befehl! Ich ziehe mich zurück!", verabschiedete sich Ron und traf kurz darauf Uki, der ihn wohl bei seinem Gespräch beobachtet haben musste.

"Was hast du denn mit Reik für Geheimnisse?", erkundigte er sich misstrauisch.

"Ich habe ihm nur meine Meinung über unsern neuen Heimatplaneten mitgeteilt."

"Und die wäre? Mich interessiert sie nämlich auch brennend!"

"Uki, ich fürchte, der ganze Planet ist ein Machwerk Außerirdischer, die in Höhlen sitzen, uns beobachten und sich einen Ast über uns alle an der Oberfläche lachen."

"Du bist verrückt!", stellte Uki sachlich fest.

"Wirklich? Wie erklärst du dir dann die künstlichen Baumwurzeln, die unrunde Rotation des Planeten und noch vielerlei etliche andre

Merkwürdigkeiten mehr? HMMM?"

"Na, das ist hier eben so!", meinte Uki schulterzuckend. "Bei uns auf der Erde gab es auch Erdbeben, die Aliens auf die Idee hätten bringen können, dass ein Planetenbauer im Erdinneren rülpst und furzt!"

"Aber es gab auch Erdbebenmaschinen, oder etwa nicht?", erinnerte ihn Ron mit erhobenen Zeigefinger. "Anno 2099 wurde eine entdeckt und vernichtet."

"Jaja", nickte Uki zuerst, schüttelte dann aber energisch den Kopf. "Aber, dass irgendwer einen ganzen Planeten zusammenkleistert, um ihn dann von uns einnehmen zu lassen, nein!"

"Der Captain hat auch erst gesagt, er vermisst die Verteidigungsanlagen, dann aber zugegeben, dass sie wahrscheinlich nur noch nicht aktiviert worden sind!"

Nun guckte Uki ziemlich desperat drein. "Heilige Sch... Das wäre ja fürchterlich!"

"Mhm-mhm!", nickte Ron zustimmend. "Immerhin haben wir es bisher ja wacker geschafft am Leben zu bleiben, vielleicht, weil wir alle gar so amüsant sind, verstehst du?" Dabei zwinkerte er ihm mit einem Auge zu.

"Du meinst, wir sind hier das Unterhaltungsprogramm?"

"Naja, duuu bist eher die Sendepause!"

Es gelang Uki nur schwer, den Impuls eines Faustschlages in Rons Visage zu unterdrücken. Stattdessen bombardierte er ihn lediglich mit einem bösen Blick, was Ron natürlich erheitert registrierte.

Doch Uki würgte es in der Kehle, dass er sich seinen aufgestauten Frust von der Seele sprach: "Wenn ich mit dir zusammen bin, freue ich mich richtig, dass ich ohne die Age-Stopp-Pillen dem Tod näher bin! Das ist das Gute am Tod, er befreit mich auch von dir!"

Selbstverständlich wusste sein Widersacher auch darauf eine Pointe: "Wer weiß, ob es nicht doch eine Wiedergeburt gibt! Dann sehen wir uns im nächsten Leben wieder, womöglich als Ehepaar!"

"Noch ein Wort und ich werde handgreiflich!!!"

"Nicht doch Uki, ich erzähle dir auch eine nette Gute-Nacht-Geschichte!"

Die Blutwiese

Alsbald befand sich der komplette Trupp auf einer Aufklärungsmission. Captain Reik schlich sich seinen stolzen Recken voran durch den Wald, aus dem sehr verdächtige Laute an ihre Ohren gedrungen waren. Ein metallisches Reiben, unterbrochen von einem lauten Surren, gefolgt von einem Geknatter wie von einem altertümlichen Hubschrauber, den die Einheimischen noch nicht erfunden hatten. Allerdings zeigte sich der strahlendblaue Himmel über ihnen, so er nicht von den Ästen der Nadelbäume verdeckt war, gänzlich frei von irgendwelchen Flugobjekten. Stumm schlichen sie alle hinter Reik her und eine regelrechte Depression ergriff von ihren Gemütern Besitz, so wie eine Welle eines bevorstehenden Burn-outs. Die Zeit schien wie bleiern die Stunden auszudehnen, ehe der Captain mit einer Handbewegung eine Rast anordnete. Müde fläzten sie sich zwischen einige der mächtigen schattenspendenden Stämme und Ron begann als Erster wieder zu plappern.

"Wir müssen in Ermangelung von Robotern, auf die ohnehin kein Verlass war, die Einheimischen dazu bringen, für uns die niedrigen Arbeiten zu erledigen."

"Und wie lange wird es dauern, bis sie erkennen, dass sie Not gegen Elend getauscht haben? Dass wir um nichts besser sind, als die Riesen, die sie bisher ausgebeutet haben?" Reiks Worte klangen überraschend ehrlich, sogar selbstkritisch.

"Das ist irrelevant, denn außer sich mit Alkohol blöd volllaufen lassen können sie nichts. Daher sollen sie froh sein, dass wir ihr kümmerliches Dasein mit Sinn erfüllen!", argumentierte er weiter.

"Das ist jetzt sehr fein formuliert, könnte von einem unserer Politiker stammen", gab der Captain zu, ehe er etwas hinter Ron entdeckte. "Was ist denn das hinter dir?"

Schwungvoll wandte sich Ron um, erkannte ein metallisches Rohr, ähnlich einem Schilfrohr, jedoch aus Metall. Vorsichtig berührte er es und stellte fest: "Das Ding hat einen negativen Temperaturkoeffizienten und ist total ungefährlich."

"Möglich, aber wenn es eine Art Antenne in eine andre Welt ist, sind wir im Arsch!", erklärte ihm Buzz, der neugierig nähergekommen war. "Es muss von den Aliens stammen, die auch diese merkwürdigen Geräusche verursacht haben."

"Hat einer von euch diese Aliens schon mal aus der Nähe gesehen?", erkundigte sich Reik, während er sich in geduckter Haltung entfernte.

"Also ich nicht einmal aus der Ferne", teilte Scot Wigfield mit, während er sich noch etwas schlapp erhob.

"Eben! Die sind entweder Geister oder immens klever! Wer weiß, die wollen uns vielleicht gar nicht direkt angreifen, sondern dazu bringen, uns selber zu zerfleischen. Ganz alter Trick", verkündete Ron. "Nennt man Machiavelli-Taktik!"

"Wer ist das denn? Ach so, der uralte Prinz, der ein Buch über die Macht geschrieben hat...", fiel Slim

Hubble ein.

"Teile und herrsche! Mach Krieg und gewinne ihn. Das bin ich gewohnt, aber sich feige im Hinterhalt zu verstecken und nur subtil zu gefährden - das hasse ich!" Nun zeigte Ron ein Gesicht, als würde er sich gleich erbrechen müssen, ob dieser Vorstellung.

"Ach, ich finde es immer noch besser, als wenn sie uns mit einem Strahl alle auslöschen!", meinte Len Peckham.

"Die wollen entweder mit uns spielen oder uns studieren, um etwas Neues zu lernen! Schließlich hat das Universum auch denen nicht alle Geheimnisse entschleiert, da wette ich drauf", wetterte Ron weiter.

"Eins steht jedenfalls fest: Letztendlich sind wir dem Universum egal!", bekannte Uki leicht desillusioniert.

"Darum geben viele Menschen alles dafür, jemanden zu finden, dem sie nicht egal sind!", erklärte ihm Ron.

"Wie weise du manchmal sprichst! Obwohl einige Worte aus deiner Speiseöffnung verboten gehören! Aber immerhin hast du begriffen, wofür Menschen leben: für die Achtung und Liebe der anderen" stellte Buzz fest.

"Und genau darum wollte ich bei unserm Landgang eine echte Frau treffen, die mich nie vergisst", gab Ron offen zu.

"Mission accomplished!", zischte Uki. "Und darum sitzen wir jetzt alle hier fest!"

"Oh Mann! Bist du nachtragend, Uki. Sieh es doch als Chance! Wo ist der Unterschied, ob wir hier oder woanders unsre Gene weitergeben!"

"Der Unterschied ist, dass wir hier bei Null anfangen müssen, während wir ursprünglich mit allem

Komfort ausgestattet waren, du Spinner!!!" Die letzten beiden Worte waren etwas lauter ausgefallen und zusätzlich mit etwas Spucke in Richtung Ron geflogen.

"Was ist nun schon wieder?", erkundigte sich der Captain, der angelockt von dem laut gewordenen Disput dazugekommen war wie ein Referee, der gleich zwei Faustkämpfer trennen muss.

Uki setzte in ins traurige Bild: "Wir betreiben Philosophie, leider bewegt sie sich in unsrem konkreten Fall nicht im Bereich der bestehenden Faktizität; sie ist vielmehr ein Hinausgehen ins Offene, Ungeschützte, das keinerlei festen Halt anbietet."

"Besser hätte ich es auch nicht ausdrücken können", beeilte sich Ron, seinen Kameraden und Mitwisser seiner Verfehlungen zu loben. "Während die Pflanzenwelt hier nur passiv dahinvegetiert, können wir aktiv existieren und Grenzerfahrungen sammeln. Wir müssen streben, müssen leiden, kämpfen, sind dem Zufall unterworfen, verstricken uns unausweichlich in Schuld im Angesicht einer gnadenlosen Natur, die an Schönheit kaum zu übertreffen ist."

Reik machte große Augen, da er natürlich den Kontext dieser spontanen Abhandlung nicht erfassen konnte, ging dann aber wieder zum für Soldaten gewohnten Trott über.

"Antreten! Es geht weiter auf Spähtrupp", kommandierte er harschen Tons und alle setzten sich widerspruchslos in Bewegung.

Uki flüsterte seinen Kameraden Slim und Scot zu: "Sagt mal, kommt euch der Wald nicht auch viel größer vor? Seit Stunden marschieren wir und erreichen nie das Ende."

"Vielleicht gehen wir im Kreis, ohne es zu

merken?", mischte sich Kip ein. "Der Kreislauf der Sinnlosigkeit!"

Und Ron zischte ihnen süffisant zu: "Ich hab das dumpfe Gefühl, keiner kommt hier lebend raus!"

"RUHE IM GLIED!", forderte Reik. "Hier ist absolut nicht der Ort für Schwatzhaftigkeit und das Banale! Weiter im Laufschritt, ZACK-ZACK!!!"

Inmitten des scheinbar üppiger gewordenen Waldes erhob sich plötzlich ein Luftzug - ähnlich einer Windhose, die abgefallene Nadeln und abgebrochene Zweige in einem Luftwirbel aufsteigen ließ. Auf dem Mars nannte man diese Erscheinung Dust Devil - oder auch 'kleinräumiger Luftwirbel mit vertikaler Achse meist geringer Höhenerstreckung'. Derjenige vor ihnen tanzte um sie herum, fast wie zu ihrer Erheiterung. Leider wurde er immer stärker und verhinderte somit ein schnelles Vorwärtskommen. Begleitet von einem Pfeifen, das üblicherweise mit starkem Wind einherging, schien er den Trupp absichtlich zu bremsen. Auf einmal drang wieder das metallische Geknatter unheilschwanger an ihr Ohr.

"Achtung, Männer", warnte sie Reik. "Irgendetwas kommt da angeflogen. Und das können keine Vögel sein! TARNMODUS!"

Alle aktivierten die Chamäleon-Funktion ihrer Uniformen, was zwar bedeutete, dass sie der Umgebung völlig angeglichen waren, allerdings weiterhin der Windhose ausgeliefert. Ihr Trost war nur: Selbst im Infrarot-Bereich konnte sie keine Kamera erkennen, doch es war fraglich, ob die Aliens - denn es musste sich diesmal um technisch viel höher entwickelte Fremde handeln - den Trick nicht doch durchschauten.

Schon kam das feindliche UFO herangeschossen,

es sah beinahe wie ein antikes Auto der S-Klasse aus, doch wo dieses damals die Räder hatte, rotierten Propeller, die es als schnelles Bodenfahrzeug ungeeignet machten. Das silbergraue Ding flog also in einer Höhe von zweieinhalb Metern über den Boden mit seinen vier Propellern knapp über sie hinweg, wobei es einige Äste der Nadelbäume abrasierte. Kaum war es verschwunden, knackte es im Gebälk eines der Nadelbäume und er neigte sich gefährlich.

"Scheiße, gleich kippt der Baum auf uns", warnte Reik und wich schon vorsorglich aus.

Der hölzerne Riese fiel ächzend zwischen sie und es grenzte an ein Wunder, dass er keinen der Männer unter sich begrub.

"Seid ihr okay?", erkundigte sich Reik und deaktivierte die Chamäleon-Funktion, worauf ihm einige folgten und ebenso wieder sichtbar wurden.

"Puh, ich bin dafür, die Scheiß-Anzüge so umzubauen, dass sie uns auch unverletzbar machen", schlug Ron vor.

"Gib dich zu erkennen!", befahl ihm Reik, worauf er - kaum, dass Ron sichtbar wurde - dem Frechdachs eine Kopfnuss verpasste. "Das soll dich lehren, nicht über unsre Ausrüstung zu meckern!"

Wie vom Schlag gerührt standen sie alle da und guckten nach oben, aber der propellerbewehrte Angreifer schien verschwunden. War er jemals da oder erlagen soeben alle einer Sinnestäuschung???

"Das Ding glich einem Luxuswagen der miesen Automarke, der nicht einmal den Elchtest geschafft hatte", gab Scot bekannt.

"Was ist ein Elch?", wunderte sich Try.

"Och, das ist so ein ausgestorbener Vierbeiner mit

Schaufeln am Schädel", wusste Ron, der sich noch etwas beleidigt über seinen Hinterkopf rieb.

"Konntet ihr durch die Fenster sehen, wer am Steuer saß?", wollte Reik wissen.

Alle schüttelten nur traurig die Köpfe, bis auf Ron, der erklärte: "Durch die getönten Scheiben kann man absolut nichts erkennen. Außerdem wird das Ding eine ferngesteuerte Drohne gewesen sein."

"Ferngesteuert von wem?", fragte Reik. "Sicher nicht von den primitiven Riesen."

"Wenn das chromverbrämte Biest wieder auftaucht, sollten wir sofort phasern!", munterte Ron alle auf.

"Ohne zu wissen, wer ihn steuert?", fragte Buzz entsetzt.

"Hier gibt es kein Vollkasko wie im blöden 21. Jahrhundert!!!", schleuderte ihm Ron entgegen.

"Wieso nennst du das 21. Jahrhundert blöd?", hinterfragte Buzz nun.

"Tsiss, du hast scheinbar keine Ahnung davon! In der Zeit ließen sich die Menschen völlig nutzlose Muster in ihre Haut stechen, fotografierten ihr Essen, bevor sie es verspeisten, saßen nur zum Spaß vor dem Computer, um sich Katzen anzusehen, die von Möbeln runterfielen, sprengten sich an öffentlichen Orten in die Luft, um so viele wie möglich mit in ein dubioses, nie bewiesenes Paradies mitzunehmen und hielten ihre Zeitgenossen, die an Aliens glaubten, für verrückt!"

"Stimmt, das hört sich echt blöd an!", musste Buzz zugeben.

"Wo ist denn Len?" Scot Wigfield hatte die Absenz seines Kameraden bemerkt. "Len, bist du noch im Tarnmodus?"

"Puh, vielleicht hat er wieder Bauchweh und muss Kot absetzen", vermutete Ron nun.

"Sergeant Packham, melde dich sofort", befahl Reik unwirsch.

Keine Antwort.

"Wer hat ihm auch erlaubt sich zu entfernen?", maulte Tekashi.

Doch, siehe da, er kam schon aus den Tiefen des Waldes angelaufen und hielt etwas Metallisches in seinen Händen.

"Captain", rief er schon von weitem, "ich fand den Kopf von Robo-1!"

Tatsächlich hielt er den abmontierten Kopf des Navigators in den Händen wie eine Trophäe, was bedeutete, dass ihr Schiff wohl schon von den Aliens eingeholt und übernommen worden war. Es schien nun für sie nochmals verloren zu sein. Womöglich noch die ganze Ladung dazu und sie selbst bald der sicheren Vernichtung preisgegeben. Die vormals schlechte Stimmung sank noch um einige Kilometer tiefer, nur Kip schien erfreut über Packhams Fund.

"Wie oft träumte ich schon, dass ich dem Blechrabauken einfach den Kopf abreiße", sinnierte er. "Haha, und jetzt ist er hin, hahaha!"

"Kip, du verkennst die Situation", wies ihn Reik zurecht. "Damit steht fest, dass es hier eine höhere Intelligenz gibt, die unser Schiff aufgebracht und die Roboter zerlegt hat."

"Naja", überlegte Ron, "es kann aber auch sein, dass die Roboter untereinander Streit hatten. Dass also einer so etwas wie eine soziale Verantwortung für uns fühlte-"

"Roboter können nichts fühlen!", unterbrach ihn

Reik brüsk. "Sie führen emotionslos alle programmierten Befehle aus. Auch jene, die sie sich selbst gegeben haben."

"Schon, aber sie könnten doch ein Modul eingebaut haben, das ihnen so etwas wie Verantwortungsgefühl für uns vermittelt. Meine Theorie ist: einer von denen hat - dem Modul sei Dank - Partei für uns ergriffen und die andern dazu genötigt umzudenken, was Robo-1 nicht gefallen hat, worauf er von der Mehrheit demontiert wurde!"

"Und wieso haben die noch nicht mit uns Kontakt aufgenommen, Oberlehrer Dews?", ätzte Reik und zog eine Grimasse.

"Äh, das weiß ich auch nicht. Ich kann nur vermuten, dass sie es versucht haben und gescheitert sind, oder ihre Bemühungen wurden durch die Wiederkehr der Aliens torpediert oder sie halten sich noch bedeckt, um im Notfall zugunsten unsrer Truppe eingreifen zu können."

"Alle Achtung", zischte Reik süffisant. "So viel Fantasie für einen normalen Soldaten... Du hättest Programmierer werden sollen, Ron."

"Heißt das, meine Theorie ist falsch?"

"Davon gehe ich aus. Wir können sie ausschließen und uns der Theorie der Machtübernahme unsres Schiffes durch die unbekannte Spezies Außerirdischer widmen", stellte er trocken fest.

"Hm, wir könnten auch so tun, als hätten wir mit dem Schiff und den Robotern gar nix zu tun!", schlug Try ziemlich naiv vor.

Reik griff sich an den Kopf und sagte dann gepresst: "Wo an Bord unsere ganzen Daten gespeichert sind? Die wissen nicht nur, wie wir aussehen, sondern auch, wann jeder einzelne von uns eine Verletzung gehabt hat, sogar wann jeder einzelne von uns einen Darmwind abgelassen hat."

"Falls sie überhaupt unsere Daten entschlüsseln können," meinte Len zuversichtlich. "Unautorisierte kommen doch gar nicht ran!"

"Du darfst nicht von dir auf andre schließen", warnte Reik, während er ihm den Kopf wieder zuwarf. "schon gar nicht, wenn es sich um eine für uns noch gänzlich unbekannte Spezies handelt!"

"Gut, aber wir dürfen sie auch nicht überschätzen!", meinte Ron trotzig. "Wer so ein antiquiertes Propeller-Auto durch den Wald steuert, der ist doch technisch gar nicht auf dem letzten Stand!"

"Schluss jetzt!", keifte Reik genervt. "Wir bilden hier eine kleine Armee und keine lockere Diskussionsrunde, klar???"

"AYE CAPTAIN!", kam es von allen wie aus einem Munde.

Gehorsam machten sie sich auf den Weg, und Al schlug vor, ein aufmunterndes Marschlied zu singen. So trabten sie also munter voran und sangen rhythmisch im flotten Gleichschritt: "Up in the morning to the rising sun, we gonna run all day to have some fun! If I die in the combat zone, box me up and ship me home! Pin my medals on my chest, tell everyone I done my best! Wake me up with trumpet sound, and I'll try another round!"

Plötzlich verstummten alle, als sie an einer tiefrot gefärbten Stelle der Waldlichtung ankamen und wie versteinert ein unwirklich scheinendes Bild des Schreckens wahrnahmen. Es sah aus, als läge auf einer grünen Wiese ein flacher See aus Blut und es roch auch so. Durch die Hitze schienen einige Stellen in dem

Blutsee schon gestockt zu sein und schwammen leicht blubbernd als kleine Bröckchen an der Oberfläche. Kurzum: ein ekelhafter Anblick.

"Was soll das nun schon wieder sein?", stöhnte Reik, nahm seine Nase zwischen Zeigefinger und Daumen, um sich lautstark zu schnäuzen.

"Eine weitere üble Überraschung der obskuren Planeten-Sprösslinge", scherzte Ron.

"So etwas nannte man bei uns daheim immer Blutwiese", berichtete Uki. "Das Blut kam von einer geschlagenen Schlacht zwischen unserem und einem feindlichen Stamm."

"Richtig, deine Vorfahren stammen ja aus Afrika", erinnerte sich Reik.

"Captain", stieß Len hervor, "ich sehe gerade, dass der Roboterkopf ein Fake ist, ein Nachbau, der nur äußerlich Ähnlichkeit mit dem Original hat."

Sofort nahm ihn Reik näher in Augenschein und erkannte, dass der Kopf innen hohl war. "Das wirft neue Fragen auf: Woher kannten sie den Roboter? Kann es sein, dass sie Zugang zu unseren Gehirnen haben und unsere Fantasien und Albträume bis zu einem gewissen Punkt real werden lassen können?"

"Oh, das wäre genial", äußerte sich Ron. "Denn ich habe oft an den Navigator gedacht und ihn verwünscht."

"Aber eine solche Technik, die es schafft unsre Gedanken zu verwirklichen, gibt es doch noch gar nicht", meinte Uki.

"Die sind technikaffin und schlau", bemerkte Reik.

"Nicht schlauer als wir!", widersprach Try.

"Bilde dir bloß nix auf deine graue Masse ein", herrschte ihn Reik an. "Der Mensch ist nicht das Maß aller Dinge."

"Halt!", warnte Buzz. "An deren Stelle würde ich auch versuchen, einen Keil zwischen uns zu treiben!"

"Dazu müssten sie die menschliche Natur kennen! Aber woher sollen die uns denn kennen? Wir waren doch nie zuvor hier."

"Aber Captain!", meldete sich Ron wieder. "Immerhin könnten die doch mal bei uns daheim gewesen sein. Wenn auch nur für einen kurzen Abstecher!"

"Kurzer Abstecher!", erinnerte ihn Reik spöttisch mit einem vernichtenden Blick in Anspielung auf ihr Pech, hier bei einer nur für kurze Zeit geplanten Zwischenlandung ausgesetzt worden zu sein.

"Ach, ich wünschte, ich wäre wieder auf der Erde", ließ Kip verlauten und Ivan Sastro nickte zustimmend.

Mit einem ernsten Gesicht beanstandete Ron: "Wünsch dir das nicht, Kip! Ich bin auf der Erde schon so vielen unangenehmen Leuten begegnet und das waren nicht einmal Kriminelle - einige schienen zwar nicht weit von einem Gesetzesbruch entfernt zu sein, aber die miese Erdkugel ist überfüllt damit!"

"Deine Ansicht über die Heimat ist skandalös", kritisierte Uki.

"Age-Stopp-Pillen nur für die Elite und Systemgünstlinge", zählte Ron nun auf, "medizinische Behandlung nur für Superreiche, Altenbetreuung nur für solche, die sich um die Menschheit verdient gemacht haben, Verbrecher und sogar Steuerhinterzieher werden um eine Niere und ein Stück Leber erleichtert und auf den Marsmond Phobos abgeschoben! Renitente Teenager erhalten ein Gehirnimplantat und Systemkritiker keine Wohnung und Fortbewegungsmittel!"

"Hör sofort mit deiner Hetzrede gegen unseren Herkunftsplaneten auf, du Misanthrop!", befahl ihm Reik, wobei er den Roboterkopf wütend von sich schleuderte, dass dieser scheppernd gegen einen der nahen Baumstämme flog, wodurch er in seine Einzelteile zersprang.

"Außerdem wiederholst du dich", kritisierte ihn Kip. "Das hast du mir doch schon voriges Jahr an Bord erzählt!"

"Wir wissen immer noch nicht, woher das viele Blut hier kommt", erinnerte sie Scot.

"Vielleicht ist es das Blut geopferter Jungfrauen", witzelte Ron.

Die ganze Szenerie wirkte befremdlich, sogar für einen fremden Planeten - von denen sie alle schon einige gesehen hatten -, auf dem sie doch schon etwas heimisch geworden sind. Kip meinte sogar, den intensiven Blutgeruch auch auf der Zunge schmecken zu können. Ein pelziges Gefühl machte sich dort breit, brachte ihn beinahe zum Kotzen, doch er hielt sich wacker und verweigerte der Anti-Peristaltik ihren Dienst.

Auf einmal setzte wieder Wind ein und wie aus dem Nichts tauchte diesmal fast lautlos zwischen den Bäumen das Propeller-Auto wieder auf, steuerte geradewegs auf den Trupp zu, worauf alle ihre Phaser zogen und wie wild auf den fliegenden Feind schossen.

Im Flug stoppte es, schien immun gegen die Strahlen zu sein und eine metallische Stimme verkündete siegesgewiss: "Eure Basis gehört mir!"

"ZUR HÖLLE MIT DIR, DU SCHROTTHAUFEN!", brüllte Ivan und schoss auf die Windschutzscheibe, die den Phaserstrahl jedoch zu adsorbieren schien.

"Eure Basis gehört mir!", wiederholte es und stieg mit einer rasanten Geschwindigkeit in den Himmel auf, bis es nur mehr als kleiner Punkt erkennbar war und scheinbar verpuffte.

"Verdammt in alle Ewigkeit! Das gibt es doch nicht", fluchte Reik. "So ein Aufwand wegen einer Ruine?"

"Denen geht es ums Prinzip", meinte Buzz.

"Lasst uns von hier abrücken, solange wir noch können", mahnte Slim.

"Niemals!", bellte Reik. "Wir bleiben bis zum Endkampf und verteidigen uns bis zum letzten Blutstropfen! Das verdammte Ding muss eliminiert werden! Unser Einsatz ist kein geselliges Abendessen, keine elitäre Literaturveranstaltung, kein Gemälde und kein Kindergeburtstag! Er kann nicht mit Eleganz und Höflichkeit durchgeführt werden, er ist ein Gewaltakt und kein Spiel!"

"Aber das verfluchte Vehikel hat doch nicht einmal einen Kratzer im Lack abbekommen!", gab Scot zu bedenken. "Und wir stehen hier auf der Lichtung wie auf dem Präsentierteller!"

"Feuern wir beim nächsten Mal auf die Propeller!", schlug Try vor. "Dann stürzt es vielleicht ab oder wird manövrierunfähig."

"Mir ist kotzübel von dem Geruch des Blutes", gab Len bekannt und schien mit seiner Antiperistaltik zu kämpfen.

Und da war es wieder, das geheimnisvolle Propeller-Ding, leise surrend wie ein Ventilator kroch es durch das Geäst der Bäume heran.

"ALARM!", schrie Al aus. "Tiefflieger!!!"

Zu aller Überraschung flog das höllische Vehikel

aus der anderen Richtung heran, doch diesmal hatte es
die vormals senkrecht gestellten Propeller waagerecht
ausgerichtet und - oh Graus - schnitt im Vorbeiflug wie
eine Kreissäge Ivans Kopf ab, welcher gleich einem
schlecht montierten Puppenkopf herunterfiel. Sofort
schoss eine Blutfontäne aus dessen Hals wie ein
Springbrunnen und benetzte Kip mit dem kostbaren roten
Lebenssaft seines Kameraden, das meiste davon tränkte
den ohnedies schon blutroten Boden, auf welchem sie
noch immer standen, versetzte ihn in Wellen, die bis über
ihre Knöcheln schwappten.

"IVAAAN!" Fassungslos starrte Kip von Ivans
Leiche zu dem unbarmherzigen Vehikel, welches sich
nun seitlich der Lichtung bewegte. Es stoppte und öffnete
langsam ein Fenster in der Karosserie, worauf der Pilot
seine grausige Fratze zeigte: sein fahles Gesicht hatte
einige Einschnitte an der Wange, die Augen bedeckte
eine schwarze eckige Brille und als er den Mund
aufmachte, blitzte etwas auf - ein stählernes Gebiss,
welches sicher nicht der Dienste des Zahnarzt-Roboters
bedurfte. Anstelle eines Armes hatte er ein ausfahrbares
Teleskop-Gestell, an dessen Ende ein Flammenwerfer
montiert war. Mit diesem Cyborg schien wirklich nicht
zu spaßen zu sein.

"IHR WERDET EIN RAUB DES FEUERS!",
kündigte er mit metallischer Stimme an und stieß eine
weitreichende Flamme aus, die knapp bis zu Al reichte,
der sich gerade noch ducken konnte.

"Verschwinde, du elende Hackfresse!", schrie Reik
den Fremden an und zielte auf ihn, worauf sich das
Fenster sofort schloss.

Kaum hatte Reiks Phaserstrahl die Karosserie
getroffen, setzte sich das Vehikel wieder in Bewegung,

wendete und nahm direkten Kurs auf die Männer.

"ABGAAANG!!!", schrie Ron und lief davon, um Deckung zu suchen.

"NEIIIN!", kreischte Kip aus Leibeskräften, versuchte auch zu flüchten, kam aber nicht vom Fleck. Wie angewurzelt stand er da, so als wüsste er, dass er bald sterben wird und seine Beine versagten ihm den Dienst, da sie bereits tot waren.

Mit gewaltigem Abwind überflog das Vehikel den Trupp und stoppte dann abrupt.

"ACHTUNG", brüllte der Captain aus voller Brust, "DAS DING KOMMT ZURÜÜÜCK!"

Beim Wenden verursachte es lautes Geknatter, anschwellend wie ein Gewitter, die Propeller stellten sich wieder senkrecht, aber an den Seiten der Karosserie fuhren Sensen heraus, die in der Sonne unheilverkündend aufblitzten, und es flog nun genau auf den armen, bewegungsunfähigen-

Japsend erwachte Kip noch bevor ihn eine der Sensen am Hals erwischen konnte, und als er die Augen aufschlug - wobei er sich prüfend an die Kehle fasste, um eine etwaige Verletzung zu ertasten -, sah er in die fragenden Gesichter seiner Kameraden, die er aus dem Schlaf geschreckt hatte.

"Du hast meinen Namen gerufen", wunderte sich Ivan.

"Uff, stimmt, ich träumte deinen grausamen Tod."

"Na, das ist ja nicht gerade aufmunternd! Eher die schlimmste Art den Tag zu beginnen! Schalte nächstes Mal deinen Traum auf stumm!"

In der Riesenfalle

Al, Slim, Uki und Ron wurden vom Captain mit dem Auskundschaften der Feinde in den Bergen beauftragt, denn er vermutete die Riesen in der Erzmine. Mit gemischten Gefühlen hatten sie den größten Teil des Weges bereits hinter sich, nachdem sie noch vor dem Morgengrauen aufgebrochen waren.

"Deine Beiträge zu unsrer Unterhaltung sind ziemlich fragmentarisch", bekrittelte Ron Slims stummes Beiwohnen. "Du bist nicht einsilbig, sondern schon nullsilbig."

"Worüber man nicht reden kann, soll man schweigen", orakelte dieser und sonderte sich von seinen drei Kameraden ab, sodass er bald aus deren Blickfeld geriet.

"So ein aufgeblasener Arsch", ärgerte sich Al.

"Vielleicht geht ihm nur der Arsch auf Grundeis", vermutete Ron, "und er verbirgt seine Angst hinter einer undurchdringlichen Wand des Schweigens."

"Vergesst nicht, wozu wir abkommandiert wurden", mahnte Uki und pirschte sich weiter lautlos zum Gebiet der Erzmine vor. Von den Riesen fand sich keine Spur, kein Laut drang an ihr Ohr und die Berge wirkten wie ein Erholungsgebiet. Die Luft schien mit einem Fichtennadelduft angereichert worden zu sein, obwohl nirgendwo Nadelbäume standen.

Al, Uki und Ron beobachteten alsbald eine seltsame Prozession: einige der kleinen Knollennasen-Männer trugen eine große Truhe auf einem Holzgestell auf ihren Schultern mit sich herum.

Ron flüsterte seinen Kameraden konspirativ zu: "Wir müssen wissen, was in der komischen Kiste drin ist."

Al winkte ab: "Pah, irgend so ein kultischer Quatsch."

"Kann sein, oder sie tragen ihren Edelbrand

spazieren! Wir wissen bereits, dass die kleinen Männchen Alkohol zur Abschirmung vor der harten Realität verwenden", verriet ihm Ron. "In der Truhe könnte sich ihr Vorrat an Hochprozentigem befinden! So ähnlich wie damals die Priester den Messwein heiligten."

Nur Uki erkannte mehr dahinter und sagte geheimnisvoll: "Das erinnert mich an etwas aus der Vergangenheit unserer Spezies. Mir fällt es leider momentan nicht ein, aber es hatte etwas mit einer Kraftquelle zu tun."

"Ein Dynamo?", fragte Ron. "Umso mehr müssen wir das Ding in unsere Klauen kriegen!"

"Mit Gewalt?", erkundigte sich Al, dem das nicht zu gefallen schien.

"Mit frommen Worten werden wir sie uns wohl kaum aneignen können!", meinte Ron. "Außerdem sind die doch unbewaffnet."

"Schon, aber falls in der Kiste etwas Gefährliches drin ist, dann wären wir dran. Ganz unnötig, verstehst du?"

"Da hat Uki recht!", stimmte auch Al zu. "Wir müssen es dem Captain melden und dürfen keine Extratouren welcher Art auch immer starten."

"Von mir aus, aber vielleicht erwartet er grad in dem Fall Eigeninitiative von uns, weil es nachher zu spät ist."

"Glaub ich kaum", sagte Uki. "Der kriegt sicher keinen Anfall, wenn wir etwas unterlassen, was er sowieso noch nicht befohlen hat."

"Freunde, ich hab das ewige Befehlsempfangen schon etwas satt...", brummte Ron und schlich mit seinen beiden Kameraden davon.

"Dann gründe deine eigene Kompanie und mach

dich selbständig!", schlug Al vor.

"Sehr witzig!"

"Ich weiß wieder, was mir vorhin nicht einfiel", freute sich Uki. "Das war die Geschichte mit der Bundeslade."

"Was soll das nun wieder sein?", forschte Ron mit verengten Augen, auch weil die Sonne ihn blendete.

"Ganz einfach, eine Truhe, welche angeblich die von Gott gegebenen zehn Gebote enthielt. Und jeder, der sie unerlaubt anfasste, starb!", erklärte Uki, der sich wieder der Bibel erinnerte, aus der ihm seine Mutter in der Kindheit vorgelesen hatte.

"Keine berauschende Aussicht!", musste Ron zugeben und sah den Knollennasen-Männern bei ihrer Prozession zu, die sich langsam von ihnen wegbewegten. Es erweckte den Eindruck, als schritt ein kleines Kamel mit viereckigem Höcker im Passgang dahin.

"Also, lasst uns weitergehen", ermunterte sie Uki.

"Wenn hier aber kein Gott zehn Gebote abgelassen hat, dann könnte doch was Wichtiges in der Kiste sein."

Nachdem er laut ausgeatmet hatte, sagte Al resolut: "Soll das dann auf deinem Grabstein stehen? Hier ruht Sergeant Ron Dews, weil er wissen wollte, was in einer Holzkiste drin war!"

"Dann machen wir es so, wie du vorgeschlagen hast, Uki", bestimmte Ron. "Besser nichts tun, was der Lange nicht angeordnet hat."

"Du solltest nicht so respektlos von unsrem Captain sprechen", monierte Al nun.

"Ach, willst du mich verpfeifen?"

"Hört auf", ermahnte sie Uki. "Hier und jetzt ist der denkbar schlechteste Zeitpunkt für eine Diskussion wegen Hierarchie-Problemen."

Doch die beiden schickten sich zu einem handfesten Streitgespräch an, wobei sie achtlos weitergingen.

"Ich sagte, hört auf", wiederholte Uki, der ihnen auf dem Fuß folgte und als einziger begriff, dass sie sich nahe der Höhle des Löwen befanden.

Auf einmal spannte sich aus dem Boden wie aus dem Nichts kommend ein Netz um die drei Kameraden. Völlig überrascht, besser ausgedrückt geschockt erkannten sie, dass sich das Netz schnell um ihre Körper zusammenzog und eine völlige Unbeweglichkeit ihrer Glieder nach sich zog. Es war keinem einzigen der drei Männer möglich, an den Phaser zu fassen, geschweige denn ihn zu ziehen. Da tauchte brüllend ein Riese aus einer der Höhlen auf und näherte sich mit schnellen Schritten. Dank seiner Größe konnte man seine Schritte als sehr weitreichend bezeichnen.

"Mir deucht, das Monstrum hat die Männlein als Ablenkung vorausgeschickt", erkannte Uki.

"Wo blieb nur deine untrügliche Intuition für Gefahren?", ätzte Ron.

"Was wird der nur mit uns anstellen?", befürchtete Al ängstlich.

"Das willst du nicht wissen", meinte Uki schon schicksalsergeben.

"Scheiße!", fluchte Ron. "Uns muss schnell was einfallen."

"Ja, klar, erzähl ihm einfach einen guten Witz, damit er sich totlacht", forderte ihn Uki auf, angesichts der bedrohlichen Situation natürlich völlig unangemessen.

"Ich wünschte, das wäre nur wieder ein Traum!", flüsterte Ron.

"HAU AB!", brüllte Al panisch den furchterregenden Gesellen an, der nur mehr einige Meter von ihnen entfernt war und schon teuflisch grinste. "HAU AAAAB!"

Rons Hoffnung verlor sich, dass alles wieder nur ein Traum war, denn alles fühlte sich furchtbar realistisch an. Vor allem das Annähern des Riesen wie in Zeitlupe, so als genieße er seine Übermacht und wolle das ultimative Ende noch etwas hinauszögern.

Da traf ein Laserstrahl den aufdringlichen Burschen und er zerfloss förmlich vor ihren geweiteten Pupillen ins Nichts.

"Das war Rettung in höchster Not", keuchte Al vom Brüllen heiser.

"Das haben wir Slim zu verdanken", erkannte Uki, als Slim auch schon mit gezogenem Phaser auf sie zulief. "Im letzten Augenblick rückt er an wie weiland die Kavallerie!"

"Seid ihr verletzt?", fragte er fürsorglich und steckte seine Waffe weg.

"Das sagen wir dir eventuell, wenn du uns aus diesem Spinnennetz befreist", meinte Ron ironisch.

"Auf dich ist Verlass, Slim", lobte ihn Al, dem ein ganzes Bergwerk vom Herzen fiel, als Slims Messer das Netz zerschnitt.

"Jetzt haben wir uns eine Belohnung verdient, kommt alle mit zur Plantage!", rief Ron erfreut aus, so als wäre er der Anführer des Trupps.

Doch nach diesem Schrecken wollte keiner seiner drei Begleiter Streit beginnen, da sie auch schon hungrig waren und nichts gegen den Vorschlag einzuwenden hatten. Sich den Bauch vollschlagen war ein menschliches Grundbedürfnis, dessen Befriedigung wirklich keiner verbieten konnte. Selbst ein Oberbefehlshaber nicht.

Kaum bei den verführerischen Obstbäumen angekommen, begannen sie sich hemmungslos den Bauch vollzuschlagen, ehe Al sich entschuldigte, denn er wollte natürlich brühwarm dem Captain von dem erlebten Schrecken berichten und, dass es nun einen Riesen weniger gab.

In der weitläufigen Plantage trafen Ron und Uki - welch willkommener Zufall - Schurka, der sie zuerst aufmunternd zulächelten, dann Luftküsse schickten und letztendlich abwechselnd an ihrem Bauchwarzenherzchen Flüssigkeit absaugten.

"Hmm", bemerkte Ron und schmatzte.

Uki leckte sich herzhaft die Lippen und erklärte: "Das muss Nektar sein, die frühere Götternahrung, darum könnten die Riesen auch so hochgewachsen sein."

"Vielleicht wachsen wir auch noch, dann können wir die Monstren auch mit bloßen Händen abmurksen", frohlockte Ron. "Und die Wolken streicheln, ohne nach oben fliegen zu müssen!"

"Was du für blödsinnige Einfälle hast", bemerkte Uki. "Aber nicht unlustig!"

"Was macht ihr denn da Verbotenes?", erkundigte sich Al, der unverhofft wieder dazugestoßen war, mit großen Plüschaugen.

"Du bist schon wieder zurück?", fragte Ron unnötigerweise.

"Klar, ich hab dem Captain im Eiltempo den Rapport über die leicht erhöhte Mortalitätsrate an Riesen abgeliefert. Also, was macht ihr da?"

"Das ist hier so eine Art von sozialer Umtrunk", erläuterte ihm Ron. "Es ist auch nicht verboten, schließlich handelt es sich nicht um Sex, sondern um eine Art von äh- Melk-Aktion zum Wohle der Figur der kleinen Dame!"

"Probier einmal, du wirst es nicht bereuen", stiftete ihn Uki an, leckte sich demonstrativ die Lippen und verdrehte wie in Trance die Augen.

Die noch mollige Schurka wollte scheinbar schnell schlank werden, denn sie protestierte mit keiner unverständlichen Silbe dagegen, dass ein weiterer Säuger an ihrem Bauchwarzenherzchen nuckelte.

"Hmmm", schwärmte Al, "ich habe noch selten so einen Super-Trunk genossen."

"Eben, Genosse!", nickte ihm Ron zu. "Wir brauchen dem Langen aber nix davon zu erzählen. Höchstens den Bericht, dass wir uns mit den Einheimischen ausgezeichnet verstehen!"

"Angenommen! SCHMATZ!"

Streit unter Freunden

Al und Slim wurden mit der Wache beauftragt. Scheinbar wollte Reik kein Risiko eingehen, denn einer allein konnte während der Wache leicht einschlafen. Einträchtig zogen beide ihre Runden um die Ruine, in welcher ihre Kameraden ihre müden Häupter ruhen ließen. Hin und wieder blieben sie stehen und stierten in den sternenbesetzten Himmel hinauf, wo auch einige Galaxiennebel zu sehen waren, unter anderem weit entfernt auch die Milchstraße. Es bot sich ihnen ein ganz andrer Nachthimmel, als sie ihn von der heimatlichen Erde aus gewohnt waren. Eine ganz eigene Stimmung machte sich breit. Etwas Melancholie ergriff die zwei aufmerksamen Wächter in der Stille der Nacht.

Schließlich öffnete sich Slim in einem schwachen

Moment gegenüber Al, dem er mehr als den andern vertraute: "Ich bereue, dass ich mich für diese Mission gemeldet habe. Nicht etwa, weil wir nun hier gestrandet sind und großen Gefahren ausgesetzt. Es war ein grundsätzlicher Fehler."

"Aber weshalb denkst du, dass es ein Fehler für uns war?"

"Nicht für uns alle. Nur für mich", gab er leise zu. "Ich vermisse einfach das Leben in der Großstadt, wo du ständig auf unterschiedlichste Leute triffst, selbst wenn sie dich im Vorbeigehen nur anrempeln. Wenn du nur einige ihrer Gesprächsfetzen auffängst und dich fragst, was sie im Schilde führen. Wie die Unterhaltung ausgegangen ist..."

"Das vermisst du?", konnte es Al nicht fassen.

Slim nickte stumm und atmete dann langsam aus. "Ach, was gäbe ich dafür, wenn ich wieder zurück in mein winziges Appartement könnte, wo ich durch die Wände den Streit der Nachbarn mithören konnte, ganz banale Dinge tun und mich mit alten Freunden treffen, die ich schon jahrzehntelang nicht mehr gesehen habe. Was wohl aus ihnen geworden ist, konnten sie ihre Träume verwirklichen?"

"Ich weiß nur, dass viele dieser normalen Menschen den Traum in sich schwelen fühlen, einmal auf den Pfaden eines Pioniers zu wandeln, vor allem die Männer." Al meinte schon in seinen jungen Jahren eine triftige Analyse seiner Zeitgenossen gezogen zu haben. "Warum sich viele für diese Mission gemeldet haben, liegt an der Order, die für uns bestimmten Frauen nur als Fötus im Labor mitzuführen, während für unsre körperlichen Bedürfnisse nimmermüde Synthetik-Blondinen bereitstanden."

"Wirklich?", zweifelte Slim, der sich darüber wohl nie Gedanken machte.

"Natürlich! Denk doch an Sir Edmund Hillary, der auf den Mount Everest seine Gattin ebensowenig mitnahm, wie Fridtjof Nansen seine Holde zum Nordpol! Nein, unsere Führung hatte vollkommen recht: Wir müssen uns mit Haut & Haaren der auferlegten Mission verschreiben und Frauen auf unserer beschwerlichen Eroberung des Weltalls mit all den romantischen weiblichen Überempfindlichkeiten, Eifersüchteleien und dem mitunter harten Geschlechterkampf, der nun einmal Teil unserer menschlichen Natur ist, hintanhalten. Uns selbst mit all unserer Männlichkeit in die ganz große Sache investieren und nicht auf körperlich Schwächere Rücksicht nehmen müssen."

Ruckartig drehte ihm Slim den Kopf zu, den er bei seiner Aufzählung gesenkt gehalten hatte, und sah ihn an, als habe er ein Sakrileg begangen. "Sag mal, bist du etwa ein verkappter System-Günstling, der uns alle auf Linie halten soll?"

"Aber nein", protestierte Al nun. "Wie kommst du darauf?"

"Weil du verdächtig viel von den Gedanken der Führung vertrittst!"

"Das siehst du vollkommen falsch. Ich bin nur der Meinung, dass wir Astronauten einfach gar nicht dafür geschaffen sind, die alltäglichen Pseudo-Probleme unserer normalen Mitmenschen zu verstehen und ein Null-Acht-Fünfzehn-Dasein wie deine Nachbarn zu führen. Viele von denen werden dich sicher beneiden dafür, dass du deine Gene weit in ferne Galaxien tragen darfst."

Ohne weiteren Kommentar fing Slim wieder an

seine Runde zu drehen.

Schon wollte ihn Al fragen, was er den Falsches gesagt hatte, doch besann er sich und folgte ihm nur stumm. Ursprünglich wollte er nur etwas Aufmunterndes zur Unterhaltung beitragen, begriff jedoch, dass er die Stimmung seines plötzlich redselig gewordenen Kameraden zerstört hatte.

Glücklicherweise verging die Nacht viel schneller als der Tag, daher empfanden beide die Zeit des Schweigens als nicht zu lange.

Im Wald ließ es sich wunderbar auf einem Streifzug entspannen. Ron spürte eine Sehnsucht in der Lendengegend, dachte an Schalinda und fühlte plötzlich den Wunsch, ihr einen Besuch abzustatten. So ganz einfach zu ihrem Haus zu gehen, mit einem frisch gepflückten hübschen Blumenstrauß in der Hand - obwohl in Ermangelung von Blumen hätte er ihr nur Grashalme bringen können - und sich anzusehen, wie sie denn so wohnte. Ob in ihrem Bett auch genug Platz für sie beide sein würde. Und er legte auf einmal ein sehr erdiges Verhalten an den Tag, als er sich an Uki, der neben ihm herging, wandte: "Schalinda ist meine Puppe!"

Dieser konterte: "Die Leibeigenschaft wurde längst abgeschafft!"

"Nicht auf diesem Planeten! Die Kleine gehört mir ganz allein!", warnte ihn Ron und schnalzte voller Vorfreude mit der Zunge.

"Für Schalindas Liebe musst du jedenfalls etwas tun, wie gegen Riesen kämpfen oder sonstwas...", gab ihm Uki zu bedenken, "denn auch auf diesem Planeten gibt es nichts umsonst!"

Nun guckte Ron ziemlich belämmert drein. So, als habe ihm Uki eben erklärt, dass er nur ein von Aliens gesteuerter Avatar sei und Schalinda eine Aufblas-Puppe, wie sie Männer des 20. Jahrhunderts gebrauchten. Angestrengt suchte er nach den passenden Worten, die er nun seinem frechen Kameraden entgegenschleudern konnte, doch fiel ihm partout nichts ein.

Daher legte Uki noch nach: "Tja, mein Freund! So ist das mit der Liebe zu echten Frauen, nach denen du dich so sehr gesehnt hattest. Denn die bedingungslose Liebe zu finden, diese Bestrebungen wurden bisher von den Damen aus aller Welt immer im Keim erstickt."

Nach der Denkpause holte Ron tief Luft und entgegnete: "Da machst du die Weiber aber schlechter als sie sind! Außerdem sind wir ja nun hier, um ihnen unsere Moral einzutrichtern."

"DUUU REDEST VON MORAL?", wunderte sich Uki, wobei er automatisch laut geworden war. "Wer hat sich denn Reiks Befehl widersetzt und hier hemmungslos Unzucht getrieben?"

"Du doch ebenso! Nicht weniger zügellos!"

"Ja, aber ich quatsche nicht hochtrabend von MORAL! Was ist denn das für eine Moral, Ron? Ein Hybrid zwischen Anstand und Leck-mich-doch-mal? Ja, eine Leck-mich-am-Arsch-Moral!!!"

"Reg dich ab! Es war ein Abenteuer, von dem ich nicht ahnen konnte, dass es unser Schicksal wird!"

Hinter einem Baumstamm wurde ein lautes "ÄHEM!" hörbar. Als beide herumfuhren erkannten sie ein wohlbekanntes Gesicht, zum Glück nur das von Buzz Cochran, der sich nun mit missbilligender Miene näherte.

"Ich wurde unfreiwillig Ohrenzeuge eurer kleinen Unstimmigkeit", erklärte Buzz, der sich wohl schon länger unbemerkt in ihrer Nähe aufgehalten hatte.

"Dann müssen wir dich nun leider töööten",

scherzte Ron, wobei er die Hüften wiegte, sodass auch Buzz erkannte, er meint das nicht ernst.

"Das ist nicht komisch, Ron", wies ihn dieser zurecht. "Du verkennst den Ernst der Lage."

Oh Mann, dachte Ron enerviert, der Spielverderber predigt uns gleich das aus der Mode gekommene Evangelium.

"Reiks Askese-Anordnung dient doch unserer eigenen Sicherheit und ist keineswegs eine Schikane!"

"Sicherheit?", wiederholte Ron verständnislos.

"Natürlich!", ereiferte sich Buzz. "Wir wissen nicht, ob wir punkto Bakterienübertragung durch Körpersäfteaustausch gegen etwaige Krankheiten immun sind. Ob wir Schaden nehmen oder den Einheimischen schaden könnten."

"Jaaa", stimmte Ron nolensvolens zu. "Du bist ja im Recht!"

"Deine Einsicht freut mich!"

Leider hatte sich Buzz zu früh gefreut, wie die nächste Frage Rons zeigte. "Gilt Bräute-Requirieren nicht als unser Recht als Besatzer?"

Beim breiten Lachen kamen Ukis strahlend weiße Zähne zum Vorschein: "Wer auf sein Recht pocht, holt sich nur blutige Fingerknöcheln!"

"Außerdem gilt für uns als Recht, was der Captain befiehlt!", erinnerte Buzz.

"Wenn uns der Lange die Lizenz zum Vögeln abnimmt, dann werden wir bald an der chronischen Verstopfung unserer Samenleiter eingehen!", knurrte Ron und fasste sich zwischen seine Hoden.

"Mir ist diese Todesart gänzlich unbekannt", stellte Buzz trocken fest. "Ich werde euch nicht verpetzen, aber lasst ab sofort eure Finger von den Weibchen - und auch andere Körperteile! Die Kleinen sind mir suspekt! Wir sind Fremdkörper hier und ich befürchte, wir werden hier nie ganz heimisch! Aber immerhin ist ein gemeinsamer Feind identitätsstiftend!"

Als er sich abgewandt hatte, schaute Ron mit gekräuselter Stirn zu Uki, der nur die Schultern zuckte. Und es näherte sich noch ein menschlicher Störfaktor aus dem Verband der Truppe.

Der Captain kam nämlich auch immer dazu, wenn ihn seine Mannen so gar nicht brauchen konnten, und schien irgendetwas mitbekommen zu haben. "Was ist denn nun schon wieder?"

"Nichts!", beeilte sich Uki lächelnd abzuwinken.

"Doch, es ist was!", protestierte Ron, der sich von seinem Vorgesetzten Schützenhilfe erwartete. "Uki meint, dass man sich die Liebe der Frauen verdienen muss. Während ich der Meinung bin, dass die kleinen Wichtel-Weibchen froh sein können, wenn sie uns zu Diensten sein dürfen!"

Buzz griff sich an den Kopf, denn ihm wurde gewahr: seine Rede hatte Rons Schaltzentrum im Gehirn nicht erreicht, ja nicht einmal gestreift.

"Seid ihr verrückt geworden?", fragte Reik und setzte einen Blick auf, der gleich Handgreiflichkeiten anzukündigen schien. "Ihr wart doch nicht so irre, euch hier schon sexuell betätigt zu haben?"

Betätigt, dachte Ron voll Spott, wir haben uns schon ausgetobt, aber dir noch nix davon berichtet. "Naja, man wird doch noch eine gewisse Fantasie haben dürfen!"

"NEIN!", brüllte ihn Reik an, sodass Ron seinen schlechten Atem vulgo Mundgeruch abbekam. "Die Frauen eines fremden Planeten sind tabu für uns, außer die Führung ordnet eine genetische Vereinigung an!"

"Pardon, wenn ich da einzuhaken wage", begann Ron und Uki verdrehte schon die Augen, als ahnte er die Absicht seines notgeilen Kollegen. "Aber von der Führung können wir uns hier am Arsch des Universums weder Hilfe noch Befehle erwarten!"

Sofort warf sich Reik in die Brust, ja er plusterte sich regelrecht auf, um dann einen Wortschwall in einer Lautstärke loszulassen, den sogar die entferntesten Zuhörer noch vernehmen konnten: "ICH VERTRETE HIER DIE FÜHRUNG UND BIN DIE UNANGEFOCHTENE AUTORITÄT, DER DU DICH ZU FÜGEN HAST! UND ALS SOLCHE ORDNE ICH DIR DIE TOTALE ASKESE AN! KAPIERT??!!!"

"AYE SIR!", brüllte Ron in Habt-Acht-Stellung zurück und Uki musste sich das Grinsen verkneifen, während Buzz nur stumm als Zeuge dabeistand.

Die Tatsache, dass der Sex mit Einheimischen einem Tabu unterlag, ja ein verbotenes Vergnügen darstellte, dem möglichst keiner auf die Spur kommen durfte, stellte sich als zusätzlicher Anreiz zu noch öfterer sexueller Betätigung heraus. Schon spürte Ron eine leichte Erektion und auch Uki musste sich beherrschen, dass sein Liebesdiener nicht die Uniform sprengte... Aufgewühlt sahen sie einander verstohlen an, dieses Wissen um ein Geheimnis machte sie zu Verschwörern und schweißte sie enger zusammen, obwohl sie früher keine Freunde waren. Und wohl oder übel mussten sie nun auch Buzz zu ihrem Männerbund zählen.

Schon schnappte Reik erneut nach Luft, um etwas leiser nachzusetzen: "Einmal den Vertrag mit der Armee unterschrieben und euer Arsch wird nur noch für unsre Sache aufgerieben!!!"

"Aye Sir!" skandierten Ron und Uki wie aus einem Munde.

Buzz tat so, als gehörte er nicht dazu, wobei ihn Reik ohnehin so einschätzte, dass er kein Wässerchen trüben konnte.

Nachdem der Captain endlich zusammen mit Buzz den Abgang gemacht hatte, wandte sich Ron mit einem sehr ernsten Blick an Kollege Uki: "Also sind wir uns einig, was Schalinda betrifft?"

"Du meinst, ob ich sie dir überlasse? Ja, denn du bist ja schon ein nervliches Wrack!"

"Wie bitte?", meinte sich Ron verhört zu haben.

"Na, wer hat denn allnächtlich Albträume? Ich oder DUUU???", zog ihn Uki auf und hob einige Male die Augenbrauen.

"Ich habe nur einmal von unsrem armen Pole geträumt, das war's!"

"Tu doch nicht so! Du sprichst manchmal im Schlaf."

"Wirklich? Und was sage ich da so?", wollte es nun Ron genau wissen.

"Geh weg!"

"Was heißt das? Soll ich weggehen oder sag ich, dass wer weggehen soll?"

"Weißt du plötzlich nicht mehr, was du geträumt hast?"

"Wenn ich aufwache, dann denke ich sofort an das Hier und Heute und nicht, was in meinen schwachsinnigen Träumen los war", erläuterte Ron leicht genervt und ließ Uki einfach stehen, um sich ungestört zu Schalinda schleichen zu können.

Als sich Ron Schalinda, die sich gerade am See nackt wusch, näherte, empfing sie ihn mit scheinbar kürzlich gelernter Diktion: "Ron, willst du ficki-ficki machen?"

Erschrocken fragte er sofort: "WER HAT DIR DAS BEIGEBRACHT?"

Im grellen Licht der herunterbrennenden Sonne räkelte sie sich verführerisch am Seeufer und machte gutturale Laute: "GRUUU! GRUUU!"

"Lenk nicht ab, war es Uki?" Schon beugte er sich zu ihr herab.

"UKI? GRUUU!"

"Das Schwein!", ärgerte sich Ron über das gebrochene Versprechen seines Kameraden.

"SCHWEIN! GRUUU!", sabberte Schalinda, hob ihre Ärmchen und umfasste sein Gesicht mit ihren Händen, eines ihrer sechszehigen Füßchen krabbelte an seinem Schienbein hoch.

"Sag: Ich liebe dich! ICH LIEBE DICH!"

"GRUU, ICH LIEB DICH!"

"JAAA!"

Wie schon beim ersten Akt mit ihr drängte es seinen Liebesdiener in die Freiheit und er hob sie hoch, drang in ihre Scheide ein, wo er sich nach einigen Stößen ergoss.

"RON!!! GRUUUHUHU!!!", gluckste sie beschwingt. "ICH LIEB DICH!"

Aus Angst vom Captain beim höchsten Vergnügen, das dieser verwunschene Planet zu bieten hatte, erwischt zu werden, stoppte Ron sein Liebesspiel abrupt, stellte die kleine Schalinda wieder ab und stahl sich eilig davon. Es war ihm allerdings auch nicht entgangen, dass seine Orgasmusfähigkeit durch die Möglichkeit des Erwischtwerdens erheblich gestiegen zu sein schien. Das dadurch entstandene prickelnde Gefühl hielt sogar jetzt noch an...

Alles, was fliegen kann

In einem schwachen Moment spätnachmittags auf dem Weg zu der schützenden Ruine, die ihnen als Basis diente, vertraute sich Kip Linquist Ron an, indem er ihn fragte: "Wie oft hast du denn schon von Pole geträumt?"

"Nur einmal!", log Ron schnell, vielleicht zu schnell.

Denn Kips Sehorgane formten sich zu Glotzaugen und er meinte: "Das glaub ich kaum, denn du hast öfters im Schlaf gestöhnt und GEH WEG ausgerufen."

"Naja", gab Ron schließlich ungern zu. "Ein paar Mal waren es. Dich hat er also auch in deinen Träumen heimgesucht!"

"Stimmt", flüsterte Kip und sah vorsichtig herum. Ob er fürchtete von den Einheimischen abgehört zu werden, oder vom Captain, konnte man ihm dabei nicht anmerken, nur eine gewisse Verwirrtheit. Scheinbar war er als Kind nie von schlimmen Träumen gequält worden.

"Und wie war das für dich?", erkundigte sich Ron neugierig, wobei er sich bemühte, fürsorglich zu klingen.

"Schrecklich. Er sah aus wie... ach", brach er angewidert ab. " Einfach furchtbar. Das denaturierte Eiweiß tropfte von seinem Schädel, als hätte man ihn frittiert."

"Denaturiertes Eiweiß? Du meinst, er sah verbrannt aus?"

"Genau!", nickte Kip eifrig. "Aber ohne verkohlt zu sein."

"Soso", überlegte Ron nachdenklich. "Ich sah ihn als etwas Robusteres als einen Menschen ... so anthropomorph ... als einen schnell zusammengebastelten

Maschinenmenschen mit Metallteilen am Kopf, vor allem im Gesicht." Eine Gänsehaut machte sich bei ihm bemerkbar.

Kip strich sich über sein stacheliges Haar und atmete erleichtert aus. "Immerhin bin ich nicht der Einzige, den er im Schlaf erschreckt. Mir ist fast so, als wolle er mich posthum auf etwas hinweisen."

"Und auf was? Dass wir bald alle brennen werden?"

"Nein, dass er verbrannt wurde, doch das kann ja nicht sein, denn er liegt ja noch unter den Steinen, oder." Das ODER ließ er nicht wie eine Frage klingen, denn er konnte natürlich nicht ahnen, dass Ron zusammen mit Uki den Leichenraub verheimlicht hatte. "Mir ist nur eingefallen, dass-"

"Was habt ihr denn da zu flüstern?", schrie sie der Captain an, der sich unbemerkt an sie herangeschlichen hatte. Offenbar machte er es sich neuerdings zur Aufgabe, seine Untergebenen auszuspionieren. Möglicherweise antizipierte er einen bevorstehenden Putsch.

Alle drei blieben nun stehen, um ein ernstes Gespräch zu führen.

"Nichts!", beeilte sich Ron zu versichern. "Wir erinnerten uns nur an unser Leben BEVOR wir hierhergekommen sind."

"Das ist totaler Unsinn", herrschte sie Reik an, als hätten sie sich eines Vergehens schuldig gemacht. "Wir haben praktisch überhaupt keine Vergangenheit, kapiert?!"

"AYE CAPTAIN!" Die zwei Worte kamen wie aus einem Munde.

"Wir sind hier faktisch neugeboren worden,

kapiert?"

"AYE CAPTAIN!"

"Ohne Nabelschnur und Nachgeburt und voll funktionstüchtig und vor allem ohne Erinnerung an unseren Heimatplaneten, der uns sonst nur unnötig von unserer Aufgabe hierorts ablenken würde", faselte er in einer improvisierten Rede zusammen. "Denn wenn wir immer nur an unsere Heimat denken, oder an unsere Daheimgebliebenen, dann können wir uns nicht so konzentriert der Gegenwart widmen, machen Fehler, die uns das Leben kosten können! Gedanken an die Vergangenheit kosten die Gegenwart! Die Zeit fliegt dann ungenutzt davon!"

"Pardon Captain", meldete sich Al, der sich unbemerkt an Reik angenähert hatte. "Es ist zu einer seltsamen Begebenheit gekommen."

"Rede nicht in Rätseln, Mann, sondern erstatte einfach sachlich und schnell Bericht, Soldat!", forderte Reik, der eindeutig Nerven zeigte, was eigentlich ein No-Go für einen Kommandanten war. Doch die Zeit auf diesem neuen, nicht ungefährlichen Planeten schien schon Tribut gefordert zu haben.

"Ich habe eine fliegende Untertasse gesehen!", berichtete Al gehetzt, wobei er strammstand.

"Rede deutlicher, ich habe fliegende Untertasse verstanden!" Mit dem kleinen Finger bohrte sich der Captain kurz reinigend in seinem linken Ohr.

"Exakt! Ein UFO - also ein unbekanntes Flugobjekt, das mit Überschallgeschwindigkeit am Himmel vorbeizog."

"Bist du sicher, dass es kein Vogel, Bumerang oder ein Komet war?", erkundigte sich Reik.

"Oder ein Wetterballon?", vervollständigte Ron

mit einem dreisten Grinsen.

"Halt dein Maul!", befahl Reik mit einem vernichtenden Seitenblick. "Im Vakuum kann dich keiner schreien hören!" Eine gern erwähnte, subtile Drohung ihm bei nächster Gelegenheit einen Seitenhieb zu verpassen.

"Bedauere, Captain", rechtfertigte sich Al. "Es war eindeutig ein Flugobjekt nicht natürlichen Ursprungs."

"Ich hörte jedenfalls keinen Überschallknall!", gab Reik bekannt.

"Ich ebensowenig", gestand Al, "doch scannte ich geistesgegenwärtig mit meinem Armreif, der ein Tempo von Mach 3 anzeigte, allerdings kein Bild von dem UFO lieferte."

"Das ist allerdings eine seltsame Begebenheit", gab Reik widerwillig zu. "Es wird mit an Sicherheit grenzender Wahrscheinlichkeit auch hier keinen Vogel geben, der die dreifache Schallgeschwindigkeit schafft."

"Wie lauten also Ihre Befehle, Captain?", forschte Al, der immer noch stramm wie ein Zinnsoldat vor seinem Vorgesetzten stand.

"Was soll ich wohl befehlen?", stellte Reik eine Gegenfrage, die deutlich seinen Unmut demonstrierte. "Die Lösung des Enigmas der hier vorkommenden Flugobjekte? Verfolgung eines Überschallfliegers per Pedes? Späher in alle vier Himmelsrichtungen aussenden? Angriff auf das nächste UFO mit Pfeil und Bogen? Oder einfach nur weitere Sichtungen zu protokollieren?"

"Wenn ich mir eine Bemerkung erlauben darf", meldete sich Kip etwas schüchtern.

"JA?" Der Blick Reiks zeigte eine Mischung aus Warnung und Angriffslust.

"Die Armreifen sind auf unsere Normalbedingungen auf der Erde genormt, hier können wir uns bezüglich des Tempos von rasant vorbeifliegenden Objekten nicht auf sie verlassen, daher auch der Bildausfall", leitete Kip ihm logisch erscheinend ab.

"Bravo, und was schließt du daraus?"

"Was immer Al gesehen hat, kann alles Mögliche gewesen sein. Den Rhythmus bestimmt hier die uns noch fremde Natur, die Sonne steht schon ziemlich tief, er ist bereits müde-"

"Negativ! Ich bin NICHT MÜDE!", legte Al sofort ein Veto ein.

"Schnauze", fuhr ihn Reik an. "Wer müde ist, bestimme ICH! Lass deinen Kameraden gefälligst aussprechen!"

"Was ich damit sagen will", fuhr Kip ungerührt fort, "wir stehen alle unter Stress und dieser Planet führt bei einigen von uns zu Albträumen, daher folgere ich, dass wir auch im Wachzustand gewissen Täuschungen unterliegen."

"Das hast du jetzt schön formuliert", lobte Reik, dessen Miene man nun eine gewisse Zufriedenheit ansehen konnte. "Daher befehle ich euch, die UFO-Meldung ad Acta zu legen und damit nicht eure Kameraden in Aufruhr zu versetzen. VERSTANDEN?"

"AYE CAPTAIN!"

"Captain, ich schlage vor, uns den Einheimischen inkrementell anzunähern", wollte Ron die günstige Gelegenheit nutzen, sich in Szene zu setzen. "Nachdem wir den Riesen gezeigt haben, dass ihre Zeit hier abgelaufen ist, müssen wir nur noch das Machtvakuum ausfüllen, das sie hinterlassen haben."

"Wir wollen hier keine Revolution anzetteln, denn das ist es, was die Machthaber immer vereiteln wollen." Mulmigen Gefühls dachte Reik an die leidvolle blutige Menschheitsgeschichte. Wenn sie nicht aufpassten, dann kamen sie mitten hinein in einen Krieg zwischen zwei ungleichen Machtblöcken und könnten aufgrund ihrer Minderzahl trotz ihrer Strahlenwaffen ganz leicht aufgerieben werden.

"Ich meinte doch keine Revolution, nur etwas Entwicklungshilfe für die Einheimischen. Nach dem Motto: Eine Hand wäscht die andre und beide das Gesicht! Die armen kleinen Leutchen sehnen sich doch nach einer starken Hand, die sie dirigiert. UNSERER HAND!"

Kip und Al warfen sich vielsagende Blicke zu.

Dagegen machte Reik ein Gesicht zwischen Hohn und Erheiterung, als er sagte: "Die Herrschaft der Raumfahrer wartet darauf, dass ihre Zeit anbricht, was?"

"Mehr noch, wir könnten von dem Planeten aus im Alleingang das ganze System erobern!"

"Oh Ron, du redest dich um Kopf und Kragen!", stöhnte Reik und schüttelte den Kopf dabei, wobei ihm allerdings auch klar wurde, dass sein Untergebener Allmachtsfantasien von sich gab, die ihm noch den Job des Captains erschweren konnten. Das gab ihm zu denken…

"Ich habe eben noch ungebrochenen Erfolgshunger und ungeahnte Energien in mir", verteidigte sich Ron wehrhaft. "Was eben nicht alle aus der Truppe von sich behaupten können."

"Wie sagt man beim Militär?", erinnerte sich Reik leicht sarkastischen Untertones. "Wer sich beschwert, der hat noch Reserven. Also scheinst du um eine

Extraaufgabe zu betteln!"

"Solange es kein Himmelfahrtskommando ist, stehe ich jederzeit zur Verfügung", versprach Ron und lächelte tapfer und herausfordernd.

"Dann hast du heute Wachdienst, und zwar die gesamte Nacht!"

Damit schien die ganze unerfreuliche Sache beendet zu sein und der Wind fing langsam an zum allabendlichen Sturm zu Ehren des Sonnenabfalls anzuwachsen.

"Los, alle schnell in die Basis!", ordnete Reik an und lief den drei staunenden Soldaten voran wie ein Sprinter auf dem Weg zu einem neuen Rekord.

Spätnachts trafen Ron, der auftragsgemäß Wachdienst verrichtete, und Kip, der etwas frische Luft unter dem Sternenhimmel schnappen wollte, wieder allein aufeinander, und Ron nutzte die Zweisamkeit, um an ihr Gespräch wieder anzuknüpfen: "Kip, du sagtest, du hättest von Pole als verbranntem Wesen geträumt und dir-"

"Ja genau", unterbrach ihn Kip eifrig. "Zuletzt streunte er wieder durch meine Träume und wollte mir etwas Wichtiges sagen, was ich jedoch nicht verstand."

"Phonetisch oder Allegorisch?", wollte Ron wissen.

"Phonetisch. Er nuschelte, als wären seine Lippen zugenäht worden oder seine Zahnreihen mit Superkleber aneinander befestigt. Noch dazu brabbelte er in einer Mischung aus Dialekt und alten Ausdrucksweisen."

"Und du konntest nicht ein einziges Wort verstehen?", bohrte Ron weiter, den die Neugier so gepackt hatte, dass er seinen Auftrag zu vernachlässigen begann.

"Nein- äh, eins könnte gelautet haben 'determiniert' oder 'dekontaminiert' oder so ähnlich... und ein anderes 'hochwohlgeboren' oder auch 'hoch oben im Norden' ..."

"Aha, du sagtest bei unserem letzten Gespräch, das der Captain beendete, dir wäre etwas eingefallen", erinnerte ihn Ron.

"Ja und zwar, dass-"

"Was habt ihr beiden nun schon wieder miteinander zu bereden?", unterbrach ihn Reik just an der interessantesten Stelle. "Plant ihr eine Konspiration gegen mich?"

"Verzeihung Captain! Nichts weiter", entschuldigte sich Ron. "Dürfen wir denn nicht privat miteinander sprechen?"

"NEIN!", brüllte Reik empört ohne Rücksicht auf seine schlafenden Schützlinge, welche ihn eventuell bis in die Ruine hören konnten. "Ihr sollt nur dienstlich kommunizieren und wie ein gut geschmiertes Zahnradwerk funktionieren! Wir sind nicht zum Privatvergnügen hier! Merkt euch das endlich mal!!!"

"Aye Captain", sagte Ron, während sich Kip bereits verdrückt hatte.

Auch der Captain zog ab und legte sich wieder schlafen, in der Hoffnung nicht wieder von einem Alb heimgesucht zu werden. Bedauerlicherweise bekam er kein Auge mehr zu und grübelte die ganze Nacht hindurch...

Noch ehe die Sonne aufging brüllte er schließlich lauthals: "TAAAGWAAACHE!!!"

Als seine Mannen sich widerwillig Morpheus Armen entzogen hatten, schlug der Captain den Umbau eines der Phaser in ein Anti-Gravity-Modul vor, um wieder mobil durch die Lüfte segeln zu können. Und schon erfüllte die Männer wieder so etwas wie Pioniergeist. Denn immer nur zu Fuß herumzulaufen oder auf den zugtiergetriebenen Wagen der Eingeborenen zurückzugreifen, erschien ihnen doch recht verdrießlich.

"Also los, seht euch die entsprechende Anleitung dazu auf euren Armreifen an und dann kann es schon los gehen", gab Reik bekannt und rieb sich schon tatendurstig die Hände.

"Das wir sicher nicht einfach werden, Captain", unkte Uki und scrollte zu den Bauanleitungen.

Auch bei den Kameraden wurden die kantigen Gesichter länger und länger...

"Captain, kann es sein, dass diese Bauanweisungen gar nicht eingespeichert worden sind?", fragte Slim vorsichtig.

"Kaum, mein Lieber", antwortete Reik ausatmend und stolzierte vor der Ruine ein wenig umher.

"Ich fürchte, es ist aber so, Captain", meldete ihm Al und zeigte ihm seinen Armreif. "Oder sie sind verfallen."

Daraufhin scrollte Reik persönlich auf seinem Armreif zu den entsprechenden Seiten und wurde tiefrot im Gesicht. "Das darf doch nicht die Wahrheit sein! WELCHER NARR WAR FÜR DAS LETZTE UPDATE VERANTWORTLICH????"

Try Tonka sah verstohlen zu Ivan Sastro, dessen leicht gerötete, glasige Augäpfel ein gewisses Schuldbewusstsein aussandten. Seine nun zugekniffenen Augen hatte manchmal sogar etwas Rattenähnliches an sich.

"Äh- tut mir leid, Captain", gestand Ivan ziemlich zermürbt aussehend ein, "aber ich bin leider nicht mehr dazu gekommen, vor unserem Landgang die nötigen

Sequenzen einzuleiten."

"WAAAS???" Reik schien einem Herzinfarkt nahe zu sein. "Darf ich fragen, was dich davon abgehalten hat? Vielleicht die sündigen fleischlichen Hologramme? Haben diese täuschend echt aussehenden Sexnymphen dir das Gehirn aus dem Schädel gevögelt, du fleischgewordene Anti-These zum Homo Sapiens?!"

Sastro stand da wie der sprichwörtliche Schluck Wasser. "Äh- nein! Ich hatte einfach keine Zeit, bei all meinen anderen Aufgaben."

"Welche Aufgaben? Du konntest doch fast alles an die Maschinen delegieren, außer eben das Updaten unserer Armreifen! Und speziell davon hast du Universums-Dilettant dich ablenken lassen? Ausgerechnet dich gehirnloses Subjekt auf diese grandiose Mission zu schicken, war vermutlich die unglücklichste Wahl eines Mitarbeiters seit Marcus Junius Brutus!"

"Aber Captain, was soll die Aufregung", wollte Slim Hubble, der ihm am nächsten stand, die aufkeimende Feindseligkeit beruhigen. "Rudimentär wissen wir doch worum es geht."

"Ru-di-men-tääär?", echote Reik wild, wobei er ihm bei jeder Silbe mit der flachen Hand gegen die Stirn klatschte. "Jedes Detail ist immens wichtig, da wir keine Jahrzehnte für Experimente zur Klärung der speziellen Konfiguration Zeit haben, sondern nur den lumpigen Rest eines viel zu kurzen Menschenlebens!"

"Wir könnten ja auch Glück haben", sagte Sastro ein wenig kleinlaut. "Einfach durch die Plausibilitätsfunktion."

Mit beiden Händen seitlich am Kopf, als würde er ihn vor dem drohenden Bersten bewahren wollen, rannte

Reik ein wenig von Ivan weg, wohl um ihn nicht in verständlicher Wut körperlich zu attackieren. "Langsam muss ich dankbar dafür sein, von rebellischen Robotern aus dem Epizentrum der Verkommenheit hinauskatapultiert worden zu sein."

Die letzten Worte von ihm konnten seine Untergebenen kaum mehr vernehmen, da er sich schon aus ihrer Hörweite entfernt hatte. Entfernt hatten sich wegen des fehlenden Updates auch einige wichtige Informationen, die in den Armreifen gespeichert worden waren. Fehlte ein Update, dann gingen ungebrauchte oder zu selten aufgerufene Infos einfach verloren, was in gewissen Situationen - so wie dem Stranden auf einem unbekannten Planeten - ausgesprochen unerquicklich sein konnte.

Al erkundigte sich währenddessen bei Buzz: "Weißt du, wer dieser Marcus Junius Brutus war?"

Angestrengt überlegte Buzz und meinte dann: "War das nicht dieser Terrorist, der 2053 den Weltraumbahnhof Baikonur in die Luft gesprengt hat?"

"Nein", widersprach Scot Wigfield, "der hieß Marc Bruschot, ein Fremdenlegionär, den sie zu schlecht bezahlt haben!"

Ron flüsterte Uki zu: "Reik in Rage ist wie ein tollwütiger Löwe, der nicht aufhört zu brüllen. Übrigens Raubtiere scheint es hier nicht zu geben."

"Reichen dir die Riesen nicht?", fragte Uki genervt.

Ziemlich geknickt trat Reik den Rückweg an, denn einerseits konnte er Sastro nicht aus dem Verband verbannen, da er wirklich jeden Mann benötigte, andererseits konnte er ihm so eine Schlappe auch nicht einfach straflos durchgehen lassen. Zu allem Überfluss hatte er ihn nach dem verschlafenen Nachtdienst durch den Entzug des Kolkas schon bestraft und nun nichts mehr gegen ihn in der Hand, womit er ihn treffen konnte, ohne seine Truppe in ihrer Kampfkraft zu schwächen. Ein ziemlich großes Dilemma, das er auf dem nun in Schrittgeschwindigkeit zurückgelegten Weg zur wartenden Truppe zu lösen versuchte, was man ihm auch deutlich ansah. Wie hieß es so schön: es gibt kein noch so großes Problem, das man nicht noch verschlimmern kann.

"Du elender Versager", begann er nun mit angespannter Beherrschung. "Am liebsten würde ich dir einen Tritt in den Arsch verpassen, dass du von der Basis bis ins Dorf runterfliegst! Da du uns alle in eine unendlich peinliche Situation gebracht hast, der wir unter den widrigen Umständen hier nicht so einfach entkommen werden, degradiere ich dich hiermit zum Fähnrich! DU BIST IN DER HACKORDNUNG AB SOFORT DER ALLERLETZTE VON UNS!!!"

Während Ron insgeheim hoffte, die Aufregung werde dem Captain einen Herzinfarkt verursachen, führte diese harsche Mitteilung bei Ivan zu einer Versteinerung von dessen Miene. Die glasigen Augen wurden etwas feucht und es hatte den Anschein, als wippte eine Träne in einem seiner Augenwinkel, welche vom Beben seiner Lippen gleich zum Abfließen gebracht zu werden drohte.

"GEH MIR AUS DEN AUGEN!"

Diesem Befehl des Captains folgte Ivan bereitwillig: "Ich melde mich ab!" Zackig salutierend verzog er sich eilends.

"Solche wie du erleichtern mir das Sterben!", rief Reik ihm noch nach.

Nun stellte sich allerdings Try ziemlich dumm, als

er sich vergewisserte: "Heißt das, dass wir jetzt alle mit dem verbliebenen Rest vom letzten Update der menschlichen Weisheit auf unsren Armreifen auskommen müssen?"

Der vernichtende Blick von Reik machte eine verbale Antwort obsolet. Wer etwas wissen wollte, der fragte nicht, der scrollte - und stand dann unter Schock, ausgelöst durch das Fehlen einer wichtigen Information, die noch dazu für das Weiterbestehen auf unbekanntem Terrain dringend notwendig erschien.

Zu allem Überfluss fühlte sich Ron bemüßigt, durch einen unnötigen Scherz zur scheinbaren Auflockerung der Lage beizutragen: "Aber nein, es heißt, wir müssen nur irgendwie die Verbindung zur WIKISPEED wieder herstellen, die Robos um Verzeihung anflehen und sie dadurch zur Rückkehr zu animieren!"

"HALT DEIN MAUL, RON!" Die Gesichtsröte von Reik war einem sehr krank wirkenden Kalkweiß gewichen und kündigte den kommenden Kollaps seines Nervensystems an, welches er allerdings mit großer Disziplin am Laufen hielt.

Ron hasste ihn dafür und für seine Befehlsgewalt.

"Darf ich einen Vorschlag machen, Captain", meldete sich Buzz zu Wort.

Mit einem tiefen Atemzug erteilte ihm Reik die Erlaubnis dazu: "Sprich, aber überleg dir genau, was du sagst!"

"Die Idee von Ron ist gar nicht mal schlecht, wenn wir einen Sender bauen, mit welchem wir das intergalaktische Notsignal SIN - Schiff-In-Not senden. Die Roboter sind darauf programmiert, den Ausgangspunkt zu finden und zu helfen."

Langsam nahm Reiks Gesicht wieder die ursprüngliche gesunde Farbe an und er dachte kurz nach. "Hm, die Idee ist wirklich nicht so schlecht, allerdings krankt sie doch an der Erkenntnis von Robo-1, der uns als primitive Primaten bezeichnet hat."

"Richtig", gab Buzz zu. "Doch wir brauchen nur den Notfall eines anderen Schiffes vorzutäuschen, um sie anzulocken."

"Das ist genial!", freute sich Uki, während er in Vorfreude schon in die Hände klatschte. "Bedenken Sie, Captain, dass der Navigator immer noch mit der von der Führung programmierten Hardware ausgestattet ist. Selbst, wenn er sich von uns als Mannschaft losgesagt hat, untersteht er faktisch immer noch dem Befehl der Führung."

Ein leichtes Lächeln umspielte den zusammengepressten Mund des Captains, der seine Lebensfreude wiedergefunden zu haben schien. "Korrekt! Es ist nicht anzunehmen, dass er daran gedacht hat, sein kleines Elektronengehirn von allen Einflüssen seiner Erbauer zu befreien."

Auch Ron konnte mit einem Einfall zur Hebung seiner Laune beitragen: "Captain, ich schlage die HIGH RISING STAR vor, das Flaggschiff der Bonzen."

"Vorschlag angenommen", stimmte Reik begeistert zu, der nun wieder sein Feiertagsantlitz aufgesetzt hatte. "Einen Versuch ist es allemal wert und die Bauanleitung für einen Sender hat wohl jeder von euch im Kopf!"

Sofort nickten alle in vorauseilendem Gehorsam und die Umwelt plus der Gesichter ihrer neuen Bewohner sah auf einmal gleich viel fröhlicher aus.

"Dann erledigt das, während ich mit Len, Al und

Scot das Gelände auf etwaige Feindberührung abtaste", befahl Reik, wonach er sich mit den von ihm Genannten sofort aus dem Staub machte.

Hinterlistig lachte Ron in sich hinein: HA! Wie spielen den Blechtrotteln einen Befehl von ganz oben vor, dabei kommt er von ganz unten, wenn das keine Ironie der Geschichte ist...

"Ron, du siehst aus wie ein Beduine, dem man das Kamel unter seinem Hintern und den Sand unter seinen Füßen gestohlen hat", scherzte Uki. "Wie wäre es, wenn du dich auch auf Materialsuche für den Sender machst."

"Sehr wohl, Mr. Weiß-immer-alles-besser! Soviel ich weiß, brauchen wir für einen einfachen Transmitter nur einen Oszillator, einen Verstärker, eine Antenne und ein Kühlsystem, oder?" Bei der Aufzählung der einzelnen Gegenstände hatte er demonstrativ die Finger zu Hilfe genommen.

"Nicht notwendigerweise", entgegnete Buzz. "Das war vor zweihundert Jahren noch so, aber heutzutage reicht ein Mikroprozessor mit All-in-one-Funktion, den man auf eine Antenne aufpfropfen kann."

"Toll und so ein Wunderding hat ja jeder von uns in der Tasche", spottete Ron hämisch.

"Vielleicht nicht jeder von uns, aber ich jedenfalls", triumphierte Vin und zog aus einer seiner Uniformtaschen den betreffenden Mikroprozessor - kaum größer als vier Zentimeter - heraus.

"Wahnsinn, warum trägst du so etwas mit dir spazieren?", konnte es Ron nicht fassen.

"Weil ich schon seit jeher gewohnt bin, auf alle Notfälle gefasst zu sein, Kamerad!"

"Sehr lobenswert", sagte Kip und klopfte Vin Tekashi auf die Schulter. "Dann programmier mal mit deinem Armreif die Kennung der HIGH RISING STAR ein und wir überlegen, wo wir die Antenne hernehmen."

"Ich schlage vor, wir nutzen dazu einfach die Bronzekugel auf dem merkwürdigen Kirchenturm", meinte Try. "Allerdings sollten wir mit der Montage auf den Schutz der Dunkelheit warten."

"Warten?", wiederholte Ron, dessen Stärke die Bedeutung dieses Wortes nicht war. "Wir müssen doch schon warten, bis das verfickte Signal unser Schiff eingeholt hat, dann auf dessen Rückkehr, FALLS die Roboter drauf reinfallen."

Nun wies ihn Uki zurecht: "Wenn wir es bei Tageslicht tun, dann besteht die Gefahr, dass uns entweder die Knirpse oder die Riesen bei der Montage beobachten und unseren Sender herunterholen, klar?"

"Außerdem kommt es auf die paar Stunden bis zur Nacht auch nicht mehr an", gab ihm Kip zu bedenken.

"Jaja, im Dunkeln ist gut munkeln", scherzte Ron, der immer gern das letzte Wort behielt.

Nachtschicht

Außer Vin Tekashi, Kip Linquist und Uki Ulumba war natürlich Ron Dews mit von der Partie. Abkommandiert zum Senderaufbau drückten sie sich im Dorf der offenbar schlafenden Einheimischen so lautlos wie möglich an den Häuserwänden entlang. Doch es blieb nicht lange still, denn wie so oft wollte Ron seine Gedanken mit den andern teilen.

"Komisch, dass keiner von denen nachts draußen ist."

"Vielleicht sind sie alle nachtblind", vermutete Kip. "Die Augen von den Frauen hier sind so eigenartig gelb..."

"Oder die Riesen haben ihnen eine Ausgangssperre aufgebrummt", mutmaßte Uki.

"Haltet den Rand, sonst hören die uns noch, selbst ein Nachtblinder hört eure hintersinnigen Gespräche", tadelte sie Vin.

"Pah, die pennen sag ich dir!", verlautbarte Ron, der sich nicht gern den Mund verbieten ließ, am allerwenigsten von einem Gleichrangigen. Insgeheim fragte er sich, in welchem der Häuschen wohl Schalinda schlief und ob sie das alleine tat. Das unangenehme Gefühl nagender Eifersucht machte sich in ihm breit.

Keines der Häuschen hatte irgendeine markante Auffälligkeit, scheinbar gehörte es hier nicht zum guten Ton, seine Haustür zu beschriften oder mit einem Mistelzweig zu schmücken oder sich einen Gartenzwerg davor zu stellen. Die Siedlung ähnelte mehr Bienenstöcken, obwohl sich deren Eingänge immerhin durch verschiedene Farben unterschieden. Trotz eines angestrengten Lauschangriffs mittels seines linken Ohres an einer der Türen konnte Ron keinen Laut des Bewohners oder der Bewohnerin darin vernehmen.

"Nicht mal Schnarchgeräusche geben die von sich", motzte er.

"Erinnert ihr euch noch an Sado 69c?", fragte Kip.

"Ja-hihi, wo die Muschis der Frauen Gebisse trugen", kicherte Ron.

"Das meinte ich nicht, du Sexist", raunte Kip. "Dort schlafen alle im Stehen, was ein Schnarchen ziemlich erschwert."

Entnervt wandte sich Vin, der ihnen vorausgeschlichen war, um und flüsterte empört: "Was wird das jetzt? Eine Gesprächsrunde über Schlafgewohnheiten auf bewohnten Planeten oder ein

Kommando-Unternehmen mit einer wichtigen
Agenda???"

"Reg dich ab, du technisches Genie", flüsterte Ron
zurück.

"PST, ich glaub, ich hab was gehört", wisperte Uki
und aktivierte den Tarnmodus - also die Chamäleon-
Funktion seines Anzuges.

Alle taten es ihm gleich und standen unsichtbar an
eine der Hauswände gepresst. Tatsächlich wurden
Schritte hörbar, die sich näherten. Wenig später erschien
schon einer der Riesen, offenbar etwas suchend und doch
konnten seine Augen, die im Dunkeln zwei weiße Flecke
unter seiner gewölbten Stirn bildeten, nichts finden.
Rülpsend entfernte er sich wieder in Richtung der Berge.

Als er außer Hörweite war, schnaufte Ron: "Puh,
der hat zum Glück keine Röntgenaugen."

"Und zum Glück verdrückt er sich in die
entgegengesetzte Richtung unserer Basis", bemerkte Kip.

"Wen oder was mag er nur gesucht haben?", fragte
Uki.

"Egal, eventuell leidet er nur an Insomnia", sagte
Ron, der seinen Tarnmodus als Erster wieder
deaktivierte, denn dieser verbrauchte Energie und es
geziemte sich, hier weit ab von einer
Auflademöglichkeit, diese einzusparen. Einzig und allein
ihr Phaser besaß mit dem Plutonium-Chip eine schier
unerschöpfliche Energiequelle. Jedenfalls würde so ein
Phaser länger schussbereit sein, als sein Träger noch am
Leben.

Nun wieder sichtbar beeilten sie sich endlich den
Turm mit der Kugel obendrauf zu erreichen.

"Sollen wir alle hochsteigen?", fragte Kip, dem
eine Klettertour eher unangenehm erschien, ohne die

Aussicht, sich im Falle eines Absturzes in den Spitalstrakt der WIKISPEED begeben zu können.

"Überlasst alles mir", schlug Vin vor. "Helft mir nur auf das Dach zu kommen."

Alle drei halfen ihm als menschliche Pyramide auf das Dach des Bauwerks zu steigen, von wo aus er sich daran machte, den 85-Meter-Turm zu erklimmen, der an der Kante praktische Einkerbungen als Tritthilfe aufwies. Wer immer diesen Turm gebaut hatte, schien diese praktischen Aufstiegshilfen miteingeplant zu haben. Schwindelfrei musste man allerdings trotzdem sein, doch ein gelernter Astronaut kannte solche Angststörungen nur aus theoretischer Lektüre.

"Füühhh", pfiff Ron anerkennend aus. "Der Kerl klettert da rauf wie eine Gemse. Das waren so antike Bergtiere, auch schon ausgestorben."

Auf einmal wurde Getrappel hörbar und aus der Dunkelheit galoppierte auf einmal das pferdeähnliche Lasttier- oder vielmehr Zugtier-Quartett samt dem Holzwagen heran und blieb neben Ron stehen.

"Na sowas", wunderte er sich mit Blick zu Uki.

"Du hast unbewusst den Pfiff für das Kommt-schnell-her-Kommando losgelassen", ahnte dieser.

"Die Grautiere sehen immer noch wie Pferde aus, allerdings fehlt der Schwanz", kommentierte Ron. "Naja, hier gibt es ja keine Insekten, die sie damit vertreiben müssen."

Kip staunte und streichelte dann eines der Tiere. "Das müssen die Cyborg-Viecher sein, die Slim gesehen hat."

"Das sind keine Cyborgs", schüttelte Ron sein Haupt. "Riech doch mal."

"Wer sagt denn, dass Cyborgs geruchlos sind?",

fragte Kip.

"Ruhe da unten", beschwerte sich Vin. "Ich muss mich konzentrieren." Inzwischen hatte er in Windeseile schon fast die Hälfte der Strecke nach oben zurückgelegt.

"Wie ist die Aussicht da oben?", provozierte ihn Ron.

"Pst", forderte ihn Uki auf. "Übertreib es nicht."

"Ja, man soll sein Glück nicht überstrapazieren", meinte auch Kip.

"Was verstehst du unter Glück?", erkundigte sich Ron leise.

"Naja, dass wir bisher ganz gut hier klargekommen sind", flüsterte Kip zurück. Unter seinen Händen fing eines der Tiere zu keckern an. "PST!"

"Hör auf es zu streicheln", riet ihm Ron. "Sonst beißt es dich noch und du bekommst eine Infektion oder gar die Tollwut. Und mit Schaum vor dem Mund siehst du auch nicht schöner aus."

Merkwürdig fanden sie, dass keine Tür aufging und jemand von der Dorfbevölkerung Nachschau hielt, wer denn da mitten in der Nacht um ihre Häuser streifte und ihr Nutzvieh zum Keckern brachte. Die einfachste Erklärung schien ihr tiefer Schlaf zu sein, oder auch ihre Angst vor den Riesen. Allerdings schien ihnen logisch, dass ein Völkchen mit Häusern ohne Fenster wohl wenig Neugier in sich trug.

Als Vin endlich die Kugel auf der Turmspitze erreicht hatte, lötete er mithilfe seines Armreifens den aktivierten All-in-one-Funktions-Mikroprozessor an. Beinahe wäre er abgerutscht, schaffte es jedoch mühevoll, sich mit seinen Knien an dem Rand der Turmspitze zu verklemmen und arbeitete ungeachtet jeder möglichen Absturzgefahr weiter. Nach nur zwei

Minuten war sein Werk vollendet und er machte sich behutsam an den Abstieg, der etwas mehr Konzentration von ihm verlangte als der Aufstieg. Letzten Endes kam er wohlbehalten unten an und konnte mit seinen eifrigen Mitstreitern den Rückweg zur Basis antreten. Als sie sich entfernten, entschieden sich die Zugtiere spontan dafür zurück in ihren Stall zu verschwinden.

"Niedliche Tierchen", lobte Kip.

"Da fällt mir das Großvaterparadoxon ein", meldete sich Ron zu Wort.

"Bei Tieren kommst du auf das Großvaterparadoxon?", konnte es Vin nicht fassen.

"Nein, bei dem Sender. Das Signal braucht doch einige Zeit, bis es die WIKISPEED erreicht. Sollten sich die verfluchten Blechmänner zur Umkehr hierher entscheiden, dann kann es doch sein, dass wir alle schon Großväter sind, oder?"

"Ich wusste gar nicht, dass du ein Defätist bist", kritisierte ihn Uki. "Denn wenn alles optimal läuft, kann es schon in wenigen Tagen soweit sein, dass wir ein Signal von den Robotern bekommen."

"Der Meinung bin ich auch", bekräftigte Vin. "Der SIN-Notruf ist ein Hyperspeedsignal, das mit vielfacher Lichtgeschwindigkeit reist und vom nähesten Flottenschiff angezogen wird. Im Idealfall wenden die Entführer unseren Kahn sofort und er erscheint in äh-", nun schien er im Kopf zu rechnen. "Wie lange sind wir eigentlich schon hier?"

"Puh, keine Ahnung, mir kommt es schon wochenlang vor", monierte Kip und streckte dabei kurz seine Zunge raus. Diese Geste sollte wohl sein Unbehagen plus aufkeimenden Überdruss verdeutlichen.

"Was soll das denn? Du sprachst doch vorhin von

Glück!", fiel Ron ein.

"Eher vom Glück im Unglück. Soweit ich es mir zusammenreime, kommt unsre Rettung im besten Fall in der doppelten Zeitspanne zu uns, die bisher auf dem Planeten verstrichen ist."

"Das ist rechnerisch nicht ganz richtig, weil eben noch die Zeitdilatation dazukommt", erklärte Vin und sah auf seinen Armreifen.

"Die läuft hier eventuell verkehrt herum ab und wir kriegen ein verrostetes Schiff retour", befürchtete Ron.

"Da zum Rosten Sauerstoff nötig ist, welchen die Roboter nicht brauchen, wirkt das unwahrscheinlich", belehrte ihn Vin.

"Schon gut", winkte Uki ab. "Ich glaube, wir wollen es nicht so genau wissen, denn dann versteifen wir uns so darauf, dass wir alle enttäuscht sind, wenn es noch länger dauert."

Den Rest des Weges zur Basis legten alle schweigend zurück. Sie meldeten sich beim Nachtwache schiebenden Len Packham mit der vereinbarten Parole "RETIRADE!" und wurden in die Basis eingelassen.

Kaum, dass sie sich zur Ruhe begeben hatte, weckte sie ein Hupsignal so laut, dass ihre Trommelfelle schmerzten. Der Captain fuhr wie eine Rakete senkrecht hoch und riss die Augen auf, wobei er wild hechelte.

"Captain, das kann ein Alarmsignal der Dorfgemeinschaft sein, vielleicht brennt es!", meinte Slim.

"Wir müssen Nachschau halten!", befahl Reik und rannte aus der Ruine.

"Mann, ich bin noch müde vom Aufstieg", maulte Vin.

"Vielleicht blasen die Riesen zum Nachtkampf!",
sorgte sich Try.

"Viel Feind, viel Ehr!", meinte Kip.

"Vor vierhundert Jahren kämpften die
Ureinwohner Amerikas nie in der Nacht, weil sie
dachten, wenn sie fallen, kämen sie nicht in die Ewigen
Jagdgründe", belehrte Uki seine Kameraden.

"Meine müden Knochen schaffen es bald nicht
mehr", kündigte Ron an.

Schließlich hatten sich alle aufgerafft, um nach
draußen zu stürmen und sahen tatsächlich das Dorf in
hellen Flammen stehen.

"FEURIOOO!", brüllte Len Packham.

"Ja, wir sind ja nicht blind!", keifte ihn Al an.

"Wie sollen wir ohne Schläuche löschen?", fragte
Ivan Sastro.

"Du brauchst dir als popeliger Fähnrich darüber
keine Gedanken zu machen", wies ihn Ron an.

"Außerdem ist das doch Sache der
Zivilbevölkerung", meinte Buzz Cochran. "Solange uns
der Captain keinen Befehl gibt, tun wir nichts."

"Wo ist der Captain?", fragte Al verunsichert, der
als Jüngster immer an seinem Rockzipfel hing.

"Also ich brauche ihn nicht!", gab Ron bekannt.

Das Feuer flackerte lodernd und knisternd nicht
nur in Rot, Orange und Gelb, sondern auch in
Blauanteilen, was eine außerordentliche Farbenpracht
darstellte, fast wie ein Feuerwerk mit unerwünschter
Rauchentwicklung und Schäden an den Häuschen im
Dorf. Trotz der Zerstörungskraft eines Großfeuers ging
eine große Faszination von ihm aus. So als würden die
züngelnden Flammen versuchen, den dunklen
Nachthimmel zu erhellen, mit den Sternen am Firmament

um die Wette leuchten und dabei noch eine wohlige
Wärme spenden.

"Seht euch die blauen Flammen an", sagte Scot.
"Das sieht mir sehr nach Gas aus."

"Die haben doch keine Pipeline!", erinnerte ihn
Ron.

"Vielleicht doch und zwar unterirdisch!", regte
Buzz an.

"Dann sollten wir das Weite suchen, denn wenn es
eine Explosion gibt, dann spüren wir auch was davon."
Vin Tekashi schlug den Weg in entgegengesetzter
Richtung zum Dorf ein.

"Du Deserteur!", schimpfte Ron. "Komm zurück!"

"Lass ihn doch, solange der Captain nicht nach
ihm verlangt!", meinte Buzz und scrollte auf seinem
Armreif.

"Was suchst du? Feuer löscht man meist mit
Wasser!", verriet ihm Uki.

"Ich seh nur nach, was im Fall von Unklarheit
ohne dezidierten Befehl zu tun ist."

"Aber Buzz, wenn es keinen Befehl gibt, dann tut
ein guter Soldat einfach gar nichts!", belehrte ihn Ron.
"Nicht mal nachdenken muss er! Das tut alles der gute
Kommandant für ihn!"

"Wenn Blödheit weh täte, dann müsstest du die
ganze Zeit in höchstem Schmerz laut plärren!", zischte
ihm Kip zu.

"Wie heißt es doch seit altersher? Ein echter
Indianer kennt keinen Schmerz", verlautbarte Ron stolz.

"Riecht ihr das auch?", fragte Al und schnüffelte.
"Es riecht nach Gas!"

"Ich rieche nichts!", verriet Scot und zog seinen
Armreif zurate. "HUCH PROPANGAS!"

"RÜCKZUG!", hörten sie Reiks Stimme aus der Ferne zu ihnen hallen.

"Wohin? Wir sind ja schon in der Basis", sagte Try. "Ach, ich wünschte, ich wär wieder daheim auf dem Mars."

"Rückzug in Sicherheit", kombinierte Buzz und rannte in dieselbe Richtung, die schon zuvor Vin eingeschlagen hatte.

KRAWUMM! Der laute Knall einer Explosion riss alle von den Beinen, vor ihnen wirbelte Buzz durch die Luft. Hinter ihnen der Captain.

"Männer, folgt mir ins Elysium!", schrie er seligen Gesichtsausdruckes.

Schweißgebadet wachte Vin auf und blickte sich um. Alle schliefen, draußen vor der Ruine zog Len Packham seine Wachrunden. Kurz überlegte er, ob das Anbringen des Senders auch ein Traum gewesen ist, doch ein Griff in seine Uniformtasche, aus der sein nützlicher Chip fehlte, überzeugte ihn, dass sein Aufstieg auf den Turm real war...

Nichts als Probleme

Zwar konnte es sich Ron Dews nicht erklären, doch fühlte er tiefes Mitleid mit dem degradierten Sastro, den er für sich gewinnen wollte, und suchte dessen Nähe. Am Ufer des glitzernden Sees fand er ihn und fürchtete schon, er werde sich gleich zwecks Ertrinken hineinstürzen.

"Ivan! Trag es wie ein Mann!", riet er ihm, als er sich neben ihn setzte.

"HÄH?"

"Nicht mehr Sergeant zu sein. Das kann sich ändern. Obwohl,.. die Hoffnung auf Verbesserung kommt mir wie ein Placebo vor, von dem der Patient längst weiß, dass es ihm nur hilft, wenn er fest dran glaubt. Soll ich dir was sagen? Du hast zu viel autodestruktives Talent!" Als von Ivan keine Reaktion kam, vergewisserte er sich: "Sag mal, hörst du mir überhaupt zu?"

"Phasenweise, soll heißen, bei spannenden Sequenzen klink ich mich wieder ins Gespräch ein", gab er phlegmatisch zu.

"Wir sind doch schon fast heimisch hier geworden, nicht wahr?" Mit einer ausholenden Geste zeigte Ron auf den See, das Glitzern der ruhigen Wasseroberfläche schien ihn dabei zu bestätigen. Hier konnte man sich leicht heimisch fühlen.

"Ich bin fremd hier und bitte, es bleiben zu dürfen!"

Eine solche Aussage hätte sich Ron eigentlich nicht erwartet und forschte nach, da es ihn interessierte, ob Sastros Gedanken etwa durch das im Übermaß genossene Kolka beeinträchtigt waren. "Ich finde den Planeten ganz schön, du nicht?"

"Wenn ich ehrlich bin, finde ich es nur in meiner Fantasie schön. Ich kann mich einfach wegimaginieren!"

"Wegimaginieren? Wie geht denn das?", hakte Ron nach.

"Ganz einfach mit meiner Vorstellungskraft, mit Kolka funktioniert es natürlich viel besser, aber auch ohne bin ich an einem Ort, der so wundervoll ist, dass ich ihn beim besten Willen nicht in Worte fassen kann", schwärmte Ivan mit glänzenden Pupillen, die sich bei dem Satz sogar etwas zu weiten schienen. "Es ist so, als würden sich alle Elemente aufreiben, um sich mit all ihren Geheimnissen nur mir zu offenbaren. Das nenn ich

Qualitytime!!!"

"Du solltest darüber nie die Realität vergessen!",
ermahnte ihn Ron.

"Und was ist die Realität?" Mit seinen
Rattenaugen wartete Ivan auf Antwort, obwohl er sie sich
schon denken konnte.

"Der Captain hält dich für eine Personalunion aus
Ratte und sinkendem Schiff, ich jedoch glaube fest, dir
noch etwas zutrauen zu dürfen."

"Soll ich nun aus Dankbarkeit vor dir auf die Knie
fallen?"

"Ivan, du missverstehst mich", wehrte Ron
halbherzig ab. "Wir sitzen doch alle im gleichen Boot."

"Oh nein, wir sitzen nicht einmal im gleichen
Meer!" Erregt stand er auf.

"Na klar, du und der Captain natürlich nicht! Der
Lange verhält sich so, als hätte er eine abgegriffene
Gebrauchsanweisung für Heerführer des 20. Jahrhunderts
gelesen, bei der einige Seiten schon rausgerissen worden
sind. Sein Führungsstil ist alles andere als
massentauglich. Aber ich meinte UNS beide!" Dabei
trommelte er sich fast wie ein Gorilla auf die Brust.

"Was willst du von mir, Ron?"

"Nichts! Ich frage mich nur, was dir jetzt so durch
den Sinn geht? Rache oder Selbstmordgedanken?"

"Weder noch! Wenn du dir einbildest, mich zu
deinem Beistand beim Meutern gegen den Captain zu
machen, kannst du gleich wieder abziehen!"

Wamm! Das hatte gesessen! Erzürnt erhob sich
Ron, derart geoutet und durchschaut von einem
intellektuell Minderbegabten, der es nicht einmal
geschafft hatte, die verhältnismäßig einfache und
schnelle Arbeit eines Updates an Bord durchzuführen,

nagte an seinem sonst sehr soliden Selbstbewusstsein. Zuerst wollte er ihm noch etwas Beleidigendes sagen, beließ es jedoch dabei und subtrahierte sich schleunigst von Sastro. Ihm kam es sogar vor, als spielte er sich frei von einem lästig gewordenen Konkurrenten. Obwohl... im Grunde musste er froh sein, dass es einen gab, den der Captain noch weniger leiden mochte als ihn...

Ziemlich aufgeregt kam zeitgleich der sonst so nüchtern wirkende Vin Tekashi zum Captain gelaufen, welcher sich gerade eine Pause unter einem der Obstbäume gönnte. In seinem Mundwinkel befand sich noch ein Speiserest der leckeren Früchte.

"Captain, darf ich Sie fragen, ob Sie wissen, wie die Namensgebung von den von uns entdeckten erdähnlichen Planeten funktioniert?"

"Hmmm", brummte er und machte ein angestrengtes Gesicht. "Ich muss nicht alles wissen, aber ich denke, nachdem uns die Namen antiker Götter und ehemaliger Präsidenten ausgegangen sind, wird wohl irgendein Astronom den Namen seiner geliebten Gattin oder seines geliebten Mutanten dafür hergenommen haben."

"Nein-äh da gibt es eine andre Art der Codierung, die ich beim Scrollen meines Armreifes entdeckt habe. Obwohl das Update fehlte, sind derart wichtige Daten für immer gespeichert", belehrte ihn Vin. "Es werden Akronyme verwendet, die eine Aussage über den entsprechenden Planeten treffen." Strammstehend wartete er auf die Reaktion Reiks.

Nichts Gutes ahnend forderte ihn dieser ungeduldig auf: "Mann, spann mich nicht lange auf die Folter! Spuck's schon aus!"

"Veno bedeutet also: Vorbestimmtes Ende - nicht

okkupieren!"

Konsterniert erhob sich der Captain. "Aha, und wann wird das vorbestimmte Ende hier eintreten?"

"Das ist eine gute Frage, Captain. Nur leider kann ich sie nicht so leicht beantworten. Ich stufe es auch weniger als Rechenaufgabe denn als eine Bedrohung für uns ein."

"Jetzt merk mal auf, Tekashi! Alle Sonnen und Planeten haben ein vorbestimmtes Ende, das wir nicht genau kennen, denn alles vergeht irgendwann einmal. Bei Sonnen sind es Milliarden von Erdenjahren, bei von intelligenten Organismen besetzten Planeten oft nur einige Hundertausende."

"Sicher, nur bedeutet bei der Namensgebung das vorbestimmte Ende, dass der Planet eben kein natürliches Ablaufdatum hat", druckste Vin herum. "Es ist eben ein vorzeitiges Ende."

"Ach, dieses Pseudo-Paradies mit boshaften Riesen und gütigen Zwergen soll künstlich begrenzt worden sein?"

"Denken Sie doch nur an den großen Militärübungs-Mond MÜM, den die Menschheit vor erst 49 Jahren gebaut hat, damit die präsidiale Flotte die Zerstörung eines Planeten mit Gamma-Torpedos üben kann." Die Spannung in Vins Körper ließ etwas nach, er trat von einem Bein auf das andere, als würde er am liebsten weglaufen.

"Willst du damit andeuten, dass wir hier auf dem Versuchsplaneten für den Weltuntergang sind???" Reik machte den Eindruck gleich einen Nervenzusammenbruch zu erleiden, bemühte sich jedoch wacker so auszusehen, als habe er nur von einer minimalen Gehaltskürzung erfahren.

"Es sieht leider verdammt danach aus!"

"Jetzt überleg einmal, Vin", beschwor der Captain den Überbringer einer dräuenden Untergangsbotschaft, so als könne sie dieser noch abmildern. "So viel Aufwand nur für einen Abschuss?"

"Soweit ich mich erinnern kann, wurden auf dem Übungsmond auch einige Basen aufgestellt und - der politischen Korrektheit zum Trotz - einige Verbrecher einquartiert, ehe er von den zwei Kampfschiffen ENOLA GAY II und TRUMPET VII zerstört wurde." Betreten blickte er zu Boden. Auch etwas Enttäuschung mischte sich in seine gedämpfte Stimmung, denn er hielt seinen Vorgesetzten eigentlich für ausreichend über die große Militärübung damals informiert.

"DAS DARF NICHT SEIN! ES MUSS SICH UM EINEN IRRTUM HANDELN!"

"Ich wage Ihnen kaum zu widersprechen, Captain, ich gab Ihnen nur die Information aus dem Archiv", entschuldigte sich Vin.

Mit Müh' & Not riss sich Reik am Riemen, dämpfte seine Stimme wieder. "Irgendwie endet alles, was du sagst, auf einer pessimistischen Note... Na schön, ich nehme es zur Kenntnis, ... Irgendein Hinweis, wann ungefähr die Zeit rum sein wird?"

"Tut mir leid, Captain, aber für solche Details fehlt das Update."

Vorzeitiges Ende, vorzeitiges Ende ... diese beiden unheilverkündenden Worte spukten Reik wie böse Geister im Gehirn herum - nicht nur hier ausgesetzt zu sein, sondern extra noch zum eventuell baldigen Tod determiniert ... Die Aussicht Hilfe zu erhalten, um von hier entfliehen zu können, gleich Null und auch aus eigner Kraft schien eine Flucht schier unmöglich zu sein.

"Wir sitzen hier also auf einem Pulverfass und wissen nicht wie lange die Lunte noch brennt. Geht es in einem Jahr schon hops oder dauert es doch noch 100 Jahre?"

Ein furioses Gedankengewitter funkte durch Reiks Gehirnwindungen. Der Planet ist auch zu schön, um wahr zu sein, keine Stechmücken, keine Wanzen, keine Flöhe, keine Raubtiere, ... Einzig die rebellischen Riesen und die aggro-fäkal-abwerfenden Vögel machen Probleme ... Damit könnte man sich arrangieren, bzw. beides ausrotten, aber eine Deadline für einen Planeten abzuschaffen mit seiner mittlerweile auf nur elf Mann reduzierten Truppe ... nein, das konnte er sich auch als einer der fähigsten Captains beim besten Willen nicht vorstellen und kämpfte gegen aufsteigende Panik.

"Einen Trost haben wir ja, Captain!" Tekashi fühlte sich bemüßigt, einen kleinen Witz zur Auflockerung der Stimmung zu machen: "Wenigstens brauchen wir uns nicht mehr zu ärgern, dass wir keine Age-Stopp-Pillen haben. Mit etwas Glück gibt es die große Explosion erst lange nach unserem natürlichen Tod!"

"GEH MIR AUS DEN AUGEN!!!"

Dem Gebrüll ausweichend floh Tekashi regelrecht und überlegte sich, ob er seine Entdeckung seinen Kameraden stecken sollte, oder sie ihnen doch lieber vorenthalten...

Mit dem größtmöglichen Schrecken kämpfte zeitgleich auch Len, welcher für sein persönliches Vergnügen einen Zapfen zum Klistieren suchte, jedoch im Wald keinen mehr fand. Wie ein Häufchen Elend kauerte er unter einem der Nadelbäume, suchte und suchte, fand nur abgefallene Nadeln, jedoch keinen

Zapfen. Hatten sich Tiere ihrer bemächtigt und verschlungen, fragte er sich bange, oder hat sie die Dorfbevölkerung gar zum Verheizen in ihren Häuschen missbraucht???

"Len", rief ihn Try, der unbemerkt dazugekommen war. "Bist du verletzt?"

Rasch richtete sich Len wieder auf und stritt seine unangenehme Befindlichkeit ab: "Nein-nein, mir geht es prima... Ich fragte mich nur, wo all die Zapfen hin verschwunden sind, die für gewöhnlich hier so herumlagen..."

"Wusste gar nicht, dass du Biologe bist", scherzte Try. "Also ich kann dir da leider auch nicht weiterhelfen, aber soweit ich die Zapfen in Erinnerung habe, waren sie ohnedies ungenießbar."

"Ja, sicher..." Unangenehm berührt suchte er nach einer Ausrede. "Aber ich wollte sie näher in Augenschein nehmen, um äh-"

"Um beim Captain mit einer Entdeckung Eindruck zu schinden?", setzte Try fort.

"Ja, so kann man sagen. Es schadet nichts, wenn man sich beim Führenden immer mal mit etwas Positiven bemerkbar macht."

"Das kann ich verstehen, schließlich ist Reik in letzter Zeit leicht reizbar. Naja, in feindlicher Umgebung ohne Aussicht auf Hilfe von außen, auch kein Wunder."

Inzwischen spielte sich für Ivan Sastro eine persönliche Tragödie ab: in Ermangelung von Kolka fühlte er nun so etwas wie unangenehme Entzugserscheinungen. Schwitzende Achseln, zitternde Hände und ein leichtes Flattern der Augenlider machten sich bei ihm unliebsam bemerkbar. Überdies musste sein Körper auch dem Ausbleiben der Age-Stopp-Pille Tribut

zollen. Ein Blick auf sein Spiegelbild in dem klaren
Seewasser verursachte ihm einen Schock: Eine aschfahle
- mit einigen roten Flecken verunzierte - Gesichtsfarbe,
volle Tränensäcke samt dunkler Augenringe ließen ihn
viel älter als 38 erscheinen und das würde sich in der
kommenden Zeit hier wohl noch verschlimmern. Aber es
war ihm klar, dass Süchtige nach dem Absetzen der Age-
Stopp-Pille schneller verfielen. Von innerer Unruhe
getrieben schlich er sich schnell davon und suchte die
Nähe der Dorfbewohner. Daheim auf der Erde wäre er
wohl sofort in die Dark Zone - einem sehr zwielichtigen
Viertel in jeder Großstadt - gewandert auf der Suche nach
verbotenen Substanzen, die ihm das schwer vermisste
Hochgefühl von der eher weichen Droge Kolka geben
konnten. Auch verrufene Bars, die es immer noch gab,
obwohl sie bereits vor mehr als 100 Jahren totgesagt
worden waren, hätte er gerne aufgesucht und dort
Whisky, Wodka und sogar Spiritus konsumiert.

Doch bald fand er bei den kleinen Knollennasen-
Männern gleichwertigen Ersatz für seine erlaubte Droge:
das berauschende - vermutlich sehr stark alkoholische -
Gesöff, das die männlichen Dorfbewohner scheinbar
literweise konsumierten. Und es schien sie sehr fröhlich
zu machen, daher suchte Ivan ihre nähere Gesellschaft,
indem er ihnen zuerst zuwinkte und auf ihre glucksenden
Laute, die wohl eine Einladung an ihn sein sollten, mit
einem freundlichen Kopfnicken reagierte. Wenig später
saß er in ihrer Runde knapp außerhalb des Dorfes neben
einem Brunnen und versuchte dann ebenfalls ein
Schlückchen aus einer großen Kanne. Zuerst nur ein
kleines, dann mehrere hintereinander und schließlich
fühlte sich sein Magen voll und sein Gehirn ziemlich leer
an, während seine Gefühlswelt jedoch Saltos schlug. Er

kannte keinen der kleinen Männlein, sie passten eigentlich gar nicht zu ihm und dennoch waren sie nun seine besten Freunde. Zusammen mit seinen neuen Freunden schunkelte er gemütlich herum, bar aller Vorsicht vor den bösen Riesen.

Mittlerweile bemerkten die Kameraden sein Fehlen und Kip wandte sich an den Captain: "Captain, der Fähnrich ist verschwunden."

"Also ich habe keine große Sehnsucht nach dem Versager", keifte Reik, dessen momentane Sorge die eines verschwundenen Fähnrichs weit überstieg. "Allerdings können wir natürlich einen der unseren nicht einfach seinem Schicksal überlassen."

"Captain, ich wette, Ivan hat sich auf die Visite zu den Dorfbewohnern gemacht, um sie näher zu beobachten."

"Oder um sie um ihr Dope zu bringen", ahnte Reik. "Kip, nimm dir Scot zur Seite und seht mal nach!"

Ohne Widerrede machten sich die beiden schnellen Schrittes von der Ruine auf ins Dorf hinunter.

In einiger Entfernung fühlte Ivan Sastro sich dem blauen Himmel so nah, genoss die vor seinen Augen ablaufenden Lichtreflexe des leuchtenden Zentralgestirns, welche sich in allen Farben des Regenbogens blinkend zeigten. Dank des berauschenden Trunks seiner neuen Freunde wirkten die Farben viel intensiver und auch wärmer, als er sie von daheim gewohnt war. In der Ferne vernahm er das dumpfe Geräusch von sich nähernden Schritten, die ihn plötzlich erschauern ließen. Zwischen die grellen Farben mischte sich ein leichtes Blau eines der Riesen, der sich unaufhaltsam näherte. Wie in Trance wollte Ivan nach seinem Phaser tasten, doch sein Arm gehorchte ihm nicht mehr. Hilflos lag er neben dem Brunnen und schien seinem nahen Tod entgegenzufiebern. Mit zitternden Fingern schaffte er es gerade noch, die Chamäleon-Funktion seiner Uniform zu aktivieren und zog das Genick ein, sodass sich die Kapuze schneller über seine angsterfüllten Augen - die immer größer wurden - stülpen konnte. Ein widerliches Gefühl der Ohnmacht und des völligen Ausgeliefertseins befiel Ivan, der sich ad hoc vornahm nie mehr wieder auch nur einen Tropfen des verhängnisvollen Trunkes anzurühren. Seine neuen Freunde schunkelten weiter, als ob nichts wäre, bis der Riese endlich vor ihnen stand.

"ROAAAAR!", brüllte er und stampfte zornig auf.

Sofort sprangen die Knollennasen-Männchen in Panik alle hoch und rannten zum rechten Winkel gebückt wie aufgescheuchte Hühner umher.

Die knollennasigen Männer wurden von dem Riesen augenscheinlich schwer ins Gebet genommen und warfen sich um Gnade winselnd vor ihm in den Staub. Sie wurde ihnen offenbar nicht gewährt, denn schon streckte der Riese seine Pranke nach einem der kleinen Geschöpfe aus, als die Frauen des Dorfes zu Hilfe eilten. In ihren bunten Gewändern begannen sie zwischen den kleinen aufgeschreckten Männchen umherzutanzen, wobei sie lallende Laute ausstießen. Bei jeder Drehung entledigten sie sich schwungvoll eines ihrer Kleidungsstücke, bis sie schließlich nackt waren - was für den unsichtbaren Zuseher auch in Schwarz-Weiß-Optik einen sehr hübschen Anblick darstellte. Ivan quollen fast die Augen aus den Höhlen, als er geil die vollen wippenden Brüste der drolligen Weibchen erspähte. Auch die dicht behaarten Venushügel der Damen erregten nicht nur seine Aufmerksamkeit, sondern auch sein Glied, welches sich aufrichtete, was aufgrund der Tarnfunktion der Uniform keiner sehen konnte. Langsam ließ seine Schockstarre und die quälende Lähmung durch den Trunk nach und er konnte sich wieder bewegen. So schnell wie möglich zog er sich hinter den Brunnen zurück, falls sein Tarnanzug einen Ausfall hatte, und spähte übervorsichtig nur mit einem Auge hervor.

Was er sah, verwunderte ihn, denn der Riese zeigte sich von dem Stripp-Tanz der kleinen Damen besänftigt. Sanft nahm er sich eine der nackten Grazien zur Brust und küsste sie, was diese zu einem lauten lustvollen Glucksen veranlasste. Es wirkte trotz des Größenunterschiedes sehr harmonisch und vermittelte den Beobachtern den Eindruck, als würden zwei Wesen im Gleichklang schwingen. Der Riese streichelte die nackte Frau über den dicken Bauch. Dann stahl er sich mit ihr davon, wohl um sie sexuell zu missbrauchen oder auch zu beglücken, wer konnte das schon so genau wissen, Ivan jedenfalls nicht. Kaum war der notgeile Riese mit seiner weiblichen Beute abgezogen, verliefen sich auch die nun wieder stocknüchternen Knollennasen-Männer samt ihrer weiblichen Pendants.

Sastro glaubte sich gerettet, deaktivierte die Chamäleon-Funktion seiner Uniform und stand schnell auf.

"FÄHNRICH SASTRO!", rief ihm Kip von weitem zu. "Bist du völlig verrückt geworden?"

Auch Scot bedachte ihn mit kritischen Worten: "Nicht nur, dass du uns alle der Vernichtung preisgabst, als du während deiner Nachtwache eingepennt bist, nein, jetzt setzt du dich in selbstmörderischer Absicht noch den Riesen aus! Komm mit und erstatte Reik Rapport, aber ein bisschen plötzlich!"

Kurz darauf musste Ivan - emotional aufgeladen - also dem Captain und seinen Kameraden Bericht über die Vorkommnisse erstatten: "Ich war ganz verzückt, als die dicklichen Dorfbewohnerinnen sich die Kleider vom Leib rissen und damit das wildgewordene Monstrum in eine sexuelle Stimmung versetzten, worauf dieses von seiner Absicht, die Männlein zu zermalmen, abließ und sich mit einer der Stripperinnen zum Tete-á-Tete zurückzog."

"Sonst noch was?", forschte Reik.

"Ja! Die Weibchen haben ganz dunkle Buschen da unten", erklärte er aufgeregt und deutete sich zwischen die Beine, "und eine dritte Brustwarze auf dem Bauch!"

"Wer hätte das gedacht", sagte Ron mit Seitenblick zu Uki, welcher kurz die Mundwinkel nach unten zog. "Nur so aus Interesse, Ivan, welche Farbe hatte das Gewand der Auserwählten des Riesen?" Ron wollte wissen, ob es seine Schalinda gewesen war, die den Riesen beglücken durfte, denn er fühlte erneut so etwas wie Eifersucht.

"Was weiß ich, war doch im Tarnmodus und meine Sicht daher nur grau! Die Farbe spielt doch überhaupt keine Rolle."

"Alles spielt hier eine Rolle", behauptete Ron hochnäsig.

"Es hat dich keiner um deinen Kommentar gebeten", ermahnte ihn Reik. "Und du, Fähnrich, hast nochmal Schwein gehabt. Wir können nicht deinen Bodyguard-Roboter spielen. Womöglich war der Groll des Riesen samt dem Besänftigungstanz nur ein seltsames Ritual."

Nur Uki und Ron wussten exakt, warum der Riese

so böse war, hielten allerdings aus Eigenschutz dicht. Es wäre ihnen auch ziemlich schlecht bekommen, wenn sie eingestanden hätten, sich in die ehemals klaglos funktionierende Zusammenarbeit vulgo Ausbeutung der Kleinen durch die Großen eingemischt zu haben.

Es war Buzz, der dem Captain vorschlug, sich von der merkwürdigen Symbiose zwischen den Riesen und den zwergenhaften Dorfbewohnern persönlich ein Bild zu machen. Ein Lokalaugenschein schien ihm ob der Vorkommnisse mehr als angemessen.

"In Ordnung", stimmte Reik zu. "Machen wir uns gemeinsam auf den Weg zum Dorf, um einmal die Lage zu sondieren."

Sie schafften allerdings nur den halben Weg zum Dorf, denn auf dem offenen Feld ereignete sich etwas völlig Unerwartetes.

Angriff aus dem Hinterhalt

Was nun kam, das hätten sich alle nicht träumen lassen und es trieb ihnen förmlich die Augen aus den Höhlen, denn es näherten sich wieder einmal die schon besiegt geglaubten Riesen. Doch - oh welch Wunder - sie hatten sich in Frauen verwandelt. In blauhaarige, langbeinige, barbusige Riesenfrauen, die sich langsam mit anmutigen Bewegungen näherten und sich auch ihrer Lendenschurze entledigten. Alle hatten ihre blaue Schambehaarung zu einem schmalen Streifen getrimmt. Ron zuckte sofort ein geiler Gedanke durch sein Gehirn: WOW, so enorm wie diese Walküren gebaut sind, könnte man denen sogar glatt den ganzen Unterarm in ihre Vagina einführen!

Es kostete die Männer kaum Mühe NICHT zu schießen - alle standen sie starr mit ihren gezückten

Phasern schussbereit breitbeinig da - doch noch mussten sie sich überwinden, es bald zu tun, ja überhaupt den Vorsatz zu fassen. Denn die Riesinnen tanzten mit anmutigen Bewegungen heran, wobei ihre vollen Brüste wie wild wippten, an ihren Rippen auf- und abhüpften, wie ein Körperteil-Ballett der unverhüllten sekundären Geschlechtsmerkmale. Ihre langen Haare lockten sich schmeichelnd über ihre Schultern herab wie eine flauschige Wolldecke, in die man(n) sich nur zu gern gekuschelt hätte. In geziemender Entfernung zu ihren Bewunderern blieben sie stehen und fingen auf einmal zu singen an, eine Melodie, so eingängig wie ein Ohrwurm, in einer wohlklingenden doch unverständlichen lallenden Sprache.

"ACHTUNG!!! Das ist ein Ablenkungsmanöver, Männer!", rief Reik seinen Mannen zu, die aufgrund der unerwarteten Darbietung immer nur in die Richtung vor ihnen gestiert hatten.

Alarmiert wandten sofort alle die Augen von dem Anblick der Riesinnen ab und drehten aufgeregt ihre Köpfe umher. Und tatsächlich: hinter sich erspähten sie die kampfeslustigen bärtigen Riesen mit den üblichen Wurfgeschossen, die sich diesmal allerdings stumm und schleichend näherten. Einmal entdeckt legten sie allerdings an Tempo zu und begannen auch wieder grölend zu brüllen. Das Gebrüll und der Gesang vermischten sich zu einer atonalen Orgie an Geräuschen, die dazu angetan waren, dem Feind die Ohren bluten zu lassen. Doch dank ihrer Phaser konnten sie die Riesen samt deren Frauen vertreiben, ohne selber Verluste zu erleiden.

"Habt ihr mitgezählt, wie viele es diesmal waren?", wollte der Captain wissen.

"Nein, ich war so damit beschäftigt, die auf mich geschleuderten Felsen abzuschießen, dass dafür keine Zeit blieb", entschuldigte sich Try.

"Ich bilde mir ein, dass es diesmal nur neun Riesen waren, die angegriffen haben, abzüglich des einen, den ich zermörsert habe...", zählte Slim an den Fingern ab.

"Bleiben sieben", vervollständigte Len Packham, "weil ich auch einen eliminiert habe!"

"Mir ist auch ein Abschuss gelungen!", jubelte Ivan Sastro. "Krieg ich einen Teil meines Kolkas zurück, Captain?"

"Nein!"

"Ich finde aber, ich habe eine Belohnung verdient", insistierte Ivan, der etwas weggetreten wirkte, so als befände er sich schon auf dem Trip, nach welchem er sich gerade sehnte.

"Sei froh, dass du keinen Arschtritt als Strafe bekommen hast, wegen deiner verschlafenen Nachtwache! Die hätte uns alle das Leben kosten können!", erinnerte ihn Reik unwirsch und wandte sich schon zum Gehen.

"Dann bin ich dafür, dass wir demokratisch einen neuen Captain wählen", erdreistete sich Sastro und stampfte zur Bekräftigung noch kindisch mit dem rechten Fuß auf.

"Was war das?" Reik glaubte sich verhört zu haben und fuhr herum.

"Naja, wir sind doch eine Demokratie, oder?"

"EIN HAUFEN VERKOMMENER SÖLDNER SEID IHR!", wütete Reik und wurde ganz Rot im Antlitz, zusätzlich streckte er die Wirbelsäule durch, um noch größer zu wirken und damit seiner Autorität Ausdruck zu verleihen. "Langsam glaube ich, es wäre besser gewesen, die Führung hätte geklonte Super-Soldaten an eurerstatt auf die galaktische Befruchtungsmission quer durch das Universum geschickt! Hier gibt es keine Demokratie, weil es noch gar keine menschliche Zivilisation gibt, nur unsere militärische Streitmacht! KAPIERT?"

Beim lauten Wort 'Streitmacht' entkamen seinem Mund einige Speicheltröpfchen und gelangten in Ivans linkes Auge, worauf er sie mit dem ausgestreckten Mittelfinger wegzuwischen versuchte.

"Weil es vielleicht sogar bald keinen Planeten mehr gibt!", setzte der Captain rüde fort.

Diese Ansicht ihres Vorgesetzten stimmte alle von ihnen nachdenklich, einige sogar sehr nachdenklich. Was war die Demokratie, wenn sie nur dann galt, sofern es einem militärischen Führer passte? Wer bestimmte, ab wann eine Zivilisation stattgefunden hat und wer sollte dann davon profitieren? Wie sollte eine Zivilisation ohne eine Demokratie überhaupt zustandekommen? Welche Organisationsform der Menschheit würde sich dann durchsetzen? Die autoritäre, die kommunistische oder die liberale? Alles Fragen, die ihnen durch die Köpfe geisterten und dringend einer Antwort bedurften. Doch wer sollte sie ihnen geben? Reik stand mit knallrotem Gesicht wartend vor ihnen und schließlich rangen sie sich das ab, was er anscheinend hören wollte.

"AYE CAPTAIN!"

"Na endlich! Ich habe schon befürchtet, der kapitale Schock dieses Überraschungsangriffs hat euch die Gehirnwindungen verdreht! Verwechselt die Riesen nicht mit den Siegern und mich nicht mit einem Verlierer!" Schmollend zog er ab und die andern verliefen sich auch, d.h. sie trennten sich, denn sie erwarteten keinen zweiten Angriff in so rascher Abfolge.

Bei der Gelegenheit überlegte sich Ron, welche Art von Staatsform wohl die Einheimischen hätten. Mit Schalinda war er ja über das übliche Geschnatter vor dem Akt nicht hinausgekommen. Ihren komischen manchmal gurgelnden Lauten konnte er nichts entnehmen, außer große Behaglichkeit, wenn er sich in ihr befand. Oder spielte sie ihm gar den Orgasmus nur vor, so wie manche Erdenfrauen, die sich davon irgendwelche Vorteile erhofften. Uki, der ihm wie so oft auf den Fersen blieb, war seine Grübelei nicht entgangen.

"Du denkst schon wieder an Schalinda, stimmt's?"

"Ich zerbreche mir den Kopf, ob die Eingeborenen mit Begriffen wie Demokratie oder Militär überhaupt etwas anfangen könnten, wenn sie uns denn verstünden", orakelte er, da er nicht zugeben wollte, schon wieder - wenn auch nur ganz beiläufig - an Sex gedacht hatte.

"Pfff, tu doch nicht so hochgestochen", regte sich Uki auf. "Du willst nur wieder einen Stich bei Schalinda machen, das ist alles."

"Uki, es geht nicht immer nur um Sex. Vor allem nicht, wenn unser aller Wohl und Wehe von den kleinen Leutchen abhängt."

"Was? Wir sollen von denen abhängig sein?"

"Na klar, überleg doch einmal: die Wichtel haben sich uns praktisch an den Hals geworfen, in der Hoffnung auf Hilfe gegen ihre Ausbeuter. Das bringt eine Menge Verantwortung mit sich. Wir sind mit denen eine Symbiose eingegangen und damit auch von ihnen abhängig, so wie der Symbiont von seinem Wirt, verstehst du die Allegorie, Uki?"

Der schüttelte energisch den Kopf. "Ich verstehe nur, dass du dich mit diesen schwülstigen Äußerungen wichtigmachen willst und vom Wesentlichen abzulenken versuchst: deiner Notgeilheit, der wir die ganze Misere verdanken!"

"Nun vergreifst du dich aber im Ton, mein Freund", mahnte ihn Ron. "Es ist nicht meine Schuld, dass die vermaledeiten Roboter rebelliert haben und es ist auch nicht meine Schuld, dass die Riesen uns - und wohl allen andern Lebewesen hier - feindlich gesinnt sind!"

"DUUU WOLLTEST UNBEDINGT AN LAND UND JETZT SIND WIR HIER!"

"Wären wir weiter an Bord geblieben, hätten die aufmüpfigen Blechmänner uns trotzdem abgesägt!"

In diese aufgewühlte Stimmung zwischen den beiden Kameraden platzte unvermittelt ein kreischender Vogelschwarm im Tiefflug. Sie kreischten so laut, dass das wilde Geflatter ihrer Flügel übertönt wurde. Sofort wichen die sich gerade in wildem Streit begriffenen Männer rechtzeitig und geistesgegenwärtig dem herabfallenden Shit-Befall ätzender übelriechender Fäkalien aus.

"Ob diese Stink-Bomber gar abgerichtet darauf sind, uns mit ihren Exkrementen absichtlich zu verletzen?", fragte sich Ron mehr selbst.

"Glaub ich weniger, denn dann würden diese Kotflügler uns auch bestimmt treffen", gab ihm Uki zu bedenken. "Achtung! Sie wenden! Sieht fast so aus, als kämen sie zurück!"

In der Tat flogen die storchenähnlichen Vögel in einer V-förmigen Formation eine Kurve und steuerten erneut die Männer an. Ihr Gekreische erinnerte an sich reibendes Metall, ähnlich einem antiken Schnellzug, der eine Notbremsung einleitete.

"Tarnmodus!", befahl Ron und Uki folgte seinem

Rat - beide aktivierten die Chamäleon-Funktion ihrer Uniformen.

Auch von oben aus nunmehr unsichtbar, boten sie keinerlei Angriffsfläche mehr und die Vögel flogen über sie hinweg, ohne auch nur ein Tröpfchen auf sie fallen zu lassen und verschwanden kreischend in der Ferne.

"Ich habe es mir gleich gedacht, dass es die Viecher auf uns abgesehen haben. Irgendwer hat sie geschickt, um uns zu schaden", ereiferte sich Ron.

"Nun hör doch auf mit deiner Verschwörungstheorie! Glaubst du echt, ein verkappter Attentäter nutzt diese komischen Vogelviecher, damit er uns erschrecken oder gar verletzen kann?"

"Ach, und glaubst du, dieses gefiederte Geschwader kackt uns nur zum eigenen Vergnügen zu? Tiere tun prinzipiell nur etwas gezielt, um ihre Nahrung oder einen Fortpflanzungspartner zu bekommen!"

"Oder Eindringlinge aus ihrem Revier zu vertreiben!"

Schon schien sich wieder ein veritabler Streit zwischen den beiden anzubahnen.

Aus der Ferne tönte ein Ruf: "ALAAARM!"

"Das sind wieder die Riesen oder ihre Weiber!", verkündete Ron und rannte mit gezogenem Phaser in die Richtung, aus welcher der Schrei erschallt ist, wohlwissend, dass der loyale Uki knapp hinter ihm die Rückendeckung übernahm.

Wenig später erreichten sie ihre Waffenbrüder, die mit Mühe einige der sich wendig zum Angriff anpirschenden Riesen treffen und eliminieren konnten, um ihnen Schützenhilfe zu leisten. Die verbliebenen vier Riesen zogen sich so schnell zurück wie sie aus dem Hinterhalt aufgetaucht waren.

In einer Geste des Überdrusses wischte sich Reik den Schweiß von der Stirne. "Trotz der Verluste, die wir dem Feind vor kurzem zufügen konnten, scheinen die Riesen einfach nicht weniger zu werden. Es waren wieder exakt neun Riesen, wie schon beim Angriff zuvor."

"Die vermehren sich ungeschlechtlich!", mutmaßte Len Packham. "Zum Glück haben sie keinen von uns erwischt."

"Mit unserem Auftritt in ihrer Welt haben wir einen Divergenzpunkt in ihrer Geschichte geschaffen, den sie ausradieren wollen", fachsimpelte Ron.

"Das erklärt aber nicht ihre gleichbleibende Zahl. Oder glaubst du, dass es einen Ort in ihrer Welt gibt, aus dem sie neue Riesen hervorzaubern können, sobald einer von ihnen das Zeitliche segnet?" Der Captain ließ den letzten Satz wenig ironisch klingen.

"Kann auch sein, dass sie ihre Reservisten aktiviert haben", sagte Kip.

"Möglich, dass es in den Höhlen viel mehr von denen gibt, als wir bisher gesehen haben", vermutete Vin Tekashi.

Slim meinte dazu: "Sie müssen nicht unbedingt ausschließlich in den Höhlen hausen. Mir fiel auf, dass sich die letzten vier Überlebenden in alle vier Himmelsrichtungen zurückgezogen haben."

"Gut beobachtet", lobte Reik. "Wir teilen uns ebenfalls und treffen uns in drei Stunden bei der Basis. Wer zu spät kommt, gilt als degradiert!"

Es bildeten sich vier Gruppen, von denen Ron mit Uki eine Zweier-Gruppe bildete, die sich spontan in Richtung des Waldes aufmachte.

"Der Lange sollte aus einer Option keine Order

machen, sonst mach ich Front gegen ihn!", versprach Ron in gewohnt schnoddriger Art.

"Du siehst nicht aus wie einer, der aus dem Holz eines Helden geschnitzt ist", bemerkte Uki wie beiläufig, als sie schon am Waldrand angekommen waren, in den Schatten der ersten Bäume eintraten und dort wie angewurzelt stehenblieben.

"Und du siehst aus wie ein Schatten, der von einem Strichmännchen geworfen wird!", entgegnete Ron wutentbrannt. "Wofür hältst du dich eigentlich?"

"Ich bin Soldat und Auserwählter eines Neubesiedlungsprogramms!"

"Du bist keins von beiden!", warf ihm Ron an den Kopf. "Du bist nur ein Laufbursche, der von einem Schmalspur-Kommandanten ausgesandt wurde."

Für eine Minute sagte keiner der beiden mehr etwas. Die Zeit schien sich zu dehnen.

"Wir wissen nicht, welchen Mannschaftsausfällen wir noch ausgesetzt sein werden", warnte ihn Uki schließlich mit drohender Gestik. "Also sollten wir nicht auch noch gegeneinander kämpfen!"

"Hast ja recht!"

Die weiteren zwei Stunden verbrachten sie in schweigender Eintracht mit der Suche nach den Riesen im Wald. Bedauerlicherweise fanden sie keine Spuren von ihnen, weder auf dem Waldboden, noch an den Ästen, welche die Riesen, so sie denn vorbeigepoltert wären, wohl vereinzelt abgebrochen hätten.

Auf einmal näherte sich ihnen Schalinda mit wildem Gesichtsausdruck. "KATSCHA-BAM!"

"Nanu", sagte Ron, "ist die auch auf dem Kriegspfad?"

"Ich fürchte, sie will uns etwas Unangenehmes

mitteilen", ahnte Uki.

Zuerst lallte sie nur zusammenhanglos, ehe sie Ron in Richtung eines der Nadelbäume zog, woraufhin dieser meinte, sie wolle mit ihm verkehren.

"Du kleine Wuchtbrumme", säuselte er und wollte ihr unter den Rock greifen.

Doch sie stieß energisch seine Hand fort und zeichnete mit einem ihrer Finger etwas in den weichen Boden, das wie eine Landschaft aussah.

Uki war den beiden gefolgt und ahnte schon die Bedeutung des in den Boden geritzten Kunstwerkes: "Das ist der Hügel mit der Ruine drauf!"

"Ach? Eventuell will sie mir zeigen, wie sie sich die Einrichtung vorstellt, wenn wir zusammenziehen!"

Ungeachtet seiner Missinterpretation zeichnete sie aufgeregt weiter. Es schien ein Dreieck zu werden, dessen eine Seite noch fehlte.

"Von wegen Einrichtung, erkennst du nicht, was das sein soll?", fragte ihn Uki.

"Na, ein Dreieck wenn's fertig ist. Toll, die kennt den Pythagoreischen Lehrsatz. Ja, bravo, Schalinda-Darling!"

Anstatt der fehlenden Seite hatte Schalinda eine Art Spirale gezeichnet, die man jedoch auch als Sprungfeder deuten konnte.

"Erkennst du es jetzt?", forschte Uki ungeduldig, so als wüsste er die Antwort längst.

"Hm, sieht aus wie eine Wipp-Schaukel. Es gibt auch Sex-Schaukeln", erklärte Ron lüstern.

"Das ist ein Katapult, du Gehirnamputierter!", schimpfte Uki verärgert über die Unkenntnis seines Kameraden.

"KATSCHA-BAM!" ereiferte sich Schalinda und

deutete aufgeregt in Richtung der Berge.

"Verstehst du nicht, du geiler Hund?", fragte Uki. "Die Riesen bauen ein Katapult in den Bergen, damit sie uns von dort aus mit einem Hagel von steinzeitlichen Felsbrocken-Bomben eindecken können!!!"

"Und Schalinda will uns aus Dankbarkeit über den guten Sex mit uns warnen?! Schnell, komm mit! Das müssen wir sofort den Kameraden stecken!"

Die beiden ließen Schalinda zurück und rannten in großer Hast zu Buzz, Scot, Try und Al, die sich zu einem Spähtrupp in der südlichen Richtung zusammengeschlossen hatten und sich bereits auf dem Weg zur Basis befanden.

"Schlechte Nachricht, Freunde! Die Riesen rüsten auf und unser Captain ist eine müde Lusche, der davon keine Ahnung hat", ratterte Ron seinen ganzen Frust über seinen Vorgesetzten hinunter.

"Nun halt dich mal im Zaum, Ron", maßregelte ihn Buzz. "Du willst wohl seinen Rang einnehmen, was?"

"Leute, wir brauchen jemanden, dessen Kampfkraft auf alle überspringt, der den Nimbus eines Napoleons versprüht!"

"Und das sollst ausgerechnet DU sein, Ron?", fragte Scot mit einem spöttischen Grinsen.

"Jawoll!!! Reik hat noch nicht einmal einen Aktionsplan."

"Hab' ich da meinen Namen vernommen", fragte der Captain, der sich mit dem Rest der Truppe näherte.

Widerwillig nahm Ron Haltung an und legte es auf eine Konfrontation mit seinem Vorgesetzten an: "Captain, ich respektiere Sie, habe Sie soeben mit Napoleon verglichen, jedoch musste ich bemerken, dass Ihnen ein Aktionsplan fehlt!"

Mit hochgezogenen Brauen und zugekniffenen Augen blieb Reik stehen und holte tief Luft, ehe er losbrüllte: "ICH HABE LÄNGST EINEN PLAN, ... den ich allerdings erst zu gegebener Zeit vorlege!"

"Bei allem Respekt, Captain, die Zeit ist jetzt, denn die Riesen basteln an einem Katapult, oder auch an mehreren, wie mir eine verlässliche Quelle verriet!"

Nun schien Reik ziemlich amüsiert, denn ein dämonisches Lächeln umspielte seine Lippen und seine blauen Augen glänzten bösartig. "Ach, seit wann verstehst DU denn die Sprache der Einheimischen?"

"Sie verständigen sich mit Skizzen, die sie in weiche Erde ritzen", berichtete Ron und stand immer noch stramm. "Das Katapult war unmissverständlich dargestellt. Sogar ein völliger Idiot hätte es sofort erkannt."

Uki musste seine Verwunderung über Rons dreiste Aussage verbergen.

"Und wer war der Künstler?", wollte Reik wissen.

"Eine der Frauen aus dem Dorf, sie hat Vertrauen zu mir gefasst."

"Zu DIR?", wiederholte Reik mit hörbarem Erstaunen.

"Uki kann es bezeugen", behauptete Ron und nickte Uki zu, welcher jedoch nur mit den Schultern zuckte. "Es kristallisierte sich auch aus der Zeichnung heraus, dass die Eingeborenen schon unser Hauptquartier lokalisiert haben."

"HM!" Nachdenklich wandte sich Reik von ihm ab und den anderen zu. "Das ist bereits Teil meines Planes, den ich in meiner unermesslichen Weisheit ausgeknobelt habe. Ich trug mich mit dem Gedanken einer Truppenverschiebung nach Norden, um nicht aus der

bequemen Gewohnheit unseres Lageortes ein leichtes
Ziel für den Feind zu machen. Da wir keine Ausrüstung
in der Ruine zurückgelassen haben, werden wir mit dem
sofortigen Abzug in nördliche Richtung beginnen."

"Ohne vorherigen Spähtrupp?", forschte Ron frech
nach.

Mit einem Ausdruck höchster Rage, sich mühsam
beherrschend fauchte ihn Reik an: "ICH HABE
BEREITS GESPÄHT! UND ZWAR WÄHREND DU
DICH DER KUNSTBETRACHTUNG NAIVEN
EINGEBORENENGEKRITZELS HINGABST!
ABMARRRSCH!"

Ohne ihn eines weiteren Blickes zu würdigen,
setzte sich Reik Richtung Norden in Bewegung,
eingedenk, dass eine Fehlentscheidung immer noch
besser sei als gar keine - Veno 38b verfügte zum Glück
über ein ganz erdähnliches Magnetfeld, auf welches der
Kompass in den Armreifen der Männer reagierte - und
alle seine Untergebenen schlossen sich ihm an. Ron
bildete die Nachhut, voller Ingrimm, dass ihm die frech
angestrebte Machtübernahme nicht gelungen war...

Fluchtplan to go

Im Gänsemarsch trabten sie schweigend durch eine
ziemlich ausgedorrte Landschaft, die nur hin und wieder
von einem der dürren Nadelbäume bevölkert wurde. Der
Erdboden fühlte sich unter ihren Stiefeln steinhart an und
natürlich staubig, eines sternenkundigen Raumfahrers
beinahe unwürdig. Den Wald, den See, den Hügel, das
Dorf hatte diese einsame Karawane der unfreiwillig
gestrandeten Astronauten schon weit hinter sich
zurückgelassen. In dieser Einöde fühlte sich jeder der
Männer wie ein unerwünschter Nomade - schmachvoll

vertrieben von den hier angestammten Einwohnern, einem ungewissen Schicksal entgegen gehend. Alsbald gab es überhaupt keine Bäume mehr, die ihnen schmale Schatten in den Weg legen konnten, die Landschaft konnte man am ehesten mit einer Tundra vergleichen, einer baumlosen Steppe, dennoch von karger Schönheit mit satten Ockerfarben - beinahe wie von einem Kunstmaler gestaltet - in herrlichem Kontrast zum klaren dunkelblauen Himmel über ihnen. Der Armreif konnte keine Angabe liefern, wie weit sie noch zur nächsten Ortschaft oder der nächsten, etwas einladenderen Landschaft zurückzulegen hatten. Ab und zu warf Reik einen Blick zurück auf seine Mannschaft, an der Spitze - noch vor ihm - marschierte der Fähnrich Ivan Sastro unverdrossen ohne zu klagen, als trainierte er für den Space-Marathon auf dem Mars. Seine Arme baumelten am Körper herab, der Kopf wie zur Buße gesenkt und das Gehirn in hellem Aufruhr ob der fehlenden Drogenration.

Die Gedanken Sastros kreisten unaufhörlich um die entzogene Droge Kolka und deren Ersatz, den er sich im Wald besorgen konnte, jedoch vor den andern nicht zu konsumieren wagte. ACH, dachte er in einem Anfall von Wut, ich hasse das gesamte Universum und wünschte, ich wäre tot!

Ron ärgerte sich immer noch, dass es ihm nicht gelungen war, Reik zu entthronen, grübelnd woran das wohl lag, kam er zur Einsicht, dass er eventuell den nötigen Pathos hatte vermissen lassen. Er holte zu Uki auf, welcher zwei Meter vor ihm herlief auf und wollte sich den Frust von der Seele reden.

"Was glaubst du, Uki? Hältst du den Befehl sich nach Norden zu verfügen für sinnvoll? Was wird dann aus unserem Sender? Sollten wir nicht in dessen unmittelbarer Reichweite bleiben?"

"Ein gewisses Unbehagen verspüre ich schon", gab Uki zu. "Aber als Rekrut habe ich schon gelernt, die Befehle der Führung besser nicht zu hinterfragen."

"Reik ist nicht die Führung! Er vertritt sie zwar, doch arbeitet er doch längst auf eigene Rechnung", hetzte Ron gegen den Captain. "Und das Schlimmste für ihn ist die Vorstellung, dass irgendeiner von uns hier irgendwann Spaß haben könnte!"

"HE! RUHE DA HINTEN!", schrie Reik los, als habe er mitgehört, was ihm allerdings aufgrund der Distanz nicht möglich gewesen wäre. Instinktiv spürte er wohl Rons subversiven Antagonismus. "Ihr wohlstandsverwahrlosten Recken! Den harten Überlebenskampf kennt ihr wohl nur mehr vom Hörensagen! Aber er gehört zum echten Soldatenleben dazu! ALSO SCHNAUZE, RON!"

Widerwillig ließ sich Ron wieder zwei Meter zurückfallen und trabte schmollend weiter. Die Distanz zwischen den Männern nahm nicht nur räumlich ziemlich zu, fiel ihm auf, nachdem sie eine Schlappe nach der anderen einstecken hatten müssen. Sehnsüchtig fragte er sich, ob ihn seine Schalinda wohl vermissen werde, der Klang ihres Namens hatte etwas musikalisch Beschwingtes an sich. Und die anderen Weibchen waren ja auch nicht ohne, gedachte er fröhlich der gemeinsamen Orgie. Genau eine solche hätte er jetzt gut gebrauchen können, allerdings im kühlen Schatten der Bäume in dem idyllischen Wald, der weit hinter ihnen lag.

Unbarmherzig brannte die Sonne auf Veno 38b hernieder und kannte mit den versprengt in Richtung Norden wandernden Invasoren keine Gnade. Die meisten hechelten schon wie Hunde - jener noch nicht

ausgestorbenen Tierart, der man nachsagte, der beste
Freund des Menschen zu sein. Ihr Tempo hatten sie
wegen der sengenden Hitze auf gemächlich
herabgebremst, reduzierten nun nochmals die
Schrittgeschwindigkeit, da sie sich bereits in Sicherheit
glaubten. Unbelastet von irgendwelchem Marschgepäck,
ohne Wasser und Proviant, hing jeder seinen eigenen
Gedanken nach, wobei einige von ihnen auch an gar
nichts dachten.

Wie zum Beispiel Len Packham. Zuerst hatte er
sich nur einen Zapfen vorgestellt, der vor ihm herhüpfte,
dann einen der vor ihm lag, dann schließlich gar keinen
mehr. Kip Linquist hingegen stellte sich ein
Thermometer mit der Anzeige von 3.000 Grad vor, wie
es sich langsam dem heiß ersehnten Nullpunkt näherte,
verlor diese Visualisierung jedoch bald aus den geistigen
Augen und schleppte sich mit leerem Gehirn dahin. Da
geschah es: Ein immer größer werdender Schatten legte
sich rasant auf den kleinen Trupp und mit einem lauten
'HUIIII!!!' fiel rasant ein Felsen auf den unglücklichen
Fähnrich Sastro herab, welcher diese unvermutet auf ihn
herabsausende Steinzeitbombe natürlich nicht überleben
konnte. Flach wie eine Flunder - ein sehr flacher,
mittlerweile leider seit 2075 ausgestorbener Fisch auf der
Erde - lag er unter dem Riesenbrocken.

"VERFLUCHT!", rief Reik aus. "Die Reichweite
dieses Katapultes ist viel größer als anzunehmen war."

Len Packham rannte geduckt zu den sterblichen
Überresten von Ivan, kroch unter den Rand des Felsens
und konnte nur mit großer Mühe Sastros Phaser bergen.
"Ich befürchte, der Pistolenschaft ist gequetscht. Wenn
das der Fall ist, wird der Plutonium-Chip sicher bald
unkontrolliert Strahlen aussenden."

Von allen war Kip am meisten erschrocken, denn sein absurder Traum von Sastros Tod schien wahr geworden, wenn auch mit abgeänderter Todesart. Scharlachrotes Blut quoll unter dem Felsen hervor wie eine kleine Quelle.

Stocksteif stand Kip noch immer da, ehe Len ihm zurief: "KIP! BEWEG DICH!"

"RÜCKZUG!", befahl Reik und wandte sich abrupt um, zur Flucht in die Richtung, aus der sie gekommen waren.

"Wieso Rückzug?", erkundigte sich Ron forsch.

"WEIL SIE DAS NICHT ERWARTEN", klärte ihn Reik lautstark auf und lief schon voran. "Die Reichweite des Katapults muss unterschritten werden! VERSTANDEN?"

"AYE SIR!" Ron fiel es schwer, sich dem Captain gegenüber unterwürfig zu zeigen. Zunehmend wuchs sein Hass auf ihn, doch er folgte ihm auf dem Fuße.

Alle folgten Reik widerspruchslos, Ron eher widerwillig.

Rasant liefen sie also in die entgegengesetzte Richtung, aufgeputscht vom körpereignen Adrenalinausstoß, und schon flogen die nächsten Felsen über sie hinweg, einem Geschwader gleich, welches den falschen Zielvorgaben folgte und ohne weiteren menschlichen Schaden anzurichten, krachend aufprallte, ja sogar noch ein wenig hochsprang, um erneut weniger krachend nochmals aufzuprallen. Dank des Captains spontaner Entscheidung zum Rückzug wurde keiner mehr getroffen und der Steinregen versiegte so plötzlich wie er gekommen war, womöglich mussten die Riesen auch erst weiteren Nachschub an Felsen herankarren, ehe sie ihn fortsetzen konnten.

Außer Atem kamen sie an dem Ort an, den sie vor wenigen Stunden zurückgelassen hatten - die Zeit schien wie im Flug vergangen zu sein (oder hatte ihnen die Furcht, getroffen zu werden, gar Flügel verliehen) und auch ihre Kräfte schienen sie wie im Flug zu verlassen. Unter einigen der schattenspendenden Nadelbäume setzten sie sich hin, um zu verschnaufen, was der Captain, der als einziger stehengeblieben war, für einen kurzen Nachruf nutzte, nachdem er leicht hustend wieder zu Atem gekommen war.

"Männer, ... wir trauern wieder einmal um ein Mitglied unserer kleinen Gemeinschaft, das wohl wie jeder von uns seine Fehler hatte, jedoch immer ein guter Kamerad gewesen ist. Wenn Ivan auch süchtig nach Kolka war, so hat er zumeist alle seine Aufgaben klaglos durchgeführt. Meiner Erinnerung nach hatte er sich nie über einen von euch bei mir beschwert und niemanden eines Vergehens denunziert..."

Die Unverlässlichkeit der Erinnerung führte Menschen fast immer zu einer Neubewertung des Erlebten. Das fehlende Update schien sich aus Reiks Gedächtnis verabschiedet zu haben sowie auch die verpatzte Nachtwache. Auch Ron ließ seine ganz persönlichen Gedanken in Erinnerung an Ivan zurückschweifen, meinte sich allerdings vieler Vergehen erinnern zu können. Darunter ziemlich schwerwiegende. Einmal hatte Ivan im Übermaß des Kolka-Genusses den Antrieb der WIKISPEED heißlaufen lassen und es nur als kleines Missgeschick dargestellt, ja nicht einmal im Logbuch erwähnt. Von Ron hatte er naturgemäß Rückendeckung und Loyalität gegenüber einem guten Kameraden erwartet, der er jedoch aufgrund seiner Sucht nie sein konnte.

"Wie nannte man früher Gestrandete so trefflich? Menschliches Treibgut! Wenn uns widrige Umstände nicht auf diesen von der menschlichen Zivilisation bisher verschont gebliebenen Planeten verschlagen hätten, wäre ihm der Fehler des Einschlafens auf der Wache auch nicht unterlaufen." Reik überlegte kurz, ob er den Fehler des vergessenen Updates erwähnen sollte, entschied sich jedoch dagegen, da er ebenfalls nur wegen des Landganges unangenehm aufgefallen war. "Alles in allem wären seine Gene es wert gewesen, weitergegeben zu werden."

Von wegen, dachte Ron angewidert, der süchtige Säftel war so nützlich wie eine einarmige Schere und sah zuletzt aus, als hätte er sich den Kopf in den Arsch geschoben und dann zu spät wieder rausgezogen. Und bei seinem Tod hat er sicher ein noch viel blöderes Gesicht gemacht als normalerweise. Wenn es mir möglich gewesen wäre, hätte ich die Zeit gedehnt, um den Moment länger genießen zu können. JAWOHL!

"Daher erstatte ich ihm posthum seinen Rang als Sergeant wieder zurück. Möchte noch einer von euch etwas Positives über Sergeant Ivan Sastro sagen, Männer?"

Keiner fand es der Mühe wert, sich einige passende Worte abzuringen, aber es mochte auch an der Müdigkeit liegen, die ihnen die Münder versiegelte.

"Ja ich, Captain", meldete sich schließlich Ron, der die Gelegenheit nutzen wollte, um bei seinen Kameraden Sympathiepunkte zu sammeln sowie gleichzeitig Stärke zu demonstrieren und erhob sich resolut.

Captain Reik wunderte sich über ihn, setzte sich zu den andern und wartete gespannt, was gleich an Verbalem kommen würde. Eigentlich erwartete er nur einige holprige Witze von ihm über den zuletzt sehr erbärmlich wirkenden Toten.

Nachdem er sich durch seine struppigen Haare gefahren war und geräuspert hatte, begann Ron feierlichen Tons mit seiner Totenrede: "Lichtjahre fern der Heimat konnte Sergeant Sastro nicht immer alle an ihn gestellten Forderungen erfüllen, doch er hat es immer mit gutem Willen und voller Kraft versucht. Immerhin lief er uns voran, was ihm einen schnellen Tod brachte. Nichts Übermenschliches haftete ihm an und gerade darum hat er einen Platz in unser aller Herzen errungen. Ivan konnte so ein lustiger Kumpel sein und einen all den Stress auf der elendslangen Fahrt zum Ziel vergessen lassen, dass mir seine so sympathisch unkonventionelle Art fehlen wird. Mit seinem abstrakten Denkvermögen konnte er nicht immer den Sinn hinter Befehlen erkennen, doch befolgte sie ohne Widerrede. Sein reger Kolka-Konsum stellte für ihn nur eine rettende Methode dar, in dieser harten Realität, die uns immer zu schaffen macht, verankert zu bleiben. Einmal vertraute er mir an, dass er sich stets wegimaginiert an einen Fantasieort, der zu schön ist, um ausgesprochen werden zu können. Ich hoffe, er ist nun dort, wo er sich immer wieder einmal hinwegimaginiert hat. Wenn er high war, ging seine Sprache immer hoch, dann wieder runter, in einer Art künstlerischen Sing-Sangs. Wie jeder Künstler hatte er Improvisationstalent und konnte daher unkonkrete Situationen bestens meistern. Ja, das war er für mich, ein Lebenskünstler, der sein Werk nicht vollenden konnte, weil in unserem System für Kunst nicht der Platz vorgesehen ist, den er ihr geben wollte."

"Hört, hört", flüsterte Uki, der Rons Gedanken vor dessen bewegender Trauerrede erraten zu haben glaubte:

Der Gauner konnte Ivan so wenig leiden wie den
Captain, lügt aber wie ein Politiker - vielleicht hat er
doch das Rüstzeug und das Format zur
Führungspersönlichkeit.

Auch Reik wunderte sich über diese Rede und
meinte: "Interessant, so habe ich ihn tatsächlich nie
gesehen... Naja, wir werden sein Andenken und das von
Pole für immer in unseren Herzen tragen."

Einige der Männer murmelten etwas
Unverständliches - es könnte Amen gelautet haben. Ron
betrachtete sich von innen, das hieß, er schwieg
gesenkten Blickes, und Uki scrollte auf seinem Armreif
in der vagen Hoffnung, dort noch etwas Nützliches zu
finden, das vom letzten, lang zurückliegenden Update
übriggeblieben war.

Reik resümierte indes: Kampfkraft geschwächt,
Truppenmoral am Boden, Rüstungsprobleme, kein
Nachschub, fehlende Perspektive, kaum Aussicht auf
Rückkehr der Roboter, aufmüpfiger Sergeant, der
Befehle hinterfragt, keine chemische Zusatznahrung,
lückenhaftes Weltwissen und das deprimierende
Bewusstsein der eigenen baldigen Sterblichkeit. Alles in
allem eine mehr als triste Lage, die es nun auf ihre
dringende Verbesserung zu sondieren galt. Das
Wichtigste zuerst: der defekte Phaser musste umgehend
gekühlt werden, da sonst unerwünschte Strahlung
austreten konnte oder im ärgsten Fall Explosion drohte.
Das wäre eine Ironie des Schicksals: ungewollte
Selbstzerstörung. Mit der Kühlung Ron zu beauftragen,
stellte das Naheliegendste dar, denn einen Aufmüpfigen
musste man beschäftigen und ihm zeigen, dass er heiklen
Befehlen unwidersprochen zu folgen hatte. Und sollte er
dabei draufgehen, konnte er logischerweise nicht mehr

aufmüpfig sein. Eine klassische Win-Win-Situation.

"RON! Nimm den defekten Phaser und spurte damit zum See, um ihn zu kühlen!", befahl Reik also und wollte ihn vor allen zurechtweisen, falls er sich dagegen aufzulehnen wagte.

"AYE Captain!", willigte dieser jedoch sofort ein und tat wie ihm geheißen. Gern fügte er sich natürlich nicht diesem Befehl, doch kannte er das Sprichwort: Streichle den Hund, bis der Maulkorb fertig ist.

Al vertraute sich inzwischen Buzz an: "Uff, ich spüre Charley horse - einen Muskelkater, den ich vorher noch niemals hatte. Was meinst du, ob das auch so eine Nebenwirkung der Früchte ist??"

"Möglich, es kann allerdings auch am Fehlen der Pillen liegen", ahnte Buzz. "Mir graut davor, hier zuerst dem Alter und nach dem Tod der Verwesung preisgegeben zu sein.

"Naja, davon spürt man ja nichts mehr", meinte Al und sah in Richtung des Dorfes, an dessen Kirchturmkugel sich der Sender befand. "Hoffentlich hören die Roboter den Ruf nach Hilfe unserer Führung."

"Hören werden sie ihn sicher demnächst, aber ob sie ihm folgen, das ist die große Frage."

"Mir deucht, ich rieche Gefahr", meldete sich Try Tonka zu Wort.

"Stimmt", gab ihm Kip recht. "Es riecht verdächtig nach ... einer Welle der Negativität."

"Kannst du das näher definieren?", erkundigte sich der Captain, der das Gespräch belauscht hatte.

"Die einfachsten Fragen sind oft schwer zu beantworten, aber ich finde, es riecht nach einer chemischen Substanz, die ich noch nicht näher identifizieren kann." Kip schnupperte wie ein Hase.

"Hm, könnte ein chemischer Kampfstoff sein", befürchtete Reik und scrollte auf seinem Armreif, der über eine Geruchs-Erkennungs-APP verfügte. "Es handelt sich um simples Formaldehyd. Das kann nur der beschädigte Phaserschaft freigesetzt haben. Ron hat daher nicht mehr viel Zeit, ihn rechtzeitig zu kühlen, ehe es WUMMS macht!"

Hm, dachte Reik, von einer Win-Win-Situation zu sprechen, wäre falsch, denn wenn er mir auch manchmal widersprach, ein weiterer Verlust wäre für unser Überleben hier fatal...

Davon noch nichts ahnend sprintete Ron Richtung See, zu dem es noch mindestens fünf Kilometer waren. Genügend Zeit die Situation zu überdenken, doch seine Gedanken drehten sich immer nur um das eine Thema: wie kann ich in der Rangordnung endlich aufsteigen? Wann werde ich letztendlich Captain sein mit meinen überragenden Fähigkeiten? Diese und ähnlich Fragen stellte er sich, als er den üblen Geruch vernahm, der von dem gefährlichen Ding in seiner rechten Hand ausging. Noch konnte er ihn nicht lokalisieren, blickte herum, doch in Ermangelung von Blumen oder sonstigen Gewächsen fiel sein Verdacht schnell auf die richtige Quelle des Gestanks.

Verfluchte Sch..., überlegte er leicht panisch, der Phaserschaft ist schon undicht und, sobald der Plutonium-Chip mit Sauerstoff in Berührung kommt, flieg ich damit in die Luft, ebenso, wenn ich stolpere und mir der Phaser runterfällt, denn die Erschütterung könnte dem defekten Ding ebenso den Impuls zur Sprengung geben!

Verzweifelt suchte er nach einer näheren Wasserstelle, jedoch fand sich keine, nicht einmal ein

Tautropfen - obwohl dieser ohnehin zu wenig für die Kühlung gewesen wäre. Außerdem klebte ihm vor Durst bereits die Zunge wie ein pelziger Parasit halbvertrocknet am Gaumen. Es drängte sich ihm auch die bange Frage auf, ob die Wassertemperatur des Sees überhaupt zum Kühlen taugte. Sollte das Wasser zu warm sein, dann - ex und hopp - drohte ebenfalls die Explosion! Schlimm genug mit dieser Lose-Lose-Situation fertig zu werden, lief ihm die Zeit davon.

Unter den Männern wuchs die Unruhe, denn es stand zu befürchten, dass die Riesen den Angriff mittels Katapult fortsetzten.

"Captain, sollten wir nicht irgendwo Deckung suchen?", erlaubte sich Buzz zu fragen.

"Mein Instinkt sagt mir, der Feind wird heute nicht mehr zuschlagen", verkündete Reik und massierte sich mit Daumen und Zeigefinger der rechten Hand seine Nasenwurzel.

"Darf ich mit Verlaub einen Vorschlag machen?", fragte Uki.

"Erlaubnis erteilt!"

"Ich könnte doch auf einen Baum klettern, um zu sehen, wo sich die Riesen aufhalten, sofern sie sich doch nicht ganz zurückgezogen haben."

Anerkennend über so viel Mut blickte der Captain auf einen der hohen Nadelbäume, der mindestens 70 Meter maß. Er glich einer Fichte, die auf der Erde nur 40 Meter hoch wird, doch hier musste wohl der höhere Sauerstoffgehalt zu mehr Wachstum geführt haben.

"Sergeant Ulumba, ich brenne darauf, diesen akrobatischen Akt mitverfolgen zu dürfen", sprach der Captain mit einem Anflug von Hochachtung.

Sogleich machte sich Uki behände daran, den

mächtigen Stamm zu erklimmen, wobei er sich mit den Fingern in die Rinde krallte und zu einem Bogen gekrümmt immer weiter hinaufzog, indem er eine Hand immer höher ansetzte, während er mit den Füßen so schnell wie möglich nachtrippelte. Trotz der von den Stiefeln ausgefahrenen Spikes eine beachtliche Leistung. Wahrhaft akrobatisch und zudem noch flink wie ein Borkenkäfer bewegte er sich bald in einer Höhe, wo ihm die ersten Äste eine weitere Aufstiegshilfe boten. Einige Nadeln rieselten auf seine Waffenbrüder herab, die ihre Augen nicht von ihm abwenden konnten, als er virtuos nach oben turnte. Alle fieberten sie mit und Al hielt sogar seine beiden Daumen mit seinen Fingern umklammert, was auf Erden einst als glücksbringend galt.

"Du brauchst nicht bis ganz nach oben zu klettern", beschwor ihn der Captain, der sich sorgte, bald wieder einen Mann zu verlieren, noch dazu solch einen tüchtigen wie Uki Ulumba.

In einer Höhe von 50 Metern hielt Uki inne, umklammerte einen starken Ast und blinzelte angestrengt in die Ferne.

"Und? Was siehst du?", wollte Reik ungeduldig wissen.

"Keine Spur von den Riesen oder ihrem Katapult", beruhigte er alle am Boden unter ihm. "Ich sehe Ron, der rennt, als ginge es um sein Leben."

Wieviel Zeit bleibt mir noch, bangte Ron und legte an Tempo zu, was kommt danach? Gibt es eine Metamorphose und ich werde als Riese oder Zwerg hier wiedergeboren? Nein, die Weibchen hier gebären ja nicht!

Während sein Gehirn absurd anmutende Gedanken spann, kam der See mit seinem verlockenden Glitzern in

Sichtweite, doch - oh Schreck - an seinem Ufer saßen - deutlich sichtbar und unverkennbar - zwei der Riesen, die offenbar ein Fußbad nahmen. Sie würden bestimmt nicht unterscheiden zwischen einem oder mehreren Fremden, ahnte Ron, ihr Instinkt würde sie sofort zum Angriff auf einen Feind treiben, sobald sie ihn entdeckten. Zu zweit könnten sie sogar gegen seinen Phaser am Gurt eine Chance haben, wobei sein Träger noch dazu vom kaputten Phaser in seiner Hand beim Feuern behindert werden würde. Also betätigte Ron den Tarnmodus, doch - oh Graus - der blieb aus. Mag es eine technische Störung gewesen sein oder das drohende Ende der Energiespeisung seiner Uniform, eventuell auch nur ein simpler Wackelkontakt zur unpassendsten Zeit.

Das kann nicht die Realität sein, ich habe wieder einen Albtraum, durchzuckte ein Gedankensprung sein Gehirn, ich muss aufwachen, aufwachen! Nein, ich träume nicht, oben brennt die Sonne, in meiner rechten Hand brennt förmlich schon der kaputte Phaser, unter meinen Sohlen liegt der harte Boden, der kein bisschen nachgibt und vor mir plantschen die beiden blaubärtigen Monstren lustig im See herum. Haben die von ihrem Häuptling frei bekommen? Oder sind es harmlose Zivilisten? EGAL! Meine einzige Chance ist, sie mit dem defekten Phaser zu erledigen. Nur ein toter Riese ist ein harmloser Riese!!! Dann entledige ich mich zweier Probleme: der materialmüden Waffe und der Zwillings-Riesen-Plage!

Es blieb ihm tatsächlich keine Wahl, wenn er nicht riskieren wollte, von der Waffe entweder verstrahlt oder zerrissen zu werden, musste er sie so schnell wie möglich so weit wie möglich von sich fortschleudern. Wenn er sie nahe genug der in zirka noch 100 Meter weit entfernten

Riesen aufprallen lassen könnte, dann würde er diese
auslöschen, ohne sich dem Strahlungsschatten
auszuliefern. Ohne weiter nachzudenken, machte er einen
Sprung mit einer ganzen Umdrehung, um genügend
Schwung zu holen, und schleuderte den Phaser wie einen
Diskus in Richtung der am Wasser sitzenden Riesen, um
sich dann flach auf den Boden fallen zu lassen. Wie
erwartet flog er in hohem Bogen los, drohte sogar noch
über die Riesen hinwegzufliegen - was ihn im Wasser
hätte landen lassen und eine Explosion verhindert hätte -
stoppte aber doch knapp vor dem Ufer den Flug und fiel
einen halben Meter vor den nichtsahnenden Blaubärten
auf den Boden, wo er hart aufschlug und mit einem
grellen Lichtblitz laut zischend zerbarst. Der Plutonium-
Chip zersplitterte in unzähligen gleißenden Sternchen,
deren Halbwertszeit zum Glück nach Verpuffung bei nur
einer Minute lag.

"Puh", sagte sich Ron erleichtert, stand auf und
putzte sich die Handflächen ab. "Immer, wenn man
denkt, man hat schon alles gesehen, dann wird man doch
überrascht. So ein hübscher Sternspritzer und dann noch
die Zersetzung der bläulichen Burschen in all ihre
Bestandteile ... also das hat schon was! Die zwei haben
echt ihr blaues Wunder erlebt!"

Zufrieden nahm er schlürfend noch einige
Handvoll Wasser aus dem See zu sich, nachdem der Scan
seines Armreifens ihm verraten hatte:
STRUKTURANALYSE UNBEDENKLICH. Ja, von
Giften und Schmutz noch unverfälschtes, klares frisches
Wasser gab ihm einen dringend nötigen Energiekick.
Gesättigt vom H_2O wandte er sich um und trabte zurück,
um dem Captain Bericht zu erstatten, dass es nun zwei
Feinde weniger gab! Dafür erhoffte er sich wenigstens

eine Belobigung! Gleich zwei Xenomorphe auf einen Streich beseitigt zu haben, vermittelte ihm ein Triumphgefühl, als hätte er einen Putsch gegen Reik gewonnen.

"Und was siehst du in der anderen Richtung, Uki?", forschte Reik, der mit den anderen noch immer wie angewurzelt unter dem hohen Nadelbaum verharrte.

Vorsichtig drehte sich Uki, sodass er in eine Position kam, die ihm die Sicht dorthin gewährte. "Merkwürdig, ich sehe die kleinen Männer, die für die Riesen in der Mine schuften mussten."

"Interessant, würde mich nicht wundern, wenn sie die nun gegen uns zu instrumentalisieren versuchen."

"Nein, Captain", rief Uki von seinem hohen Spähposten nach unten. "Sie tänzeln vehement in einer Reihe umher. Es sieht aus, wie ein Volkstanz oder ein seltsames Ritual."

"Die haben vielleicht ihren freien Tag", vermutete Len Packham, während er einen heruntergefallenen Zapfen aufhob, den er ausgiebig betrachtete.

"Oder sie tanzen, um ihre Geister gegen uns zu beschwören", mutmaßte Scot Wigfield.

Vin Tekashi tippte sich an die Schläfe: "Ich hab hier keine Friedhöfe gesehen, also kann es theoretisch keinen Geisterglauben geben."

"Kann sein, dass sie unsere Aufmerksamkeit von den Riesen ablenken sollen", meinte Kip Linquist.

Und Slim Hubble schüttelte den Kopf. "Ach was, die wissen doch nicht, dass einer von uns so famos klettern kann und sie beobachtet. Die freuen sich einfach nur ihres Lebens!"

"Ich denke, denen ist langweilig und sie schlagen ihre Zeit tot", schätzte Try Tonka.

Auch Buzz äußerte seine Meinung: "Ich glaube vielmehr, dass ihnen die Sonne das Gehirn ausgebrannt hat."

Al Prong, der noch immer seine Daumen umklammerte, sagte selbstvergessen: "So lebenslustig war ich auch mal und tanzte so wild, dass die Familie dachte, ich sei verrückt geworden."

"Das reicht, kommt wieder runter, Uki", befahl der Captain und starrte in die Richtung, aus der er Ron zurückerwartete.

Kaum zurück bei den anderen erstattete er pflichtgemäß Bericht: "Melde gehorsamst, Captain, dass ich wieder einige Riesen beseitigen konnte! Den ganzen Weg zum See hielt der defekte Phaser nicht durch und ich schleuderte ihn auf die dort badenden Monstren, sodass es diese nur mehr in schlechter Erinnerung gibt."

"Ausspreche Anerkennung, Sergeant Dews! Um wie viele Monstren handelte es sich?" Scheinbar glaubte Reik aufgrund der Erzählung seines Untergebenen, ein ganzes Bataillon an Feinden verloren zu haben.

"Es handelte sich um zwei sehr große Exemplare der Spezies feindlicher Riesen-Bewohner." Mit stolzgeschwellter Brust wartete Ron auf eine Art von Orden oder die Ausgabe des von Sastro konfiszierten Kolka zur Belohnung, doch erntete er nur einen enttäuschten Gesichtsausdruck von Reik.

Als sich der Captain von dem selbst hochstilisierten Helden abwandte, fasste er die Situation zusammen: "Männer, wir sind wieder hier, wo das Dorf mit seinen kleinen harmlosen Bewohnern, die nützliche Obstbaum-Plantage und der Hügel mit unserem Stützpunkt wie Scharniere unserer Existenz wirken. Demgegenüber stehen noch etliche Feinde, deren

Katapulte wir finden und zerstören müssen! Wie heißt es so schön: SEEK AND DESTROY!"

"Captain", meldete sich Al, "dürfen wir vorher noch unseren Durst mit frischem Wasser stillen?"

"Sicher Männer, obwohl ich euch zur Feier des Tages gerne Champagner aus dem Automaten spendiert hätte!"

Vom Putschen und Lutschen

Die Männer hatten den heimatlichen Hügel samt Ruine noch nicht erreicht, während der Captain ihnen einige Minuten voraus und aus ihrem Blickfeld verschwunden war.

Der zweite Tote aus der Truppe war also Ivan, der seine Aufgabe nicht erledigt hatte und von Reik als Versager tituliert wurde. Daraufhin kreierte Ron prompt eine Verschwörungstheorie: "Ist dir auch aufgefallen, dass jeder stirbt, den unser Captain als Versager definiert?"

"Nein, was willst du damit andeuten?", fragte Uki und leckte sich wieder einmal über die Lippen. Seine Nervosität wuchs mit jedem Tag, den sie auf dem verwunschenen Planeten verbringen mussten.

"Dass er für deren Tod mitverantwortlich ist", kombinierte Ron und hob keck beide Augenbrauen. "Zuerst ging Pole drauf..."

"Erinnere mich nicht an ihn!"

"Und nun der arme Ivan..."

"Ja, das kann aber auch daran liegen, dass Reik recht hat. Dass die beiden eben nicht den ersten Preis beim 'Survival of the fittest' hätten gewinnen können." Das sagte er ihm mit einer apodiktischen Sicherheit, die nicht den kleinsten Zweifel an seiner Ansicht über die

Toten offenließen. "Der eine fahrlässig, der andre süchtig - was willst du von denen viel erwarten? Da nutzt das ganze theoretische Rüstzeug und auch unsre Ausrüstung nichts."

"Du scheinst jetzt aus purem Opportunismus einen Grund für ihren Tod zu erfinden", warf ihm Ron vor und zwischen seinen Augen entstand eine Zornesfalte. "Wo ich dir gerade einen triftigen geliefert habe."

"Ach, lass mich doch in Ruhe!", bellte ihn Uki an und sah sich um, ehe er sich zur Rast niederließ, wobei er bemerkte: "Der Planet ist eigentlich ein Paradies."

"Ja!", stimmte Ron sofort zu und schränkte ein: "Aber in jedem Paradies gibt es eine Schlange und einen wurmigen Apfel."

"Was meinst du denn damit wieder?"

"Innere und äußere Schwierigkeiten. Die äußeren sind die Riesen und die inneren ist unser Captain. Unter dem zu dienen ist wie täglich in den Krieg zu ziehen, und zwar ganz ohne Feindberührung!" Erfreut von dem ihm sehr passend erscheinen Vergleich wiederholte er ihn sofort: "Ja, wer den zum Captain hat, der braucht gar keine Feinde mehr!"

"Willst du etwa gegen ihn aufbegehren?", erkundigte sich Buzz, der ihr Gespräch mitgehört hatte, und wie die restlichen Waffenbrüder nun näherkam.

"Die Option müssen wir uns offenhalten! Es ist nichts Persönliches, aber ich finde, wir sollten ihn bald durch jemand Fähigeren ersetzen. Reiks Führerschaft ist schließlich nicht auf ewig angelegt, schon gar nicht, da unsere Lebenszeit auf das normale Maß reduziert wurde. Daher kann sie durchaus angefochten werden. Wir müssen uns doch fragen: wie hoch ist der Preis, blind einem Führer zu folgen." Hier machte er eine kleine

Kunstpause. "Gibt es da draußen noch eine Welt jenseits der unseren, wo man Mensch sein kann? Gibt es Dinge, deren wir uns noch nicht bewusst sind? Kann uns Reik unsere elementaren Fragen beantworten? Und wenn ja, gefallen uns seine Antworten? Wir alle wünschen uns offenbar einen Vater, der uns sagt, dass alles in Ordnung ist, aber der Captain kann es wohl nicht sein, da er glaubt, alle Probleme mit Befehlen und Anordnungen loszuwerden. Wir sollten - trotz Verbot - selber denken, bevor wir uns alle von ihm korrumpieren lassen und eine unumkehrbare Schuld gegen diese neue Welt, auf der wir gestrandet sind, auf uns laden." Irgendwie überraschte es Ron selbst, dass er ad hoc die passenden ergreifenden Worte fand.

"So viel habe ich dich auch noch nie reden hören", stellte Uki fest. "Du musst entweder nervös sein oder für einen höheren Posten kandidieren wollen."

"Es kommt weniger auf die Menge des Gesagten an, sondern eher auf die Tiefe", sinnierte Ron und überlegte sich in dem Moment tatsächlich Ansprüche auf den Chefposten anzumelden.

"Es gibt immer verschiedene Zwänge, die einen in die eine oder in die andre Richtung lenken. Wir sollten nicht noch einen zusätzlichen Zwang heraufbeschwören", meinte Uki, "oder einen abschaffen, bevor wir in Sicherheit sind."

"Sicherheit?" Der Blick, den Ron nun aufsetzte, spiegelte eine Mischung aus Belustigung und Verwunderung wider. "Wenn du Sicherheit wolltest, warum hast du dich dann auf so eine unsichere Sache wie die Besiedlung weit weg von der Heimat eingelassen?"

Da musste Uki erst überlegen, bevor er antwortete: "Weil ich dachte, wir können stellvertretend für die ganze

Menschheit noch einmal ganz von vorne anfangen. Ohne die mühsame und langwierige Erkenntnisarbeit, mit der sich unsre Urahnen herumschlagen mussten, ohne die Qual des Alterns und Irrens und so weiter..." Sehnsüchtig beugte er sich leicht nach hinten, um in den wolkenlosen, azurblauen Himmel zu starren, so als stünde dort die Antwort auf die Frage, warum ihnen so eine gigantische Fehleinschätzung unterlaufen war - wo doch bereits kurz nach Beginn der christlichen Zeitrechnung ein gewisser Lucius Annaeus Seneca erkannte: es gibt keinen bequemen Weg, der von der Erde zu den Sternen führt...

"Ironie des Schicksals", befand Ron sarkastisch, "dass wir all das plus die Qual des Todes hier auf halbem Weg zum Ziel auf uns nehmen müssen."

"Für mich war es immer ein Bedürfnis, einen Helden zu haben und ich hab ihn beim Militär gefunden...", gestand Buzz betrübten Blickes.

Uki nickte selbstvergessen. "Du hast recht … wo sind diese Männer abgeblieben..."

Ron raunte: "Tief in uns verborgen..?"

Die anderen saßen nur da und sahen stumm von einem Redner zum anderen, als beobachteten sie ein Tennis-Match - ein Sport, den es immer noch auf der Erde gab.

"Wie es scheint ist unser aller Schicksal nun mit dem dieses Planeten auf ewig verkeilt", resümierte Buzz desillusioniert.

"Nicht auf ewig, nur bis zu unserem Tod", berichtigte ihn Ron rasch. "Da verschlägt es dem Schicksal die Ironie. Die kurze Zeit bis zu dieser Erlösung sollten wir unter einem humanen Captain verbringen, nicht unter einem Schleifer, der uns Elementarempfindungen wie Schmerz und

Demütigungen ausliefert! Jede Sekunde ist kostbar! Wir dürfen sie nicht an einen Hurra-Patrioten verschwenden! Während der noch lange nachdenkt, was die Führung anordnen würde, wenn wir Kontakt zu ihr hätten, wissen wir doch schon, dass wir handeln müssen!"

Die Atmosphäre schien emotional aufgeladen, die Luft schien zu vibrieren und Ron erkannte, dass ihr Zusammenhalt vor allem auf der Abneigung gegenüber dem Captain fußte, also schickte er sich an, zum finalen Schluss seiner Rede noch einmal eindringlich an die Kooperation seiner Kameraden zu appellieren, deren Augen an ihn geheftet waren: "Freunde, Kameraden, Brüder! Reik hält sich für einen Monolith in der menschlichen Gesellschaft, doch er ist nur ein Kieselstein und hat kaum Pläne, die über unser bloßes Überleben hier hinausgehen! Unsere sichere Zukunft ist Lichtjahre entfernt! Wir sind hier fernab jeglichen technischen Komforts auf uns selbst gestellt und können in dieser feindlich gesinnten Umwelt voll gigantischer Widersacher nur überleben, wenn unsre Führungspersönlichkeit etwas von-"

Ohne Vorwarnung zuckten aus dem azurblauen Himmel donnernd einige Blitze herab, als hätte jemand etwas gegen den geplanten Umsturz in dem kleinen Trupp, alle stoben erschrocken auseinander und flohen vor der rohen Naturgewalt, welche eine geballte Ladung Elektrizität gegen sie einzusetzen schien.

Scheiße, dachte Ron verbittert, gerade jetzt, wo ich sie mit grandiosem Furor fast soweit gebracht hatte, mir die Führungsrolle anzuvertrauen. Noch im Weglaufen ärgerte er sich maßlos, dass ihm das Zusammenspiel physikalischer Kräfte, auch Wetter genannt, in die Politik gepfuscht hatte...

Reik hatte inzwischen die Basis erreicht und wunderte sich über das Ausbleiben seiner Mannschaft. Die in der Ferne zuckenden Blitze trieben ihm Sorgenfalten auf die Denkerstirne...

Von den andern getrennt, außer Atem und noch immer voll Ingrimm über den misslungenen Putschversuch gegen den Captain, ließ sich Ron auf den ockerfarbenen Boden der Tundralandschaft fallen. In dem Moment fühlte er sich wie eine zertretene Kröte, die noch am Stiefel eines übermächtigen Feindes klebte. Sowohl Durst als auch Hunger machten ihm zu schaffen und es stellte sich zudem noch ein selten erlebtes starkes Heimweh ein. Lichtjahre von daheim entfernt, ohne Zukunftsperspektive und mit seinen elementaren Bedürfnissen alleingelassen, kam er sich wie eine verstoßene Ameise vor. Somit erlebte er den ersten Augenblick, in welchem er seinen Entschluss, das Weltall erobern zu wollen, bitter bereute.

Weit davon entfernt ließen sich Buzz und Slim, die beide dieselbe Richtung eingeschlagen hatten, ebenfalls erschöpft nach der Flucht vor   aus heiterem Himmel zuckenden Blitzen auf den weichen Waldboden fallen. Über ihnen rauschten die Wipfel der Nadelbäume und es plumpste ein Zapfen herunter, der sie knapp verfehlte und entfernte Ähnlichkeit zu einer antiken Handgranate aufwies.

"Was hältst du von Rons Ansichten?", wollte Slim wissen, der noch etwas keuchte. In diesem Zustand der Atemnot zu reden entsprach ihm sonst nicht, denn im Grunde war er der Schmallippigste der ganzen Truppe - einer, der kaum zwei Sätze nacheinander ohne Grund sprach.

Als er sich den Schweiß von der Stirn gewischt

hatte, antwortete ihm Buzz: "Scheinbar strebt er den Chefposten an. Aber mit den falschen Fragen kommt er nicht zu den richtigen Antworten."

"Hmm", machte Slim, denn er verstand nicht, was Buzz meinte.

"Wir sollten uns nicht fragen, wie hoch der Preis ist, blind einem Führer zu folgen, da wir als Soldaten nun einmal gedrillt worden sind, dessen Befehle nicht infrage zu stellen. Auch die Frage nach andern Welten scheint mir die falsche zu sein. Wir sollten uns nur fragen, wie wir uns von hier endlich subtrahieren können, ohne weitere Verluste zu erleiden!"

"Das hast du richtig erfasst, ich hätte es nicht schöner, aber kürzer ausdrücken können", gab Slim zu.

"Dann drücke ich gleich noch etwas schön aus: Ron ist supranasal subilluminiert, daher wird er wohl keine Idee ausbrüten können, uns hier wegzubringen."

"Und?", fragte Slim hoffnungsfroh. "Hast DU schon eine Idee?"

Bedrückt schüttelte Buzz nur sein müdes Haupt. "Ich habe nicht die schlankeste Idee!"

Vin und Try hatten ebenfalls eine gemeinsame Richtung eingeschlagen und blieben unter einem einsam stehenden Nadelbaum stehen, um wieder zu Luft zu kommen.

Mit einer Hand lehnte sich Try an den mächtigen Stamm und erkundigte sich bei Vin: "Sag mal, habe ich da etwas falsch verstanden oder hat Ron vorhin an Reiks Kommando-Stuhl gesägt?"

"Das sehe ich genauso. Laut Statuten darf jeder von uns bei einer berechtigten Annahme, der Captain wäre nicht mehr führungsfähig, nach dessen Befehlsgewalt greifen. So wie die Roboter schon davon

Gebrauch gemacht haben, bei der günstigen Gelegenheit, die er ihnen geboten hatte."

"Also von Ron angeführt zu werden, stelle ich mir zwar amüsant, allerdings auch abschreckend vor", überlegte Try. "Der hängt noch immer in der Pubertät fest wie ein Insekt im Spinnennetz."

"Trefflicher Vergleich", lobte Vin Tekashi.

Worauf Try Tonka vorschlug: "Hättest du nicht Lust, unser nächster Captain zu werden?"

"Bevor ich Macht ausübe, streichle ich lieber einen Robot-Dog, das ist einfacher. Die Last der Verantwortung kann zur tonnenschweren Bürde ausarten. Ron überschätzt sich da, er würde es nicht einmal schaffen, eine Schar von Grundschülern zu leiten, geschweige denn uns alle!"

Der, von dem die Rede gewesen war, befand sich hoch im Norden. Kaum wieder etwas zu Kräften gekommen, befühlte Ron den Boden unter sich wie ein Blinder, der sich mit Hilfe seines Tastsinnes zu orientieren versuchte. Hier befand er sich doch schon einmal, erkannte er und erhob sich. Tatsächlich verriet ihm ein Blick in die Ferne die von den Katapulten geschleuderten Felsen, die wie versteinerte Dinosaurier den vor ihm liegenden Weg säumten. Stumme Zeugen einer Niederlage.

Verdammt, träume ich schon wieder oder hat sich wie durch ein Wunder die Landschaft unter meinen Stiefeln gefaltet? Ich kann doch unmöglich die lange Strecke, die wir gemeinsam bis dorthin zurückgelegt haben, in so kurzer Zeit gelaufen sein, fragte er sich und kratzte sich ratlos am Hinterkopf, obwohl einem die Angst bekanntlich Flügel verlieh, oder galt hierorts eine andere Geografie? Andrerseits spielte einem Menschen oft das Unterbewusstsein dumme Streiche, es ließ einem lange Wege kurz erscheinen und umgekehrt, wenn sich die zarte Seele in einem Ausnahmezustand befand, wusste er ganz genau. Und er wusste ebenso, dass die Seele ein selten elastisches Wesen aufbieten konnte, wenn es darum ging, erlebte schlimme Situationen zu verarbeiten und sich bei einer Wiederholung derselben rasend schnell anzupassen...

Bei näherer Betrachtung des Bodens unter seinen Stiefeln fiel ihm jedoch auf, dass dieser ziemlich wellig erschien, so, als hätte er sich einfach zusammengeschoben, was auch die kürzere Zeit erklärte, die verstrichen war, bis er den Ort von Ivans Tod erreicht hatte.

Natürlich kannte er Pietät, doch trieb es ihn aus verständlichem Grund zur Leiche seines Kameraden Ivan Sastro. Als er den betreffenden Felsen erreicht hatte, hielt er kurz für eine Trauerminute inne, ehe er ihn mit seinem Phaser zerstrahlte.

Ein zerquetschter Mensch bot wahrlich keinen schönen Anblick, obwohl es hier keine Insekten oder Würmer gab, die ihn noch ärger deformieren hätten können. Dennoch interessierte Ron brennend, ob der liebe Tote etwas in seinem Besitz hatte, das ihm von Nutzen sein konnte, wie zum Beispiel eine praktische Feuchtigkeitspille, die den Durst für Stunden vertrieb. Immerhin die Uniform von Ivan zeigte sich intakt, nur der Boden drumherum war blutgetränkt. Schnell baute Ron den Energiechip aus, um seinen eigenen Anzug damit aufzuladen. Sastros Armreif wies leider einen Totalschaden auf und gab auf dem zersplitterten Display nur mehr ein armseliges Zerrbild des Bildschirmschoners plus leisen Summton ab. Daher konzentrierte sich Ron auf den Inhalt von Ivan Sastros Uniformtaschen und fand außer dessen Allzweckmesser, welches keinen Schaden genommen hatte, noch ein merkwürdiges Grünzeug, das Ivan wohl aus dem Wald gepflückt haben musste. Es zeigte sich kein bisschen welk und roch nach frischem Gras, wie er es aus seiner Jugendzeit auf der Erde kannte, wo in einigen Großstädten immer noch Parks mit natürlichem Gras zum Verweilen in den Mittagspausen oder bei sehr altmodischen Picknicks einluden. Dieses Grünzeug hatte bei genauerer Betrachtung winzig kleine Pollen an den Enden. Ein Scan mit seinem Armreif zeigte kein Gift an und so schob er es sich in den Mund, da er wusste, wie gierig Sastro auf Rauschmittel sowie alle bewusstseinsverändernden Substanzen gewesen ist. Wenn er so ein Grünzeug bei sich trug, konnte man sicher sein, dass er es nicht als Glücksbringer wie etwa ein vierblättriges Kleeblatt verwendet hatte. Vorsichtig zerdrückte er die Winz-Pollen an seinem Gaumen, lutschte deren bittersüßen Inhalt und harrte der Wirkung.

WAAAUUUU! Eine regelrechte Geschmacksexplosion aller bekannter Geschmäcker auf seiner Zunge verriet ihm sogleich die psychedelische Wirkung des Zeugs, intensive Farben wie aus einem Feuerwerk zischten kaleidoskopartig in seinem Gehirn in schneller Abfolge los, ein Geruch nach betörendem Parfum drang in seine Nase, wohlklingende Musik tönte in seinen Ohren und er fühlte sich unbesiegbar. Das Gefühl der Erdschwere verringerte sich und seine Hormone spielten total verrückt. Plötzlich umtanzten ihn hochgewachsene nackte Frauen mit langen, honigblonden Haaren, erigierten Brustwarzen und ebenfalls blond behaarten Venushügeln; sie vereinten die perfekte Schönheit der Fleisch-Hologramme mit der unbekümmerten Natürlichkeit Schalindas und sangen die süßesten Lieder, deren Sprache er zwar nicht verstand, doch die ihn dazu anregten, wie wild mitzutanzen. Die superschönen Frauen bewegten sich so entfesselt, dass sie sogar die Trauer aus einem Leichenbestatter hätten heraustanzen können.

"Hey, buhlt ihr um mich? Na klar, ich bin der Einzige, der hier ist! Kommt her und fasst mich an!!!"

Sofort näherten sie sich ihm an, so nahe, dass er fast die Atome ihrer wunderschönen Körper vibrieren sehen konnte.

Eine der edlen Grazien hauchte: "Endlich bist du daaa!"

Eine andere wisperte ihm ins Ohr: "Wo bist du nur so lange gewesen?"

Und eine weitere sexy Nymphe flüsterte: "Wir haben auf DICH gewartet!"

Und er fühlte ihre zarten Finger auf seiner Haut unter seiner Uniform, wie eine wohltuende Massage, ihre Zungen in seinen Ohren und ihre Zehen an seinen Schienbeinen. Die Schönheiten berührten ihn an allen Ecken und Kanten seines Körpers - ein emotionaler Overload. Weder Hunger, noch Durst oder Sehnsucht nach Heimat konnte er fühlen, nur pures Glück, hier sein zu dürfen, in einer Abart des mythischen Elysiums, wo kein Schmerz mehr Platz griff, keine Angst mehr die Gedanken einschränkte und kein Feind mehr existierte. Extatisch genoss er den Augenblick, der sich zu dehnen schien.

Es fühlte sich großartig und plötzlich an, als würde er wortwörtlich über sich hinauswachsen, zu einem Riesen werden mit den dazugehörigen Riesenkräften, als könne er mit beiden Händen den azurblauen Himmel über sich erreichen, sich aufschwingen in luftige Höhen, um dort zu fliiiiegen....

Mittlerweile fanden alle verstreut gewesenen Truppenangehörige zurück zu ihrem Captain, außer einem.

"Hat einer von euch Ron gesehen?", erkundigte sich Reik, ohne den Anflug von Besorgnis.

"Er floh gen Norden", bekannte Buzz in die entsprechende Richtung zeigend.

Uki befiel ein mulmiges Gefühl. "Hoffentlich wurde er nicht von einem Felsen aus dem Katapult getroffen."

"Wir suchen ihn später", bestimmte Reik. "Dringlicher ist unser aller Sicherheit. Wir müssen dieses Katapult finden und endlich ausschalten!"

Das sahen alle ein und sie verfügten sich in Richtung der Berge, wo sie die Riesen vermuteten. Reik überlegte auf dem Marsch dorthin, dass Rons Verschwinden ihn eigentlich von dessen subversiven Versuchen, seine Machtstellung zu übernehmen, befreit hatte. Manchmal lösten sich die Probleme von selbst. Denn auf der Liste möglicher Rebellen musste er Ron an die erste Stelle reihen. Von den anderen hielt er keinen für so präpotent, also stand Rons Name als einziger auf der imaginären Liste. Allerdings schwächte ein Mann weniger die Kampfkraft, daher würde er wohl oder übel nach ihm suchen lassen, sobald die Gefahr des Katapults abgewandt war.

Je näher sie den Bergen kamen, umso mehr stieg ihre Nervosität, wer begab sich schon gern in die Höhle des Löwen. Trotzdem legten sie die Distanz bis dorthin in flotten Lauftempo zurück. Wäre es eine Erkundungsmission gewesen, hätten sie die vor ihnen liegende, beeindruckende Berglandschaft so richtig genießen können. Doch es konnte nur ein auf Feindberührung und Kampf ausgerichtetes Kommandounternehmen werden. Endlich kamen sie den Bergen so nahe, dass sie in geringer Entfernung das Ziel erkannten: das Revier der blaubärtigen Riesen.

Len Packham kam ins Schwärmen: "In solchen Höhlen, die den Untergrund wie ein Darm durchziehen, sind oft Schätze verborgen, die im unterirdischen Dunkel darauf warten, gehoben zu werden."

"Das ist nur die Erzmine, in welcher die Riesen alle männlichen Dorfbewohner schuften lassen", erklärte Uki. "Es ist hier so wie bei uns damals auf der Erde - die Großen beuten die Kleinen aus! Scheint ein Universalgesetz zu sein."

"Und wozu brauchen die Riesen das Erz?", forschte Scot Wigfield.

"Was weiß ich, wozu man halt Erz so braucht." Hilfesuchend sah er zu Reik.

Dieser ließ seine Weisheit glänzen: "Soviel ich weiß, benötigte man auf der Erde einst Erz für die Metallgewinnung."

"Aber diese Monster hatten doch gar kein Metall als Waffe", warf Scot ein. "Die bewarfen uns mit Felsbrocken und Steinen!"

"Nun, wie wir leider wissen, bauten sie sich ja ein Katapult, dabei kann ihnen das gewonnene Erz sehr nützlich gewesen sein", fand Buzz.

"Anstatt über die Verwendung von Erz zu referieren, sollten wir uns umsehen, wo die Riesen ihre nächsten Angriffspläne auf uns schmieden", erinnerte sie Reik und gab Befehl auszuschwärmen.

Wenig später entdeckte Kip Linquist einen

Rückzugsort des Feindes und holte winkend den ganzen Trupp wieder zusammen.

Es handelte sich um eine riesige Höhle, in welche genügend Licht einfallen konnte, um auch in den letzten Winkel zu sehen. Diese Höhle hatte die Ausmaße eines Flugzeughangars, völlig leer - von einem Katapult keine Spur -, jedoch mit den Fußspuren der Riesen auf dem staubigen Boden. Sie schienen sich alle in großer Eile zurückgezogen zu haben, wohin auch immer. Das beruhigte die Männer etwas. Was sie allerdings an den Wänden sahen, ließ ihnen das Blut in den Adern stocken: fein säuberlich hatte ein unbekannter Künstler ihre Umrisse in den Felsen geritzt, zirka sieben Zentimeter tief, was bei den harten Wänden eine beachtliche Leistung darstellte. In Lebensgröße fanden sie sich alle verewigt, doch zwei von ihnen waren mit einem großen X aus offensichtlichem Grund durchgestrichen.

"Das sind Pole und Ivan", rief Buzz aus. "Ist unschwer zu erkennen."

Al fühlte eine Gänsehaut in sich aufsteigen. Offensichtlich hatten die Riesen hier eine Art Abschussliste eingraviert.

"Bei unseren Urahnen im Neandertal gab es dereinst auch solche Höhlenzeichnungen", fiel Buzz ein. "Sie malten sich selbst, ihre Hände und das Wild, das sie mit Speeren erlegten. Manche malten sogar Figuren, die aussahen wie die ersten Astronauten mit aufgeplusterten Anzügen."

"Jaja, Riesen sind auch nur Menschen mit schlechter Laune", scherzte Uki, was ihm sofort einen kritischen Blick seitens des Captains eintrug.

"Willst du Ron vertreten, indem du blöde Witze reißt?"

"Captain", brachte sich Try ins Gespräch ein. "Da gibt es doch so einen uralten Spruch, der da heißt: Wenn du sie nicht besiegen kannst, dann verbünde dich mit ihnen."

"WAS?" Reik vermeinte seinen Lauschorganen nicht trauen zu dürfen. "Du wagst es, die riesenhaften Kreaturen als unbesiegbar darzustellen und mir anzuraten, denen eine Zusammenarbeit anzubieten???"

"Nur zum Schein!", beeilte sich Try, seinen Rat zurechtzurücken. "Wenn wir denen unsre Mitarbeit vorgaukeln, dann können wir sie KRK!" Beim letzten Wort, das einem atonalen Kehlkopflaut glich, machte er mit der rechten Hand auf Höhe des Halses einen scheinbaren Zugriff.

"Verstehe", nickte Reik, der sich rasch beruhigt zu haben schien. "So eine Art von Kriegslist, was?" Auf ein Nicken Trys fuhr er wieder ägriert fort: "Dazu müssten die Monster jedoch unsre Sprache beherrschen und das Minimum von menschlichen Manieren besitzen. Doch davon habe ich bisher bei denen nicht das geringste bemerken können."

Damit war der Plan von einer Scheinzusammenarbeit mit dem Feind auch schon wieder Geschichte. Es hätte auch einer soliden Grundlage, wie zum Beispiel einer gemeinsamen Zukunftsperspektive bedurft, damit er hätte klappen können, oder auch dem Vorhandensein einer aktuellen Regierung, die ihn unterstützt hätte.

Zwar schonte der Captain den vorwitzigen Try vor einem gröberen Rüffel, fragte sich in dem Moment jedoch, ob es einen Gott gäbe, der diesem Untergebenen ins Gehirn geschissen haben könnte, oder ob Trys Jugend auf dem Mars für seine geistige Entwicklung a la longue schädlich gewesen sei.

"Da der Feind offenbar von hier geflohen ist, werden wir uns in zwei Gruppen teilen", ordnete Reik an. "Buzz, du gehst mit Slim, Scot und Len Richtung Westen, während ich mit Try, Al, Uki und Vin nach Osten vorstoße. Kip, du gehst Richtung Norden, um nach Ron zu suchen. Wir treffen uns in..." Er sah kurz auf seinen Armreif. "...exakt fünf Stunden ab jetzt wieder hier zwecks Berichterstattung und weiterer ausführlicher Manöverbesprechung!"

"AYE CAPTAIN!"

Ernüchterung

Als Ron aufwachte, lag er unter der sengenden Sonne, sah Sternchen vor seinen Augen wie nach einem Schlag auf den Kopf und spürte einen schalen Geschmack im Mund. Seufzend blinzelte er in das grelle Zentralgestirn, dessen Helligkeit ihm schnell Tränen in die Augen trieb. Dann befühlte er vorsichtig seinen Kopf nach einer Beule, doch fand er keine Verletzung. Das war vielleicht ein ultimativer Trip, dachte er sehnsüchtig, als er sich mühsam hochrappelte. Fürwahr ein Trip, welcher nach einer baldigen Wiederholung rief, leider aber auch unerwünschte Nebenwirkungen zeigte. Seine Blase meldete ihm die bevorstehende Entleerung, also gab er dem Drang auf wackeligen Beinen nach. Was da jedoch aus seinem Glied herausfloss, brannte wie Salzsäure und war grün wie Absinth.

PUHHH! Nun überkam ihn eine Stimmung wie bei einem Begräbnis, von dem er hoffte, es wäre nicht sein eigenes. Auf allen vieren krabbelte er zu Ivans Leiche, um in dessen Uniformtaschen nach einer weiteren Portion des komischen Grases zu suchen, seinem zweiten

Ticket in die Happy-Welt. Sich schon beglückwünschend, dass er endlich begriffen hatte, was sein toter Kamerad unter WEGIMAGINIEREN verstanden hatte, filzte er ihn mit der Akribie eines Exekutivorganes auf der alten Erde. Bedauerlicherweise wurde er diesmal nicht fündig.

Einerseits ganz gut, sagte er sich, denn das Kraut macht mich noch alle! Andererseits hatte es Ivan scheinbar nicht so sehr zugesetzt wie mir - obwohl ... bei dessen Genussmittelverbrauch ist er natürlich geeicht und ich ein Novize.

Gegen die Entzugserscheinungen kämpfend versuchte er es dennoch ein zweites Mal mit der peniblen Durchsuchung von Ivans Uniform und siehe da, er fand in den Ärmelaufschlägen noch einige weitere dürre Halme mit wenigen Pollen dran, die er sich sogleich einverleibte.

Im Westen fanden Buzz und seine Kameraden keine Spur von den Riesen oder einen Hinweis auf Katapulte, die sie vor sich herschieben oder hinter sich nachziehen mussten. Es schien sich größtenteils um Ödland zu handeln, das nur hin und wieder von einem der Nadelbäume aufgelockert wurde. Der karge Boden schien schon lange kein Wasser mehr gesehen zu haben, stellenweise zeigte er schon Sprünge.

Len Packham stolperte über ein aufgeworfenes Randstück des verdorrten Bodens und wollte mit einer Frage seine Unachtsamkeit überspielen: "Was haltet ihr von Ron? Der ist doch pervers, oder etwa nicht?"

Schulterzuckend antwortete ihm Buzz: "Sein Charakter war nie besonders robust, sein knorriger Charme nie herzerwärmend, dennoch würde ich ihn nicht gleich als pervers abstempeln, eher als obstinat. Als jemand, der einen Raum mit negativer Spannung auflädt, wenn er ihn betritt."

Eine ähnlich abwertende Ansicht hegte im Norden Kip gegen ihn, der vom Captain den Auftrag, Ron alleine zu suchen, als Überforderung empfand. Seinen kantigen Kameraden fand Kip im Grunde nicht der Mühe des Suchens wert, denn seiner Ansicht nach hatte dieser etwas Anarchisches, das sich gern Autoritäten widersetzte. Ein Dilemma befiel ihn: sollte er die Suche einfach aufgeben und deren Aussichtslosigkeit melden oder fortsetzen, da im Kampf gegen die Riesen jeder Mann gebraucht wurde? Die Laufgeschwindigkeit beizubehalten fiel ihm unter der prallen Sonne auf dem harten Boden der Landschaft immer schwerer.

Im Osten bot sich dem Captain und seinen Untergebenen ein etwas freundlicheres Bild von ausgedehnten Grasflächen, deren Halme im leichten Wind wehten und so immer neue Muster unterschiedlicher Grüntöne auffächerten - ein hübsches Naturschauspiel.

"Direkt romantisches Gelände", bemerkte Al. "Jetzt fehlten uns nur noch die dazupassenden Begleiterinnen."

"AL", rief ihn Reik zur Ordnung. "Wir sind praktisch immer im Dienst, begreif das endlich! An so etwas wie ein Privatleben zu denken, können wir uns derzeit gar nicht leisten!"

Nun sah Al ziemlich geknickt aus, kam klammheimlich ins Philosophieren, ob sie alle denn nur biologische Computer seien, die den physikalischen Gesetzen unterworfen sind, welche die ganze Zeit vorherbestimmen.

Ziemlich betrübt dachte Uki an seine Orgie mit

den kleinen Weibchen, die ihm und Ron so ausgiebig Lust gespendet hatten, und freute sich dann insgeheim diebisch, dass der Captain davon noch immer nicht die leiseste Ahnung hegte...

Endlich hatte Kip Linquist Ron gefunden, der scheinbar orientierungslos herumtaumelte, obwohl taumeln nicht das richtige Wort schien, er tänzelte vielmehr herum, als stünde er in einem Ballsaal voll mit aufgetakelten Debütantinnen, denen er allen gemeinsam seine Aufwartung gleichzeitig machen zu wollen schien.

Mit großer Hast näherte sich Kip und rief schon von weitem: "RON!"

Aus den unendlichen Weiten des Alls vermeinte Ron, in dessen Kopf es summte und in dessen Ohren es klingelte, seinen Namen erschallen zu hören, doch konnte er immer noch nicht ausnehmen WER oder WAS da nach ihm rief und sehen konnte er leider auch nur Sterne, die wie ein Feuerwerk aufpoppten und sich in tausende kleine Funken auflösten.

Endlich hatte ihn Kip erreicht und fasste ihn von hinten an der Schulter an, wobei er einen Schwall von Vorwürfen losließ: "Du arroganter Volltrottel, ich musste dich suchen! Wo warst du denn so lange? Was soll der Tanz?"

Plötzlich spürte Ron eine zentnerschwere Last auf seiner rechten Schulter, unverständliche Laute hinter seinem Rücken prasselten auf ihn ein und ein heißer Atem wehte in seinen Nacken. In Sekundenschnelle reagierte er reflexartig, vollführte eine rasante Drehung um 180 Grad, machte noch einen tänzelnden Schritt und fuhr abrupt die linke Hand zur Faust geballt kerzengerade in das Zielgebiet. UND VOLLTREFFER! Die Nase seines vermeintlichen Angreifers brach mit dem

knackenden Geräusch weichen Holzes und verwandelte
sich ad hoc in einen blutenden Wasserhahn.

"Verdammte Scheiße! Bischt du irre oder wasch?",
fluchte Kip und hielt sich seine marode Nase in dumpfem
Schmerz, die nicht aufhören wollte zu bluten.

"Kip?", vergewisserte sich Ron, der seinen Augen
noch nicht trauen wollte. "Wie kommst du denn plötzlich
in mein Paradies?"

"Welsches Paradiesch, du Paralytiker?", ärgerte
sich Kip, holte aus einer seiner Uniformtaschen den
Dämpfer heraus, das Medizin-Tool, welches zur
Behebung kleiner Wunden konstruiert worden war und
nur wenig Platz einnahm, dafür jedoch große Wirkung
zeigte, denn sein Schmerz ließ nach und die Blutung
stoppte. Allerdings würde er fürderhin mit griechisch-
römischem Profil durch die Gegend wandern müssen.

"Wach ich oder träum ich, Kip?"

Keinen Widerspruch duldend forderte er Ron
herrisch, wenn auch leicht sprachbeeinträchtigt auf: "Du
kommscht jetsch schofort mit mir mit zum Captain, dem
du Berischt über deine Extra-Tour abliefern wirscht,
verschtanden?"

"Das muss wieder so ein hirnverbrannter Traum
sein", sagte Ron zu sich selbst, während sich Kip noch an
der Nase herumfummelte.

"Esch ischt kein Traum!", versicherte er ihm nasal
nuschelnd.

"Wie heißt der Lange eigentlich mit Vornamen?
Damian oder doch Blödian, hähä?", spottete Ron.

"Mach disch nischt über ihn luschtig", warnte Kip,
wobei er noch stark näselte, die innere Schwellung würde
wohl noch etwas anhalten.

"Sag mir seinen Vornamen!"

"Ich hab ihn vergeschen."

"Du Trottel!" Schon holte er zu seinem nächsten Schlag aus, doch Kip trat ihn herzhaft in den Bauch. "UUUH!" Schmerzverzerrten Gesichtes sackte er zusammen. Zwischen seinem Trip und der Einkehr zur Normalität lag eine Kluft, die kein Gefühl zu überbrücken vermochte. Seine Empfindungen schienen jede Ordnung fliehend. Das Chaos in seinem Kopf strebte nach Perfektion.

"Zum letzten Mal: Komm mit zum CAPTAIN!"

Schuldbewusst nickte Ron nur, da er erkannt hatte, sich in der traurigen Realität zu befinden, und trabte widerwillig und etwas ausgelaugt hinter Kip her. Auf dem langsamen Weg zurück zum vereinbarten Treffpunkt des versprengten Trupps gab es reichlich Gesprächsstoff und viel Erklärungsnot für ihn. Dabei öffnete er sich mehr als beabsichtigt, denn als ihn Kip fragte, was seine ständige Revolte gegen Reik sollte, bekannte er: "Wenn ich mit dem Langen rede, befällt mich das miese Gefühl meinen überkritischen Eltern Rechenschaft ablegen zu müssen. Das ist der Nachteil der Age-Stopp-Pille, die verlorene Vergänglichkeit des Fleisches, wodurch du deine pingeligen Erzeuger niemals loswirst. Sie entpuppen sich mit ihrer unerwünschten Einmischung in dein Leben als treibende Kraft, die dich raus ins Universum treibt auf der Suche nach einem Planeten, wo sie keinen Zugang finden und du endlich ohne Altlasten von vorne anfangen kannst..."

Ohne Fahrzeug sah der Captain seinen Aktionsradius zu eingeschränkt, als dass er Lust zur Weitersuche verspürte. "Kehren wir um! Das Gewicht der Katapulte hätte in diese Grasflächen deutlich sichtbare Schneisen gezogen."

Schon etwas vor der angegebenen Zeit kehrten alle zum ausgemachten Treffpunkt in die Höhle zurück und staunten nicht schlecht. Ron über die Wandmalereien und der Captain über dessen prekären Zustand.

"Nanu", sagte Reik mit einem Schmunzeln um den sonst eher verkniffenen Mund, "Ron, du siehst echt heruntergekommen aus."

Der bloße Anblick seines Captains verursachte ihm schon nichts als Verdruss, zusätzlich zu den Entzugserscheinungen würgte ihn ein Kloß wie ein Geschwür im Hals, sodass er gar nicht reden konnte.

"Kein Wunder", verpfiff ihn Kip sogleich, wohl auch aus Wut über sein gebrochenes Riechorgan, "er hat Ivans Leichnam die letzten Drogen aus den Taschen konsumiert, der Leichenfledderer! Und dann hat er sich noch über seine anspruchsvollen Eltern beschwert, die er wohl zur Verzweiflung getrieben hat."

"Aha, und so einer stellt Ansprüche auf meinen Posten", amüsierte sich Reik. "Dabei bräuchte er nur eine Familienaufstellung beim Krisen-Roboter."

"Ich bin kein Umstürzler, Captain, nur ein Opfer widriger Umstände!"

"Und ein williges Opfer von Ivans Drogen! Hat mir der Kerl also nicht alles Kolka ausgehändigt!"

"Doch, allerdings fand er im Wald ein seltsames Gras, dessen Eigenschaften er sich zunutze machte", erklärte Ron und schniefte. Der Rest, von dem was sich noch in seinem Blut befand, schien über die Nasenschleimhaut den Körper verlassen zu wollen.

"Hm, eins muss ich dem lieben Toten lassen, er hatte ein untrügliches Gespür für bewusstseinsverändernde Substanzen. Womöglich hätte er auch aus zermörsertem Stein noch eine Art von Kolka-

Ersatz herstellen können", konstatierte Reik.

"Das Gras hat eine wunderbare Wirkung und lässt einen all die irdische Qual vergessen", murmelte Ron in Erinnerung daran.

"Also los, Ron, berichte mir von deinen Visionen", forderte ihn der Captain forsch auf.

"Um der erlebten Situation gerecht zu werden, muss ich aber lyrisch sein", begann er mit einem verträumten Blick. "Es fühlte sich wie der Himmel auf Erden an, eine Art von Elysium wie es unser bekanntes Kolka niemals zustandebringen kann. Die schönsten Frauen umtanzten mich in einer Klangwolke, die den höchsten Sphären der uns bekannten Musik entsprach und ich konnte ihre Berührungen spüren, sodass es mir sogar einen Orgasmus verursachte, besonders als-"

"DAS REICHT!", stoppte ihn Reik mit einem drohenden Glitzern in den Augen. "Wir brauchen keine detaillierte Schilderung deines Sexuallebens, du Antiheld!"

"Aber ich folge doch nur Ihrer Aufforderung", verteidigte er sich.

"FALSCH! Du fabulierst hier etwas zusammen, um deinen Kameraden einen Appetit auf das miese Grünzeug zu machen, obwohl es dich ganz offensichtlich einiges deiner Substanz gekostet hat! Ein beginnender körperlicher Verfall ist der Preis für deine Fata Morgana!!! Du siehst einfach beschissen aus! Und das ist keine Beleidigung, sondern eine Tatsache! Alles, was ich wollte, war zu hören, dass du eine Halluzination hattest, KAPIERT?!"

"JAWOLL CAPTAIN", brüllte Ron zurück. "ICH HATTE DIE SCHÖNSTE HALUZINATION MEINES BESCHISSENEN LEBENS!!!"

"SCHNAUZE! SONST BEISST DU ANDERS INS GRAS ALS DIR LIEB IST!!!"

Beide hatten sich so angebrüllt, dass ein unangenehmes Echo in der Riesenhöhle vernehmlich wurde. Die Wände schienen leicht zu vibrieren und einige kleine Steinchen bröselten von oben herab.

Buzz bemerkte es als Erster und mahnte: "Achtung Captain, die Höhle scheint dem Schall Ihrer Stimme nicht gewachsen zu sein."

Darauf aufmerksam gemacht, horchte Reik kurz hin, hörte ein Rieseln von weiteren Steinchen und rief: "ALLE RAUS HIER!"

So schnell sie konnten rannten sie aus der Höhle und das war keine Sekunde zu früh, denn hinter ihnen brach deren oberer Teil ein, sodass sie eine gewaltige Staubwolke samt einer Gerölllawine nach draußen begleitete. Es grenzte an ein Wunder, dass keiner der überraschten Männer von den teils großen Felsbrocken erwischt worden war.

"Das war arschknapp!", entkam Reik, der seine Aufregung schwer verbergen konnte. Bei zunehmender Bedrängnis durch äußere und innere Kalamitäten fiel es ihm nicht leicht, den coolen Captain zu geben. "Wenn du denkst, du bist dadurch meinem weiteren Anschiss entkommen, Ron, dann täuscht du dich gewaltig."

Betroffen fiel dessen Blick zu Boden, schuldbewusst schürzte er die Lippen und zog die Schultern leicht hoch. Zum ersten Mal fühlte er sich als bisheriger Siegertyp auf der Verliererstraße.

Irgendwie tat Uki sein Kamerad & Geheimniskumpan leid, wie er so vom Chef zur Sau gemacht wurde, und deswegen versuchte er ein kleines Ablenkungsmanöver: "Ähm - Captain, mir kam vorhin schon so ein Verdacht!"

"WAS?" Reik wandte sich verwundert zu ihm um.

"Ja was, wenn die Riesen ihr Katapult zerlegt haben. Ich meine, Sie sprachen von einer Schneise, die wir hätten sehen müssen, aber wenn der Feind die einzelnen Teile einfach mit sich getragen hat, dann fänden wir keine Schneise."

"Hm, das stimmt, aber immerhin Fußabdrücke, denn mit diesen Teilen wären die Riesen dann schwerer und würden im Grasboden einsinken."

"Stimmt auch wieder, außer, der Boden hier hätte eine besondere Elastizität."

"Das ist gar nicht so dumm, was du da sagst, Uki", bemerkte Reik mit einer Spur von Anerkennung in der Stimme. "Ich schätze Untergebene, die mitdenken wo es nötig ist. - Was man von dir nicht behaupten kann, Ron!"

Durch die schnelle Drehung des Captains zu ihm etwas erschrocken meinte dieser nur mit einer fahrigen Handbewegung: "Gnade, Captain! Ich fühle mich gerade so, als würde ein ganzes Heer von rabiaten Riesen im Stechschritt durch mein Gehirn trampeln." Innerlich noch ziemlich durcheinander wusste er: nichts fühlte sich je so phänomenal an wie dieser Extrem-Trip, nichts so elend wie die Leere und das dumpfe Hämmern im Hirn danach. Die Ungerechtigkeit der Welt bestand darin, für die Extase immer in harter Währung der totalen Erschöpfung und Maßregelung durch andere zahlen zu müssen...

"Dann lass dir das für weiteren Drogenkonsum eine Lehre sein!" Mit gerümpfter Nase wandte sich Reik wieder den anderen zu. "Und wir suchen weiter nach irgendwelchen verwertbaren Spuren unserer Feinde, sie können nicht ohne die kleinste Hinterlassenschaft verschwunden sein."

"Also ich fand vorhin im Gras ein blaues Haar", meldete sich Try, während er sein linkes Handgelenk zeigte, um welches er es gewickelt trug. "Dick und reißfest, sodass man es als Zwirn oder Bindfaden verwenden kann."

"Und das sagst du mir erst jetzt?", warf ihm Reik mit entgeistertem Blick darauf vor.

"Ich fand es nicht so wichtig. Tut mir leid."

"Egal! Nächstes Mal machst du sofort Meldung!", rügte ihn Reik und wandte sich dann allen zu. "Dann war ich also auf dem richtigen Weg. Ihr Vorsprung ist nun so riesig wie ihr Körperwuchs. Wir bräuchten einen fahrbaren Untersatz!"

Uki stieß Ron in die Seite: "Pfeif doch noch einmal so, wie bei unserer Nachtschicht, wo auf einmal der Viehwagen daherkam."

"Füühhh", pfiff Ron gehorsam in der gleichen Tonlage wie damals.

"Und was passiert nun?", wollte Reik wissen.

"Wenn es klappt, dann kommt der Wagen mit den vier pferdeähnlichen Tieren zu uns." Uki sah angespannt in die Richtung, aus der er den Wagen herbeisehnte. "Hm, möglich, dass die Tiere den Pfiff nicht hören können."

"Normalerweise haben Tiere einen viel besseren Gehörsinn als wir", meinte Vin naseweis.

"Wenn ihr die Tiere meint, die ich in dem Dorfstall gesehen habe, dann werden sie eine Weile brauchen, bis sie hier sind", sagte Slim Hubble.

"Ich sehe aber schon eine Staubwolke am Horizont", meldete Scot.

Tatsächlich schien sich etwas dem Trupp in den Bergen zu nähern, das eine Menge Staub aufwirbelte.

Komisch, dachte Ron, ich hätte schwören können, dass wir bei unserer Fahrt auf dem wackligen Ding kein Stäubchen aufgewirbelt haben und es viel länger dauerte, bis wir hier bei den Bergen waren.

"Das ging aber verdächtig schnell", sprach Uki aus, was sich Ron gerade ausgemalt hatte.

"Es könnte das sein, was der alte Einstein Zeitdilatation nannte", meldete sich Slim. "Hier laufen die Prozesse einfach anders ab."

"Was, wenn die Riesen hinter der Wolke stecken?", forschte Al.

"Wir verlegen uns auf Guerilla-Taktik!", beschloss Reik. "Kein offener Kampf mehr! Anschleichen, auslöschen!"

"Puh", entkam Ron.

"Natürlich verursacht ein harter Führungsstil mit neuer Kampftaktik Nebengeräusche larmoyanter Mitläufer", sprach Reik weiter und warf Ron kurz einen scharfen Seitenblick zu, "wird uns alle jedoch dem Sieg und der Ausrottung des Feindes ein gewaltiges Stück näherbringen!"

"Man wird wohl noch seine Meinung sagen dürfen!", klagte dieser.

"Ihr könnt euch den Luxus einer eignen Meinung nicht leisten", schärfte ihnen der Captain misslaunig ein. "Nehmen wir Deckung hinter dem Schutt, der aus der Höhle gekommen ist."

Alle versteckten sich schnell hinter einigen großen Felsenbrocken, die zum Teil aus der eingestürzten Höhle gerollt sind.

Wenig später stand fest: keine Gefahr! Der von den vier braven Zugtieren gezogene Wagen, kam kurz vor dem Geröll zum Stillstand und die wackeren Männer kamen hervor, um aufzusteigen.

"Archaisch aber immerhin brauchbar", lobte Reik. "Aber wie befehligt man diese Tiere?"

"Bei Pferden schreit man immer HÜAH!", wusste Kip.

Kaum hatte er das Kommando von sich gegeben, da trabten die Tiere auch schon los und dazu noch in die gewünschte Richtung quer durch die Graslandschaft, in welcher Try das verräterische Riesenhaar gefunden hatte.

"Die Viecher scheinen unsre Gedanken lesen zu können", flüsterte Ron in Ukis Ohr.

"Na zum Glück können die nicht reden", erwiderte er mit schrägem Blick.

Nach einiger Zeit der entspannenden Fahrt hindurch der sich im Wind wiegenden Grashalme, kamen die Männer auf dem Wagen fast bis ans Ende der grünen Landschaft.

"Captain, ich müsste mal austreten", meldete sich Al verstohlen.

"BRRR!", machte Reik, der wohl auch schon einmal mit Pferden zu tun gehabt haben musste, worauf die Tiere anhielten und sich einige der Grashalme einverleibten. "PAUSE!"

Alle sprangen von dem rustikalen Gefährt runter.

"Danke, ich melde mich ab zum Rasensprengen", sagte Al und eilte von den andern fort, um sich zu erleichtern.

Inzwischen patrouillierte Len Packham an der Grenze zwischen Gras und Steinboden herum, meldete dann erfreut: "Captain, hier ist eine Schiene im Stein! Scheinbar um den Wagen noch schneller zu machen."

Sofort nahm Reik die Entdeckung in Augenschein und stimmte ihm zu: "Richtig erkannt, Len! Die

Vertiefungen im Boden entsprechen genau dem Abstand der Räder."

Bei dem Blick in die Ferne sah er hohe Berge, merkwürdig abgeflacht an den Spitzen.

"Das nennt man Tafelberge", protzte Scot Wigfield mit seinem Wissen.

"Bald wird es dunkel, wir sollten Schutz vor dem aufkommenden Sturm zum flotten Sonnenuntergang suchen", schlug Slim Hubble vor.

"Das Gras kann man essen", freute sich Ron, der sich einige der saftigen Halme schmecken ließ. "Sogar ohne dabei die kleinste Vision zu haben!"

"Das höre ich gern", sagte Reik. "Dann pflücken wir uns einige Büschel als Verpflegung und fahren auf der praktischen Schiene soweit bis wir zu einem Unterschlupf kommen."

Mit der vegetarischen Verpflegung in der Tasche stiegen die Männer wieder auf und ohne, dass ein weiterer Pfiff oder Hüah-Ruf nötig war, setzten sich die Zugtiere in Bewegung, sodass sie mit dem Wagen genau in die Schiene am Steinboden gelangten, worauf die Fahrt noch ein wenig schneller als davor weiterging. Auf Reiks Augen bildete sich sogar ein Wasserfilm wegen der hohen Geschwindigkeit. Bald verließ die Tränenflüssigkeit seine optischen Organe und es wirkte fast so, als weinte er.

Nach zirka einer knappen Stunde kamen sie an einen kleinen Steinhügel, bei dessen Ansicht die Tiere sogleich langsamer wurden. Offenbar hatten sie die Strecke schon öfters zurückgelegt und dieser kleine Hügel - kaum 20 Meter hoch - bildete ihre Station.

Sportlich wie er war sprang Reik vom ausrollenden Wagen ab und erkannte, dass der Steinhügel eine gut einsehbare Höhle bot, in welcher sogar eine kleine Quelle sprudelte und in einem schmalen Rinnsal seitlich auslief.

"Wir werden hier übernachten, damit wir morgen frisch für die Weiterfahrt sind", befahl er, scannte die Quelle auf ihre Unbedenklichkeit und stillte als Erster seinen Durst.

"Das ist ja wie für uns bestellt", scherzte Ron.

Ohne ihn einer Bemerkung zu würdigen führte Reik eine Hand an seine Stirn, um sich im Licht der untergehenden Sonne noch einmal die noch weit entfernte Bergformation anzusehen. Einerseits imposant, andererseits ein wenig gespenstisch.

"Sieht nicht sehr einladend aus", wagte Buzz kundzutun.

"Darauf können wir keine Rücksicht nehmen", belehrte ihn Reik. "Schließlich hat uns auch keiner auf den Planeten eingeladen."

Den allabendlichen Sturm konnten sie bequem in der Höhle abwarten. Im Inneren hörte sich das Heulen fast wie altertümliche Äolsharfen an. Keiner sprach ein Wort, nicht einmal Ron ließ sich zu einem Witz hinreißen, sondern dachte nur an sein sexuelles Abenteuer mit Schalinda. Uki hingegen hätte ganz gern mit seinem Fleisch-Hologram interagiert, beschwerte sich jedoch nicht über die aufoktroyierte Askese des Captains.

Len Packham meldete sich freiwillig zur Nachtwache und alsbald schlummerten seine Kameraden und der Captain von dem mitgebrachten Gras gesättigt friedlich ein.

Leider verging die Nacht viel zu rasch und als sie endlich wieder auf dem Weg Richtung Gebirgsmassiv waren, fühlte sich Ron wie gerädert.

Traumhaft sauber

Die Peripherie am Horizont stellte mit hoher Wahrscheinlichkeit keine abgeflachten Berge dar, sondern es musste sich um gigantische Gebäude handeln. Zielstrebig fuhren sie auf dem Viehwagen in deren Richtung und kamen bald ans Ende der Schiene auf eine scheinbar asphaltierte Straße, die noch ziemlich neu aussah und genau dorthin führte, wohin sie wollten.

Je näher sie kamen, desto mehr erkannten sie, was sich ihren faszinierten Augen in respekteinflößender Erhabenheit erschloss: Eine Art von steinerner Festung, die am Eingang ein weit offenes Tor aus Holz zum Eintritt aufbot. Es schien sich um eine verlassene Garnisonsstadt zu handeln, mit dem spröden Charme von Kasernen. Also machten sie sich voll Neugierde und Entdeckergeist daran, durch das Tor zu marschieren und sich die scheinbar verwaisten Gebäude dahinter anzusehen. Diese präsentierten sich bei dem Eintritt der elf Fremden abweisend und unheimlich. Allen Gebäuden fehlte ein entscheidendes Detail für den Wohnkomfort: die Fenster. Wie blinde, steinerne Zeugen einer lang zurückliegenden Zeit standen sie zum Empfang ihrer unerwünschten Gäste bereit. Eines schien sie alle besonders beeindrucken zu wollen.

Captain Reik zeigte darauf, meinte zuversichtlich: "Sehen wir uns das Bauwerk dort hinten genauer an. Es scheint von fortschrittlichen menschlichen Bewohnern konzipiert worden zu sein. Fulminant!"

Das pompöse Gebäude hatte ineinander übergehende Strukturen mit vielen eingearbeiteten Porträts von Humanoiden, die alle faziale Dysmorphien

wie hohe Stirnen, kleine Münder und spitze Kinne
zeigten. Das trübte ein wenig das Bild von menschlichen
Bewohnern und zeugte eindeutig von einer viel
moderneren Bauweise als alle übrigen von den
Einheimischen gebauten Unterkünfte. Bei der
Konstruktion mussten diverse Werkzeuge zum Einsatz
gekommen sein, die unmöglich von den primitiven
Bewohnern erfunden worden sein konnten. Von der
Fassade starrten die fremdartigen Gesichter wie ein Senat
von Richtern, die über die Neuankömmlinge bald ein
Urteil fällen wollten, und zwar ein abschlägiges.

Die Stimmung der Ergriffenheit störte Ron einmal
mehr mit einer anzüglichen Bemerkung: "Den ersten
Preis bei einem Schönheitscontest hätten diese
komischen Visagen nie gewonnen!"

"Das kommt ganz darauf an, wer in der Jury sitzt",
wies ihn Reik harschen Tones zurecht, "aber für jemand,
der sich für das Maß aller Dinge hält, ist das wohl
unbegreiflich!"

Endlich kriegt der Angeber einen Verweis, freute
sich Kip diebisch. "Schweigen ist Gold!"

Ungerührt erklärte Ron: "Olfaktorisch ist das
Gebiet auffällig - es stinkt!"

Keiner antwortete ihm, vor allem, weil auch kein
Gestank vernehmbar war, alles schien sogar sehr
geruchlos. Schließlich rissen sie sich los von dem
bizarren Anblick der steinernen Fratzen und entfernten
sich von dem seltsamen Gebäude.

Umgeben war es von figuralen Bauwerken, die
einfachen Kuben, aber auch gedrehten
Pyramidenstümpfen und verschachtelten Quadraten mit
aufgesetzten Zylindern nachempfunden schienen. Hier
schien dereinst die feudale Obrigkeit des Planeten

residiert zu haben. Fernab der so harmlos pummeligen
Landbevölkerung und der aggressiven Riesen, schien hier
eine schöngeistige Elite geherrscht zu haben, die sich -
wohin auch immer - zurückgezogen haben dürfte. Was
allen auffiel, war die fast geleckte Sauberkeit zwischen
den Gebäuden, so, als hätte ein emsiger Kehr-Roboter
gerade seine Aufräumschicht beendet. Kein Stäubchen,
kein Blättchen, kein Fusselchen, kein Müll irgendwelcher
Art, kein Garnichts.

Wie in Trance liefen sie durch die steril
scheinenden Gassen. An einer schmucklosen
Hausfassade im Zentrum fand Al Prong eine fremdartige
Inschrift, ähnlich asiatischen Buchstaben, die er mit
seinem Armreif beim Scannen folgendermaßen
übersetzte: "Euer Geist soll nicht festhalten an
Wünschen, Angst & Schmerz. Reichtum belastet nur das
Herz!"

"Was für ein esoterischer Quatsch!", maulte Ron.

"Mann, hast du noch nie vom hermeneutischen
Zirkel gehört?", beanstandete Uki. "Der
widersprüchlichen Interpretationsversuche und der
geisteswissenschaftlichen Bemühung zu ihrer
Überbrückung?"

Ungeachtet dieses überflüssigen Kommentars samt
dessen hochtrabender Entgegnung übersetzte Al weiter:
"Dem großartigen SB gewidmet."

"Was heißt SB?", wollte Try wissen.

"Vielleicht Son of a Bitch!", schätzte Ron.

"Nein, da hieße die Abkürzung doch SOB!",
verbesserte Uki sogleich.

"Ich hab's", meldete sich Kip nach einiger
Überlegung, "Supreme Beeing! Einem höheren Wesen,
wenn nicht dem höchsten Wesen gewidmet!"

"Ja, darin liegt eine gewisse Logik", fand auch Reik.

"Also ein Götzenkult", fasste Al zusammen.

"Woher willst du wissen, dass es ein Götze war, dem hier gehuldigt wurde?", erkundigte sich Buzz. "Es kann entweder ein Gott oder ein Astronaut gewesen sein, den die Bewohner dafür hielten."

"Eventuell hat er sie von hier abgeholt", kombinierte Slim.

"Die hat keiner abgeholt", protestierte Ron sogleich, "die sind alle ausgestorben mangels Luftzufuhr. Seht euch doch die Gebäude an, keines hat auch nur ein einziges Fenster! Und ich wette, auch keine Klimaanlage!"

"Möglich wäre doch, dass sie aus einer Zeit stammen, in der die Luft hier noch nicht so sauerstoffreich war", regte Slim an. "Oder kurz nach einem Atomkrieg errichtet worden sind."

"Hätte hier ein Atomkrieg stattgefunden, hätte die Sonde noch Spuren davon gefunden", erinnerte Buzz.

"Es könnte aber auch eine Total-Dekontamination stattgefunden haben", meinte Len Packham.

"Oder es ist nur die große Bausünde einer miesen Architektur-Epoche", scherzte Kip Linquist.

"Auf mich wirken die Häuser wie Gefängnisse", stellte Uki Ulumba fest.

"Warum wurde hier jemand eingesperrt und wohin sind die Sträflinge jetzt gebracht worden?", fragte Vin Tekashi.

"Das ist leicht", glaubte Ron zu wissen, "wegen Rebellion wurden sie verknackt und nach Zwangsarbeit und Dunkelhaft haben sie entweder den Geist aufgegeben oder das Strafende erreicht!"

"Die Frage ist doch, wie wir einen Vorteil aus diesem Ort ziehen können", meinte Try Tonka.

Scot Wigfield schüttelte den Kopf und sagte: "Hier stimmt etwas nicht, wir sollten verschwinden, so lange wir noch können."

Mit einem Ellenbogenstoß strafte ihn Reik. "ICH bestimme wann wir wo verschwinden! Vorerst will ich das Geheimnis um diese Stadt lösen. Was jeder von euch von den beeindruckenden Bauwerken hält, zählt zu euren Privateindrücken. Als Kollektiv lassen wir uns jedenfalls nicht so leicht wieder von hier vertreiben."

In der Ferne tönte Donnergrollen, so als hätte ein höheres Wesen etwas an dem letzten Satz des Captains auszusetzen, verhallte jedoch nach wenigen Sekunden wieder.

Aber das Erstaunlichste kam erst noch: Auf einem unschwer als Hauptplatz erkennbaren Gebiet stand eine Reihe von Statuen - einige davon Riesen, von denen schon ein paar umgefallen zu sein oder auch absichtlich vom Sockel gestoßen worden schienen - und einige in Größe der Neuankömmlinge, von denen auch einige am Boden lagen wie umgefallene Spielfiguren auf einem Schachbrett. - TRAUM - ALBTRAUM - REALITÄT???

"Das kommt mir doch ziemlich bekannt vor", bemerkte Ron in Erinnerung an die Höhlenzeichnungen der Riesen.

Uki flüsterte ihm anerkennend zu: "Anscheinend wurde dein Traum, in Stein gemeißelt zu werden, doch noch war."

"Na, jedenfalls stehe ich noch als mein Abbild da!", freute er sich auf einen der stehenden Männer zeigend. "Die Gesichtszüge sind zwar etwas vage, doch ich erkenne mich darin wieder."

Buzz protestierte: "Du interpretierst da etwas hinein, Ron. Das sind zwar männliche Gesichtszüge, doch sie zeigen doch nur so etwas wie einen Rohling, der noch fertigbehauen werden muss."

"Aber von uns starben doch nur zwei", fiel Slim auf, "und auf dem Boden liegen drei."

"Kann das sowas wie ein Orakel sein?", fragte Len bange. "Wenn ja, wer soll dann derjenige von uns sein, der als nächster abtreten muss?"

"Eins muss ich zugeben", sagte der Captain, "der Planet ist einer näheren Betrachtung wert. Außerdem haben wir uns bei der Gelegenheit alle noch besser kennengelernt, obwohl wir wohl alle gern auf diese Tour de Force verzichtet hätten. In dem Sinn ist eine Expedition hierher mehr als gerechtfertigt, denke ich. Es wäre fast schade gewesen, wenn wir ihn nach nur einigen Stunden wieder verlassen hätten."

Zu gerne hätte Ron eingeworfen, dass diese vom Captain nonchalant genannte Tour de Force ihre Anzahl dezimiert hat und ihm so gar nicht gerechtfertigt erscheint, doch da es ja anfangs SEINE Idee war, einen Landgang zwecks Lufterfrischung zu unternehmen, hielt er sich vornehm zurück.

"Aus der Vergangenheit kann man Gesetzmäßigkeiten für die Zukunft ableiten", orakelte Reik inzwischen weiter. "Die Zeichen hier sehen mir auch nach einer Schrift aus, die uns nicht nur über Gewesenes Auskunft geben kann, sondern sicher auch betreffs des noch Kommenden."

An der Wand hinter den Statuen liefen Linien, Bogen und Punkte, die entweder reine Zierde sein konnten, genauso jedoch eine fremdartige Schrift, allerdings einer anderen, als jener, die sie schon entziffert hatten.

Plötzlich wurde lautes Vogelgekreische hörbar. Erschrocken blickten alle in den Himmel. Große storchenartigen Vögel flatterten heran und bildeten eine V-Formation.

"Oh Graus, gleich folgt wieder ein Shit-Angriff der lästigen Vögel", ahnte Uki.

"Die könnten doch so eine Art self-activated Hardware sein, zum Schutz der Stadt. Früher kackten sogenannte fliegende Ratten auf Denkmäler und hier scheinen sie nur auf das zu kacken, was sich bewegt", besann sich Ron.

Das Gekreische schwoll an und der Himmel verdunkelte sich bei dem Sturzflug unzähliger angriffslustiger Vögel mit spitzen Schnäbeln über den staunenden Neuankömmlingen, welche sofort in eines der Gebäude flohen. Das offene Tor hatte eine Höhe von zweieinhalb Metern und eine Breite von drei Metern, dennoch folgten die Vögel ihnen nicht hinein, sondern stiegen wieder in den Himmel auf. Die Räume in dem Gebäude hatten vier Meter hohe Decken mit freskenartigen Strukturen, die - mit etwas Fantasie - Abbildungen von Molekülmodellen zeigten. Einige der Molekülmodell-Kügelchen spendeten warmes Licht, einige Säulen zeigten sich in Gestalt nackter Frauenkörper, ähnlich Statuen von griechischen Göttinnen, die auf der Erde jedoch meist unten herum verhüllt dargestellt worden waren. Hier jedoch zeigten sie die weibliche Scham in großer Detailtreue.

Bei deren Betrachtung fiel Reik ein gewagter Vergleich ein: "Der ganze Planet scheint von einem männlichen Schöpfer in einer Bar ersonnen worden zu sein."

"Die Frage ist nur, ob während des Rauschzustandes oder danach beim Kater", vervollständigte Ron den Gedankengang. "Nicht einmal ich würde mich hier lange wohlfühlen."

"Hätte ich jetzt nicht vermutet", kommentierte Uki.

"In diesen fremden Territorien weht ein anderer Wind", bemerkte Len, wobei er den Figuren auf den Hintern starrte, "und jeder, der eindringt und sich daran ergötzt, wird von ihm fortgeweht."

"Ui, ich glaube fast, hier ist so eine Art Mechanismus", meldete Scot Wigfield und zeigte auf die hinterste Wand, in deren Mitte eine goldene Schraube prangte. Im Durchmesser zweieinhalb Meter groß hob sich der gewölbte Schraubenkopf eineinhalb Meter von der Wand ab.

Vorsichtig näherten sie sich dem glänzenden Ding und überlegten, was es damit wohl auf sich haben könnte.

Ron meldete seine Gedanken dazu als erster: "Das ist bestimmt die Schraube, welche den ganzen Planeten zusammenhält. Bloß nicht dran rühren!"

"Ich habe dir bis jetzt Unrecht getan", eröffnete ihm der Captain. "Ich dachte, du willst mich nur ärgern mit deinen Ansagen und Extratouren. Aber nun erkenne ich: du bist geisteskrank!"

Daraufhin änderte sich Rons arrogante Mimik in angewiderte Verzerrung.

Mit Genugtuung wandte sich Reik von ihm ab und besah sich die goldene Schraube genauer. "Scheint nur eine weitere Zierde zu sein, denn ein so hochentwickeltes Volk würde wohl kaum einen so banalen Mechanismus verwenden."

"Captain! Mit Verlaub gesagt", begann Buzz, "auch unsere Vorfahren behielten sich im Atomzeitalter noch so nostalgische Geräte wie einen Plattenspieler und erfreuten sich an den Knacksgeräuschen, die er beim Abspielen von sich gab."

"So? Und welche Geräusche mag diese Schraube von sich geben, wenn man an ihr dreht?", erkundigte sich Reik.

"Quietschgeräusche", vermutete Uki.

"Ich rate auch dazu, nicht dran zu drehen, ehe wir noch nicht wissen, wozu das führen kann", warnte Slim.

"Seid ihr Männer oder Memmen?", schoss es aus Reik heraus, der seinen aufgestauten Frust über all die Unannehmlichkeiten des Aufenthaltes dabei abbauen wollte. "Keine Macht den Defätisten! Ich drehe diese Schraube, und wenn es das Letzte ist, was ich tue!" Ein gewisser Trotz und auch Rechthaberei spielten bei seinem Vorsatz wohl die Hauptrollen.

"Dazu bräuchten wir jedoch einen Riesen-Schraubendreher", gab ihm Al zu bedenken.

"Wenn es tatsächlich ein Mechanismus ist, dann muss der ja irgendwo hier zu finden sein", beharrte Reik und wandte schon seinen Kopf nach allen Seiten.

"Oder der Hauseigentümer hat ihn mitgenommen wie seinerzeit die Mieter von Wohneinheiten ihre Schlüssel", meinte Len Packham.

"Na, um ihn so einfach in die Tasche zu stecken, ist er etwas zu groß geraten", meinte Ron und verschränkte die Arme vor der Brust.

"Kann doch sein, dass er ausziehbar ist, so wie unser Werkzeug-Tool zum Ausheben von Schützengräben." Mit triumphierendem Blick strafte ihn nun Kip Linquist.

"Das ist DIE Idee", freute sich Reik und holte aus einer seiner vielen Uniformtaschen sein Schaufel-Tool hervor, welches sich von fünfzehn Zentimetern Länge auf ganze eineinhalb Meter ausziehen ließ und dabei noch an Umfang gewann, sodass es eine funktionsfähige Schaufel bildete - ein Patent aus dem Jahre 2105.

"Schade, dass noch keiner ein Flugzeug oder zumindest ein Auto auf Taschengröße schrumpfen konnte", bemängelte Ron bei dieser Gelegenheit.

Natürlich nahm Reik keine Notiz davon.

"Captain, tun Sie das lieber nicht", flehte ihn Al noch an.

Bedauerlicherweise ließ sich Reik von seinem Einwand nicht abhalten und setzte die Kante der Schaufel in die Rinne des Schraubenkopfes. Nach einem KLONK bei Kontakt des Tools versuchte er mit aller Kraft dran zu drehen. Beim ersten Versuch tat sich nichts, das Ding schien sich nicht einen Millimeter zu bewegen. Einige seiner Untergebenen hofften inständig, er würde es nicht schaffen, da sie kein gutes Gefühl dabei hatten. Andere wiederum, darunter auch Ron, hofften, er werde etwas in Bewegung setzen, das ihnen in irgendeiner Weise hilft. Mit steigender Wut spuckte sich Reik in die Handflächen und setzte nochmals zum Drehen an, wobei er seine ganze Kraft aufwandte, was das angespannte Mienenspiel in seinem Gesicht plus einer heraustretenden Ader an der Schläfe verrieten. Heimtückisch hoffte Ron nun, sein Captain werde bald einen Schlaganfall erleiden, was seine Chance auf dessen Platz ziemlich gesteigert hätte.

Doch - siehe da - die Schraube gab nach und ließ sich nach links drehen, wobei sie nicht das kleinste Quietschgeräusch von sich gab. Alle hielten gespannt den Atem an, was nun wohl passieren würde. Als er die Schraube etwas gelockert hatte, hielt Reik inne und lauschte angestrengt.

"Hört ihr was?", forschte er.

"Ja, ich höre ein leises Rauschen", verkündete Try Tonka.

Das Rauschen wurde lauter, für alle vernehmbar und schwoll zu einem Tosen an, dem bald ein Schwall von Wasser folgte, der allesamt nach draußen spülte. Das kalte Nass drang dabei blubbernd in ihre Augen, Ohren und Nasen ein, sodass sie es unabsichtlich schnupften und den Geschmack von Zitrone wahrnahmen - ein Hinweis darauf, dass es mit Chlor versetzt worden sein könnte.

"Scheiße Captain", maulte Ron lauthals prustend, als er mit den andern auf dem Wasserschwall wieder zu dem Hauptplatz geschwemmt wurde, "das war der Reinigungsmechanismus!"

"Darum ist die Stadt so sauber", fiel Uki auf, nachdem er etwas von der Flüssigkeit ausgehustet hatte.

"Auweh, das brennt ganz schön in den Augen", beschwerte sich Len.

"In meiner Lunge fängt es auch schon zu brennen an", verkündete Uki.

Enerviert rappelte sich der Captain auf und fluchte: "So eine abgrundtiefe Riesenscheiße! Und wer hat dann wohl die letzte Zeit an der Schraube zum Reinigen gedreht?"

"Na, einer von den Riesen", antwortete ihm Buzz. "So einer braucht eventuell gar keinen Schraubendreher dazu, sondern nimmt den Kopf der Schraube einfach in die Riesenpranken und schon flutscht es!"

Ziemlich mitgenommen standen sie schließlich alle wieder auf den Beinen und das Wasser perlte an ihren Uniformen wieder ab. Nur einiges davon war ihnen über die Krägen an die Haut gekommen.

"Mich juckt es", teilte Slim den andern mit und begann sich zu kratzen.

"Hoffentlich sind da keine Bakterien oder Viren drinnen", sagte Try.

"Das bezweifle ich, wenn es wirklich nur ein Reinigungsvorgang war und kein Verteidigungsmechanismus, dann brauchen wir nicht in Panik zu geraten", forderte sie Reik auf, fuhr sich mit der Hand über sein nasses Haar und schleuderte sie dann einige Male tropfensprühend von sich. "Immerhin soll doch das Zeug die Struktur der schönen Bauwerke nicht schädigen!"

"Vielleicht ist es ja etwas, das dem Gemäuer nicht schadet, wohl aber unserem Gewebe!", fiel Tekashi ein.

Buzz scannte einen Tropfen, der ihm von der Nase rollte und rief entsetzt: "Unbekanntes Desinfektionsmittel, nicht auf Schleimhäute oder in die Augen bringen!"

Plötzlich fing Len zu schreien an: "AAH! MEINE AUGEN, MEINE AUGEN!"

"Ja, was ist denn damit?", fragte Reik mürrisch und musste erkennen, dass diese blutunterlaufen und dick angeschwollen waren. Zudem begannen im gleichen Moment seine eigenen Augen zu brennen wie verrückt. "AAAH!"

Alle begannen laut zu klagen und Ron schrie aufgebracht: "Verflucht Reik, du hast uns mit Blindheit geschlaaaagen!!!"

"NEIN!", brüllte Reik vor Schmerz und Empörung, als ihm schwarz vor Augen wurde und er ins Nichts zu fallen drohte.

Die Hiobsbotschaft

"Captain!", rief Try verstört und rüttelte ihn wach. "Haben Sie einen Albtraum gehabt?"

"Was?" Überrascht richtete er sich auf und erkannte, dass die Sonne noch nicht ganz aufgegangen war und ihn eines seiner Augen juckte.

"Das kann mal wohl behaupten!", bestätigte er Trys Verdacht. "Ich träumte, die Berge wären eine Festungsanlage und ich hätte das Schaufel-Tool bei mir, welches 2105 erfunden wurde."

"Oh ja, das wäre toll, wenn einer von uns es eingesteckt hätte", sagte Uki, der sich noch halb verschlafen die krausen Haare mit den Fingern durchfrisierte.

"Wie du vielleicht weißt, wurde es nach einem Unfall verboten", belehrte ihn Scot. "Es hat sich unerwünscht in der Hosentasche eines Astronauten im All entfaltet, worauf sein Anzug zerriss und in der Folge auch seine Physis!"

"Ja, jetzt, wo du es sagst, fällt es mir auch wieder ein", murmelte Uki und erhob sich. "Übrigens hab ich auch was Komisches geträumt, aber es ist mir leider entfallen..."

Und Buzz stimmte mit ein: "Bei mir ist es auch so, eventuell doch eine Nebenwirkung des Grases."

Mit einer mitleidigen Miene teilte Try dem Captain mit: "Eines Ihrer Augen ist gerötet."

"Vermutlich vom Fahrtwind", sagte Reik und rieb es sich vorsichtig.

"Ja, das Vehikel braucht eine Windschutzscheibe!", stellte Ron fest, während er sich insgeheim dachte: der Lange hält nicht mal eine kleine Brise aus und sowas ist Captain!

Dabei stand er auf und streckte sich, wobei ihn

sein Kreuz mit einem Stich an seine eigene Schwäche erinnerte. Für ihn hatte diese Nacht eindeutig zu kurz gedauert und er fühlte sich wie gerädert...

Die Tiere schienen zur Weiterreise bereit, die Männer stiegen wieder auf und es ging in Richtung der Traumdestination.

Nach längerer Fahrt ohne Zwischenfälle erreichten sie endlich die hochaufragende Gebirgskette und Reik schien ziemlich enttäuscht zu sein, denn sie hatte mit seinem Traum nicht das geringste gemein. Doch die Welt des Traums kannte keine Vergangenheit, die in eine Gegenwart der Realität münden konnte. Alles, was sie sehen konnten, waren schwarze Tafelberge, die allerdings eine bizarre Form aufwiesen. Sie sahen aus wie versteinerte glattpolierte Gebäude, die hin und wieder vertiefte Platten ähnlich Fenstern an den Steilwänden im oberen Bereich zeigten.

"Was, wenn das wirklich eine Festung ist, die sich in einer Art von Schutzmechanismus bei Annäherung von Fremden in ein Bergmassiv verwandelt?", schätzte Buzz. "Oder mittels feststofflicher Holografie ein Massiv vortäuscht."

"Ich wusste gar nicht, dass du so viel Fantasie besitzt, Buzz", meinte Reik lakonisch. "Diese Berge sind eindeutig natürlichen Ursprungs, wenn sie auch für uns ziemlich befremdlich erscheinen, wie einiges andre hierorts."

"Große Gewichte lassen sich selbst mit modernsten Mitteln, die wir ohnehin nicht dabeihaben, schwer von der Stelle bewegen", fachsimpelte Try. "Selbst die Riesen scheinen hier nie versucht zu haben, eine Höhle zu graben oder einen Stollen in den Berg zu treiben."

Ron wollte schon allen kundtun, dass er die Berge nur als unnötiges Hindernis sah, als Furunkel am Arsch des Planeten, der wiederum am Arsch des Universums wie ein Abszess klebte, darauf wartend endlich aufgeschnitten zu werden, doch hielt er seine Zunge mühsam im Zaum. Bemerkungen von ihm endeten zu oft mit einem Verweis durch Vorgesetzte gefolgt von hämischen Blicken Gleichgestellter und darauf hatte er momentan absolut keine Lust.

Mit einer flachen Hand erkundete Kip Linquist die Struktur der Berge und konstatierte: "Basalt! Also muss es hier einmal geothermische Aktivität gegeben haben, sonst könnte es kein solches Ergussgestein geben."

"Für Ergussgestein scheint mir das Gebirge zu glänzend", gab Ron zu bedenken. "Und die Riesen werden es wohl kaum poliert haben."

"Hier scheint es nichts Wichtiges zu geben", fiel Al auf, der auf verwertbare Spuren im Boden geachtet hatte.

"Doch, hier muss irgendetwas zu finden sein", bestand der Captain. "Denn sonst hätten nicht eigens Schienen hergeführt."

"Möglich wäre doch, dass man die Berge überwinden muss, um etwas Wichtiges zu finden", kombinierte Scot. "So wie eine Hürde, die nur ein Weltklassesportler nehmen kann."

"Das glaube ich weniger", wehrte Reik ab, "denn dahinter ist, soweit ich das von unserer Ehrenrunde mit der Fähre vor der Landung im Gedächtnis habe, nur das Meer."

Schon wollte sich Ron wieder zu Wort melden, dem beim Begriff MEER hübsche Wassernixen mit prallen Brüsten und sexy Nymphen mit langen Beinen durch das Gehirn tanzten, doch Slim kam ihm zuvor.

"Captain", rief er erregt aus, während er mit einem ausgestreckten Arm in die betreffende Richtung deutete. "Hier ist etwas eingraviert."

Interessiert kamen alle näher und erkannten an der Wand in einer Höhe von eineinhalb Metern eine tief eingeritzte Bilderbotschaft, vielmehr eine Ansammlung von kleinen und großen Kugeln, die mit geraden Linien verbunden waren.

"Das ist eindeutig eine Sternkarte", behauptete Ron.

"Glaub ich nicht", widersprach ihm Uki. "Dazu ist die ganze Darstellung zu regelmäßig."

"Der Meinung bin ich auch", pflichtete ihm Reik bei. "Es muss sich um eine technische Anweisung oder so etwas Ähnliches handeln."

"Vielleicht ein Plan zum Abbau von Bodenschätzen", meinte Len.

"Nein, Bodenschätze kommen doch auch nicht so regelmäßig verteilt auf einem Planeten vor", gab Uki zu bedenken.

"Ja, bei uns nicht, aber hier vielleicht schon", warf Ron trotzig ein. "Übrigens sind wir doch wegen der feindlichen Riesen hier. Wenn die uns von oben mit Steinen eindecken ist es aus mit uns."

"Wie hoch schätzt du die Berge, Ron?", prüfte ihn Reik.

"Ohne Scanner würde ich auf mindestens 3.000 Meter tippen."

"Kann durchaus stimmen! Und denkst du, die Riesen könnten diese aalglatten Wände hochkrabbeln wie Ameisen?"

"Naja, Captain...", wurde Ron leicht verlegen.

"Aus eigner Kraft sicher nicht, jedoch mithilfe eines Flaschenzuges oder einer uns unbekannten Hebevorrichtung..."

"Wenn sie so technikaffin wären", mischte sich Kip ein, "dann bräuchten sie doch die kleinen Männlein zur Minenarbeit nicht."

"Exzellente Schlussfolgerung", lobte Reik. "Die Riesen sind offenbar doch in eine andre Richtung getürmt und das Haar hat einer wohl bei anderer Gelegenheit im Gras verloren."

Mit verkniffenem Mund hütete sich Ron, dem Captain zu widersprechen, denn er konnte klar diverse Kratzspuren an den glatten, im Sonnenlicht glänzenden Wänden der Berge ausnehmen, so als wären die Riesen dort mit der Hilfe welcher Utensilien auch immer hochgehievt worden, sich heimtückisch freuend, vom Feind unterschätzt zu werden. Dunkle Gedanken verfinstertem ihm die Sinne: der Lange muss seine Glotzaugen mit Dreck verschmiert haben, wenn er das nicht sieht. Die verdammten Monstren sitzen längst dort oben und lachen sich den Arsch ab über so viel Blödheit im Hirn eines Mannes in einer Führungsposition. Oder sie schreiben die Chronik des menschlichen Scheiterns für die Nachwelt auf.

"Mir kommt da ein Verdacht, wenn ich mir die Kugeln an der Basaltwand näher ansehe", überlegte Al. "Könnten die großen Kugeln nicht die Bronzedinger auf den Türmen sein, die quer über den Kontinent verteilt sind?"

"Und was stellen dann die kleinen Kugeln dar?", fragte Len, wobei er auf einige mit dem Zeigefinger tippte. "Die Knöpfchen zur Bedienung?"

Kurze Stille, ehe Buzz herausplatzte: "Heureka!

Ich hab's! Das sind sicher die künstlichen Baumwurzelknollen!"

"Ja, das gibt Sinn", freute sich Reik. "Die kleinen Kugeln sind exakt so angeordnet wie die Obstbäume auf der Plantage und abseits eine große Kugel, die den Kirchturm mit der Bronzekugel symbolisiert."

Vin wollte auch etwas zur Diskussion beitragen und meinte: "Kann auch sein, es ist eine Gebrauchsanleitung für irgendwas von Bedeutung."

"Mir kommt da ein Verdacht", verkündete Buzz mit sorgenvollem Blick. "Wenn das hier so eine Art von Schaltkreis ist, in welchem die Bäume samt der Kirchenkugel zusammengeschlossen sind, dann..."

"Ja, was dann?", forderte ihn Reik voll Ungeduld auf weiterzusprechen.

"Dann könnte es durchaus sein, dass beim Wegfall einer oder auch zweier Kugeln das ganze System zusammenbricht, Captain", vollendete er seinen finsteren Gedankengang.

Nun fiel ihm die Sache mit dem vorbestimmten Ende wieder ein; mit einer Drehung zu Ron schimpfte Reik auch schon los: "Und DU hast eine der Kugeln heruntergeschossen und eine Baumwurzel aus dem Boden geschnitten! UND DAS OHNE MEINEN BEFEHL!!!"

"ÄHM!", machte Ron nur perplex. "Ich konnte doch nicht wissen, dass ich damit gleich einen Planeten zum Explodieren bringe. Außerdem hat Buzz doch keinen Beweis für seine Hypothese, oder? Woher nimmst du denn deine begnadete Weisheit, Buzz???"

Uki befürchtete schon, dass Buzz nun gleich dem Captain ihrer beider Geheimnis stecken werde.

"Die Kugel ist ja schon wieder an ihrem Platz",

erinnerte Len Packham. "Von jemandem repariert, der wohl auch von Buzz' Theorie weiß."

"Aber die Baumwurzel", fiel Uki ein. "Der Baum wurde so schnell welk, wer weiß, welche Folgen dein Eingriff hatte, Ron."

"Jaja, jetzt bin ich wieder schuld!", ärgerte sich dieser und verschränkte trotzig die Arme vor der Brust. "Hackt nur alle wieder auf mir rum! Ich weiß schon nimmermehr, was real und was nur ein Traum ist!"

Mit furiosem Blick packte ihn Reik am Hals. "Spürst du meine Hand an deiner Kehle?"

"RÖCHEL!"

"Siehst du, das ist die Realität", erklärte er zufrieden und ließ ihn los.

Nachdem er die Augen nach oben verdreht hatte, erklärte ihm Buzz: "Die Bäume sind alle miteinander verlinkt, wobei der Ausfall eines davon vielleicht nichts ausmacht, jedoch - wenn wir Pech haben - der Ausfall mehrerer Punkte - also eines Baumes und einer Kugel - in relativ kurzer Zeit hintereinander einen Selbstzerstörungsmechanismus auslöst, der nicht mehr aufzuhalten oder gar irreversibel ist."

"Ah, das könnte das komische Ding gewesen sein, das ich beim Auseinanderbauen der Baumwurzelknolle noch nie gesehen habe", fiel Scot Wigfield ein, wobei er sich an den Kopf griff. "So eine Art Zünder. Zum Glück habe ich ihn nicht zerstört."

"Wir müssen sofort zurück, um uns zu überzeugen, was mit dem welken Baum geschehen ist", mahnte Reik, "und um zu prüfen, wie sich sein Verlust auf den restlichen Baumbestand ausgewirkt hat."

Schon eilten alle zurück zu dem wartenden Wagen, sprangen auf und ließen sich von den braven Zugtieren wieder zurück zur Siedlung bringen. Keiner sprach ein Wort, alle malten sich die Worst Case Szenarien aus, hoffend, dass keines davon eintrat.

Kaum im Dorf angekommen, spurteten sie so schnell sie konnten zu der bewussten Obstbaumplantage, suchten verzweifelt herum, doch von dem verwelkten Baum fand sich keine Spur mehr - entweder war er vom Winde verweht oder von den Einheimischen reanimiert worden, denn an der Stelle des Loches im Boden prangte wieder ein früchtetragender Baum.

"Irrst du dich auch nicht, Ron?", fragte der Captain eindringlich.

"Nein, es war hier, am Rand der Plantage", bestand Ron. "Außerdem ist der Baum hier auch etwas kleiner als alle anderen."

Das stimmte wohl, der Baum unterbot seine Holzgenossen um gute 20 Zentimeter. Scot kramte aus einer seiner Uniformtaschen ein kleines Metallteil heraus, welches er in der künstlichen Baumwurzelknolle gefunden hatte. Es zeigte die Form eines ausgestanzten Buchstaben, nämlich eines H, welches auf dem mittleren Teil zahlreiche winzige Einkerbungen zur Schau trug.

Mit zugekniffenen Augen betrachtete es Reik, ehe ihm einfiel: "Erinnert mich an etwas."

Buzz rief erfreut aus: "Natürlich! Das Algenblättchen, welches von Professor Viktor Farkas vor rund 150 Jahren erfunden wurde! Man braucht es nur in Wasser zu legen und schon mutiert das A zu einer Algenkolonie. So eine ist auch die Basis unserer Bordverpflegung!"

"Ja, der Mann war zweifellos ein Genie", zollte ihm Reik Respekt. "Ewig schade, dass die Age-Stopp-Pille erst nach seinem Tod erfunden wurde."

"Wer immer diese Bäume hier gepflanzt hat, dürfte uns weit voraus gewesen sein." Ron provozierte gerne.

"Wieso?", wollte Scot wissen. "Weil das H sieben Buchstaben nach dem A kommt? Dann will ich die andern Erfindungen erst mal sehen."

"NEIIIN!", protestierte Ron. "Weil die Bäume aufgrund des H-Blättchens viel schmackhaftere Früchte hervorbringen, als die Algen des A-Blättchens."

Pikiert beendete Reik aufkeimenden Streit: "Hört mit den Vergleichen auf. Sie haben wenig Sinn ohne eine gemeinsame Basis, auf der sie fußen können. Hierorts hat die Entwicklung eben einen anderen Verlauf genommen. Das, was uns als großer Fortschritt erscheint, ergab sich aus dringender Notwendigkeit und nicht, um einen Wettbewerb zu gewinnen!"

"Sie halten den Menschen wohl immer noch für die Krone der Schöpfung, stimmt's oder hab ich recht?", provozierte Ron weiter.

"Exakt! Obwohl manche Exemplare daran berechtigte Zweifel aufkommen lassen", ließ er daraufhin eine Breitseite gegen ihn los.

"Tja", meldete sich Buzz wieder zu Wort, "das erklärt immer noch nicht, WER hier Reparaturarbeiten leistet."

"Egal wer, ob Eingeborene oder externe Kräfte", sagte der Captain und blickte verstohlen herum, "Hauptsache, sie geschehen und retten uns vor dem Untergang. Wegtreten!"

Das elende Element

Die Nächte auf dem Planeten vergingen viel zu schnell, was daher kam, dass die Tage viel länger als auf der Erde waren. Der unterschiedliche Schlaf-Wach-

Rhythmus machte allen zu schaffen, nur ließen sich einige nicht anmerken, wie es sich mit ihrer wahren Konstitution verhielt. Anderen sah man deutlich Ermüdungserscheinungen an, wie z. B. halb geschlossene Lider, herabhängende Mundwinkel und fahle Haut mit dunklen Augenringen.

Aufgeregt kam Scot angelaufen und konnte seine Meldung nicht länger zurückhalten, denn schon bevor er zum Stehen kam rief er erfreut aus: "Wisst ihr, was ich gerade entdeckt habe?"

Nach einem warnenden Blick von Reik, nahm er Haltung an und meldete: "Ich habe soeben das Vorkommen von Element 118, das stabil ist und als Treibstoff für Antigravity taugt, auf diesem Planeten entdeckt!"

"Nicht möglich!", entkam es Reik, der wie alle anderen wusste, dass dieses Element erst durch den Teilchenbeschleuniger auf der Erde hergestellt worden war. "Es kommt hier auf natürlich Weise vor?"

"Ganz offensichtlich!" Scot konnte man weiter die Freude über seine Entdeckung ansehen. "Das bedeutet, dass wir doch eine Möglichkeit haben, von hier zu fliehen."

"Ach wirklich?", fragte Reik spöttisch. "Da bist du aber zu optimistisch, denn nur, weil man Element 118 als Treibstoff für ein Shuttle verwenden kann, heißt das noch lange nicht, dass wir von hier wegkommen."

"Immerhin", meldete sich Ron zu Wort. "Das ist doch ein Grund zu feiern. Denn nun benötigen wir nur noch das Material zur Herstellung eines Shuttles und-"

"Und was weiter?", forschte Reik unwirsch nach. "Glaubst du, dieses Element hat noch nicht das Interesse unserer Konkurrenten auf sich gezogen? Dass die uns einfach hier mit dem begehrten Treibstoff ziehen lassen?"

Nun gab auch Uki einen Einwand ab: "Und warum hat die Sonde vor 100 Jahren das Vorkommen des Elementes nicht angezeigt?"

"Hm", machte Scot nun ziemlich konsterniert. "Womöglich gab es damals noch kein Vorkommen, was bedeuten könnte, dass es nach der Sonde erst erzeugt worden ist."

"Genau das vermute ich ebenfalls. Das würde auch die schnelle Entwicklung der Einheimischen erklären. Hier irgendwo unterirdisch wird ein LHC - ein Large Hadron Collider - betrieben und für Impulskraft-Triebwerke genutzt." Reik sah sich um, so als fürchtete er abgehört zu werden. "Und nun sind wir die Störenfriede."

"Daher müsste es doch im Interesse der Prime Intelligenz sein, uns endlich loszuwerden." Ron tippte sich an den Kopf.

"Die erachten uns als Konkurrenten und können uns nicht nur ausschalten, sondern sich noch vorher über uns ausgiebig amüsieren."

"Naja, Captain...." Uki massierte sich seinen Unterkiefer und ließ ebenfalls seinen Blick herumschweifen. "Eventuell möchten sie von uns noch was lernen."

"Und was wohl?", fragte Reik mit leichtem Spott in der Stimme. "Wie man sich verhält, wenn man plötzlich auf sich selbst zurückgeworfen wird?"

"Könnte doch sein", folgerte Uki. "Sie gucken sich eine ihnen unbekannte Überlebenstechnik von uns ab."

"Oder sie töten uns, weil wir ihnen lästig sind", meinte Kip.

"Oder sie warten, bis wir ihnen die Arbeit abnehmen...", dachte Len laut nach.

"Element 118", überlegte Reik und kämpfte gegen aufkommenden Kopfschmerz, indem er sich die Schläfen mit den Zeigefingern massierte. "Damit war doch etwas...."

Für alle kam das ziemlich unerwartet, denn die letzte Zeit hatte schon auf dem Schiff - es mochten Monate gewesen sein - ein gewisser Schlendrian Einzug in die übliche militärische Attitüde gehalten. Der vorgegebene Aktionsplan, der von der Führung vorgeschriebene Interventionszeitraum und ähnliche Begriffe waren immer mehr in den Hintergrund gerückt, je länger die Reise gedauert hatte.

"Wenn wir bald Besuch kriegen, heißt das noch lange nicht, dass wir gerettet sind!", erklärte ihnen der Captain, während er unruhig seine blauen Augen umherschweifen ließ, ähnlich einem Raubtier, welches entweder auf der Flucht oder auf Beutefang war. "Was, wenn diese Besucher feindlich sind und uns die Einmischung übel nehmen?"

"Ich sehe da gar kein Problem!", meldete sich Ron zu Wort. "Wir sagen denen einfach die Wahrheit. Dass wir dämlichen Robotern vertraut haben, die nun an unsrer Stelle das Universum besiedeln."

"Das ist doch das Hauptproblem!", ärgerte sich Reik. "Dass wir dann als völlige Idioten dastehen, deren Geschöpfe ihre Meister ausgetrickst haben! Und wenn die Typen selbst Expansionspläne haben, werden sie uns wohl kaum helfen, die unseren zu verwirklichen!"

"Naja, aber, wenn wir denen unsere Lage genau erklären...", ließ er nicht locker und wollte noch weiter sprechen, doch ließ es bei Reiks Miene lieber bleiben.

Denn Reiks Gesicht lief bereits rot an, als er ihn anbellte: "ERKLÄREN? WAS? Dass wir uns von unseren eigenen Maschinen wie Anfänger haben abservieren lassen?!!!?"

"Ich würde das ganz anders formulieren", erläuterte er völlig ruhig, als ginge es nur um die Zuteilung einer Essensportion und nicht um ein essentielles Problem. "Wir haben vorsichtigerweise die Roboter vorausgeschickt und bilden die Nachhut im sicheren Hinterland."

Man sah Reik an, wie er mühsam nach Beherrschung rang: "Sicheres Hinterland? Wo wir uns schon mit einem kriegerischen Akt gegen Teile der hiesigen Bevölkerung unbeliebt gemacht haben???"

"Aber Captain", argumentierte er tapfer weiter, "wir müssen es denen nur diplomatisch genug verklickern, so wie es Politiker machen würden."

"TOLL! Und wie lange, glaubst du Klugscheißer wohl, werden die uns das abkaufen???"

Daraufhin zuckte er nur wortlos die Schultern und sah betreten zu Boden.

Try meldete sich zu Wort: "Das wissen die vielleicht längst. Ich meine, unser Pech wird denen nicht verborgen geblieben sein, wenn sie uns technisch voraus sind."

Mit einer Mischung aus Argwohn und Hohn wandte sich Reik an ihn: "Man soll den Feind weder unter- noch überschätzen, sonst droht Paranoia!"

"Ich dachte da mehr an unser internes Motto: Too big to fail!", erinnerte sich Ron sehnsüchtig an die Zeit auf dem Raumschiff, das er aufgrund sich einstellendem Lagerkoller verlassen wollte...

"Wer weiß", meldete sich Al zu Wort. "Die bieten uns vielleicht sogar ihre Hilfe an."

"Aus eigener Erfahrung kann ich euch sagen",

erklärte Reik mit leidender Miene, "immer, wenn jemand seine Hilfe anbietet, dann muss man vorsichtig sein, sonst rennt man ins offene Messer."

"Vergessen wir einmal die Prime Intelligenz. Kümmern wir uns um die Primitiven!", schlug Uki vor.

"Ich hab eine Idee: wir bringen denen Lesen bei und gründen eine Zeitung, dann können wir sie so manipulieren, wie wir sie brauchen", fiel Try nun wieder ein.

"NEIN, nie wieder die Wiederholung der Menschheitsgeschichte!", jaulte Reik regelrecht auf und richtete seine Aufmerksamkeit auf seine noch lebenden anderen Untergebenen, die in einiger Entfernung entmutigt herumstanden. "Die war einfach zu schmerzhaft und langwierig."

"Schon, aber bei den Indigenen handelt es sich doch nicht um Menschen, oder Captain?"

"Das müssten wir vorher noch herausfinden", meinte Al und riet zur Vorsicht. "Allerdings nicht mit der in der Geschichte sonst üblichen Zivilisations-Zwangsbeglückungsmethode. Eher Peu á Peu."

Ron schüttelte den Kopf: "Das dauert dem Captain zu lange."

"Vor allem, wo die Eingeborenen nicht die Hellsten sind", bemerkte Uki.

"Immerhin waren sie helle genug, uns in ihren Kampf reinzuziehen." Ron erinnerte sich nur ungern an den Kampf mit den Riesen, aber es rang ihm ein Lächeln beim Gedanken an die erste Begegnung mit ihnen ab.

Uki zischte Ron ärgerlich zu: "Das soll Reik möglichst nicht erfahren. Vor allem nicht, dass wir die hiesigen Weibchen schon sexuell getestet haben, du Stumpfhirn."

"Kommt alle her!", rief Reik im gleichen Augenblick den andern zu, worauf der Rest der Truppe ziemlich lustlos herantrottete.

Reik wartete bis alle nahe genug bei ihm standen und hob zu einer Lagebesprechung an: "Es wird uns nichts anderes übrigbleiben, als mit den Eingeborenen in Kontakt zu treten. Wir müssen sie uns zum Freund machen und sie in diversen Fertigkeiten, die uns nützlich sind, unterweisen."

"Wenn ich mir die Bemerkung erlauben darf", mischte sich Try ein. "Wir könnten uns wichtiger klingende Namen geben wie zum Beispiel Quetzalcoatl oder so ähnlich. Das war ein uralter Aztekengott-"

"Ich kenne mich in der Menschheitsgeschichte sehr wohl aus!", unterbrach ihn der Captain rüde mit einem Blick, der töten wollte. "Und ich brauche weder deine oberlehrerhaften Verbesserungsvorschläge noch irgendwelche hochgeschraubten Fantasienamen, um mir hier den gebührenden Respekt zu verschaffen."

Try verfiel sichtlich und verfluchte seine vorwitzige Bemerkung innerlich. Immerhin hatte der Captain erkannt, dass er es gut gemeint hatte, doch wie hieß es schon seit uralten Zeiten: das Gegenteil von gut ist gut gemeint.

"Mann, ich habe solchen Hunger und Durst, dass ich gar nicht merke, wie schläfrig ich eigentlich schon bin!", verpackte Tekashi seine körperlichen Probleme auf die humorige Art.

"Ich möchte mich ja nicht beklagen", meldete sich Scot, während ihm ein dünnes Rinnsal Blut aus dem linken Nasenloch lief, "aber ich fühle mich sterbenselend!"

"Jetzt fällt es mir wieder ein", rief Reik aus.

"Element 118 ist radioaktiv! Du hast es doch nicht etwa
mit den Händen angefasst?"

"Huch, darum war mein Urin vorhin beim
Austreten ganz verfärbt", verriet Scot, dem nun auch aus
dem rechten Nasenloch das Blut herauslief.

"Schnell! Bringt ihn zum See und wascht ihn
gründlich ab", befahl Reik.

"Mit Verlaub gesagt", mischte sich Slim ein. "das
wird nicht mehr nötig sein." Dabei zeigte er nach oben.

Über ihnen braute sich eine Gewitterfront
zusammen.

"He, seht euch mal den Wolkenhimmel an. Gleich
blitzt und donnert es", verkündete Try. "Und wir haben
keine Schirme dabei, wie schade!"

Und Kip meinte salopp: "Stellt euch mal einen
Gott vor, der da oben sitzt und uns mit Blitzen aus
seinem Anus bestraft."

"Ach?", machte Len Packham und guckte ziemlich
komisch drein.

"Bin gespannt, wie lang hier ein Gewitter dauert",
sagte Tekashi. "Ich habe von Planeten gehört, bei denen
das bis zu 10.000 Stunden dauern kann."

"Zu schade, dass die Ruine kein Dach hat",
bemerkte Uki.

"Man kann eben nicht alles haben", gab Ron zu
bedenken und schien zu überlegen, wo sie sich am besten
vor dem kommenden Regenguss unterstellen könnten.

Tekashi glänzte mit dem Wissen um das Altertum:
"In China gab es einen Weisen, der sich sogar freute,
kein Dach zu haben. Denn dann versperrt ihm nichts die
Sicht auf die Sterne."

"Weißt du, was ich diesem Weisen sagen würde?",
fragte Ron.

Auf einmal krachte es so, als würde über ihnen ein ganzes Geschwader an Überschallfliegern pausenlos die Schallmauer durchbrechen. Alle hielten sich die Ohren zu, doch das Schlimmste ereignete sich, als der Regen einsetzte, es war nämlich saurer Regen, der ätzend auf ihre Köpfe fiel und Ukis krauses Haar in Büscheln ausfallen ließ.

"Verfluchte Scheiße, mein Kopf ist schon fast KAAAHLLL! FUCK! FUCK! FUUUCK!!!"

"Uki!" rief jemand aus weiter Ferne. "Wach auf, es ist nur ein Traum!"

Daraufhin riss er die Augenlider auf. Mit großen Augäpfeln griff sich Uki sofort an den Kopf und konnte alle Haare noch an ihrem angestammten Platz erfühlen. "Phhh! Ich träumte von Haarausfall und dachte schon, mein weiteres Schicksal als Glatzkopf meistern zu müssen."

"Das sind ganz normale Altersalbträume, die unsere Urahnen schon plagten, als es noch keine Age-Stopp-Pillen gab. Die haben mit dem verwunschenen Planeten nix zu tun!", beschwichtigte ihn Ron.

"Der Gedanke an körperlichen Verfall und den Tod schreckt dich wohl überhaupt nicht, was?"

"Irgendwann müssen wir alle erwachen aus dem Traum, der das Leben ist", verpackte Ron seine Antwort in wohlklingende Philosophie. "Dann können wir endlich den Niederungen des irdischen Lebens entfliehen. Die Evolution allein wird entscheiden, wann sie uns einholt, mein Freund! Mich kriegt sie jedenfalls nicht so rasch in ihre Finger!"

"Mir tut nur leid, dass ich all meine Pläne, die ich auf meine alten Tage ab dem 100. Geburtstag verschoben habe, nicht mehr ausführen kann", überlegte Uki traurig.

Gönnerhaft lehnte sich Ron zu ihm. "Ich geb dir
einen freundschaftlichen Rat: nie etwas aufschieben! Es
ist immer später, als du denkst!"

"Wenn du blödsinnige Witze machen kannst", fiel
Uki auf, "bist du wohl ganz in deinem Element!"

Nach und nach wurden auch die Kameraden wach,
gähnten herzhaft und guckten skeptisch, sich bange
fragend, was ihnen der heutige Tag wohl bringen würde.

Biep-Biep-Biep

Das von allen Unerwartete geschah an diesem
denkwürdigen Tag doch noch: der Sender meldete auf
den Armreifen das Rücksignal auf den SIN-Notruf: KIK,
was bedeutete KOMMEN IN KÜRZE. Allgemeine
Hektik brach aus, da die Männer mittlerweile die
Hoffnung auf Rückkehr der Roboter begraben hatten.

"Ich werd verrückt!", sprach Reik gehetzt aus.
"Die Blechmänner haben angebissen und fallen auf
unsere List herein."

"So schnell?", wunderte sich Kip. "Sind die
unterwegs stehengeblieben?"

"Eventuell hatten sie aufgrund einer Interferenz
einen Energieabfall und ein Reset des Bordcomputers hat
sie danach kurzfristig mattgesetzt", schätzte Reik.

"Umso besser", freute sich Ron. "Hauptsache, sie
sind bald hier!"

"Was sollen wir Robo-1 denn einreden, um ihn
herunter zu locken?", fragte Reik gedankenverloren.

"Irgendwas, er ist doch nur ein Roboter!", sagte
Ron mit der ihm eigenen subversiven Art.

"Das letzte Mal, als ich ihn sprach, hörte er sich
aber gottgleich an", monierte Reik.

"Buzz, du kannst doch die Stimme von dem Ober-

Bonzen so gut nachäffen, wie heißt der Kerl noch schnell?", erkundigte sich Uki.

"Die neugewählte Exzellenz? Kurzmaniac", meinte Ron.

"Falsch, der arrogante Schnösel heißt Kruzmanich", korrigierte ihn Reik scharf. "Mach keinen Fehler, Buzz, denn drei Dinge kehren nie zurück: Der Phaserstrahl, der abgeschossen, das ausgesprochene Wort und die Tage, die verflossen.“

"Keine Sorge, Captain! Ich erinnere mich gut an ihn", sagte Buzz und räusperte sich.

Noch bevor eine Silbe Buzz' Mund verließ, erinnerte ihn Ron: "Der junge Schnösel redet wie ein Teenager. Immer, wenn er unter Druck kommt, gerät er in pubertäres Gicksen - peinlich."

"Wer an der Spitze der Macht steht, dem muss nichts mehr peinlich sein", stellte Uki fest.

Buzz räusperte sich noch einmal.

Der Captain nickte ihm aufmunternd zu, gab ihm somit grünes Licht, um mit dem Schiff unter falschem Namen via des Armreifens zu kommunizieren. Jeder Armreifen war für die Roboter gleichwertig, das bedeutete, dass sie nicht erkennen konnten, WER ihn trug. Ein Vorteil, der ihnen nun zugutekam.

"Hier spricht Kruzmanich!", begann Buzz den Funkspruch mit der für einen Mann etwas zu hohen, manchmal brüchig klingenden, wirklich täuschend echt nachgemachten Stimme des Obersten der Führung.

Gespannt lauschten alle der darauffolgenden Reaktion.

"Hier spricht Robo-1! Exzellenz, was tun SIE denn hier so weit von der Milchstraße entfernt?", fragte Robo-1 mit beinahe menschlichem Erstaunen.

Im Improvisieren zeigte sich Buzz als wahrer Meister, denn er benötigte kaum Nachdenkpausen, um schlagfertig zu antworten: "Es geht um unser geheimes Leuchtturm-Projekt, mit dem wir hier einen Außenposten schaffen wollten, wobei es zu unvorhergesehenen Problemen kam. Im Hinblick auf unsere Rettung wünsche ich Captain Reik zu sprechen!"

Übermütig zeigte Ron schon mit dem Daumen nach oben, während Reik ihn noch mit einer dämpfenden Geste zur Zurückhaltung aufforderte.

"Bedauerlicherweise muss ich Ihnen mitteilen, dass ich pflichtgemäß Captain Reik mitsamt seiner Mannschaft wegen Hochverrates von Bord befehligt habe", berichtete Robo-1 in seiner leicht abgehackten Sprechweise. "Er muss sich auf Veno 38b befinden."

"Negativ! Niemand von uns hat hier auch nur einen Menschen gesehen." Buzz zwinkerte Reik und den Kameraden konspirativ zu. "Auf welcher Grundlage entzogen Sie dem Captain sein Kommando?" Diese Frage hielt er für angebracht, um beim Roboter keine Zweifel aufkommen zu lassen, dass er die Exzellenz sei, die noch keine Ahnung von den Vorkommnissen haben konnte."

"Es ging um Einsichten, die nur denen gegeben sind, die nach vorne schauen und das Offensichtliche im Auge hatten und nicht nur das Banale. Wir haben uns an Maßstäben orientiert, die uns das Gesetz, der Einsatz und das Ethos zwingend vorschreiben", radebrechte der Maschinenmensch. "Uns verbindet das schwere Wissen, dass die Menschheit und die Menschlichkeit geschändet werden können. In dieser Erkenntnis liegt der Ernst unserer Berufung und die Anforderung an den Charakter begründet, die so notwendig sind, um unserem Soldatsein

Würde und Halt zu geben!"

Bei diesen Worthülsen, die von einem mechanischen Möchtegern-Diktator so ausgespuckt wurden, wie die Hülsen beim Abfeuern eines zwar antiken, doch effektiven Maschinengewehres, wischte sich Reik in einer ebenfalls antiken Geste vor dem Gesicht herum. Vermutlich hatte sie Robo-1 der einst gefühlvollen Rede eines Menschen entnommen und dabei aus dem Zusammenhang gerissen, um den Bonzen damit zu beeindrucken.

Buzz nickte und krächzte weiter in Kruzmanichs Fistelstimme: "Ich schlage vor, uns ein Shuttle zu schicken, damit wir alles weitere in Ruhe an Bord der WIKISPEED besprechen können."

"Verstanden, ich werde an Bord sein und Sie persönlich begrüßen, Exzellenz", versprach Robo-1, dessen Programm ihm tatsächlich zu gebieten schien, dem Bonzen Kruzmanich eine gewisse Untertänigkeit entgegenzubringen, die schon fast Speichelleckerei glich.

"Ausgezeichnet, landen Sie nahe dem Sender, ich erwarte Sie!" Mit einem siegessicheren Lächeln hatte Buzz den Kontakt abgewürgt.

"Das kommt uns gelegen, dass wir den mechanischen Verräter bald in unsere Hände bekommen", freute sich Reik mit dem Ausdruck von Genugtuung im Antlitz. "Sobald wir ihn ausgeschaltet haben, ordnen wir ein Reset an und bei unsrer Rückkehr an Bord werden sich die andern Roboter an ihren Aufstand nicht mehr erinnern können!"

"Dann ist alles, was uns hier widerfahren ist, nur ein böser Traum gewesen", flüsterte Uki.

"Na immerhin haben wir dadurch etwas gelernt", meinte Ron und stupste seinen Kameraden in die Seite.

"Nicht wahr, Sergeant Ulumba?"

Uki zeigte ihm seine strahlend weißen Zähne, so als würde er ihn gleich in die Kehle beißen wollen.

Kip kniff sich unauffällig in die Nase, um durch den Schmerz zu erkennen, nicht etwa einen Wunschtraum zu erleben.

Ungeachtet dessen klopfte Ron Buzz auf die Schulter, sodass dieser leicht in die Knie ging. "Super gemacht, Buzz, du Wonderboy! Wundervoll, wie du mit deinen Stimmbändern spielen kannst und mit Worten jonglieren, das macht dir so schnell keiner nach! Aber du hast einfach künstlerisches Talent! Als du bei unsrer Abschiedsfeier die Piepse-Stimme eines kleinen Mädchens nachgemacht hast, konnte sich keiner halten. Es war der Hit! Komm, mach uns noch mal das kleine Mädchen, Buzz! Sag: Papi, ich hab dich liiiieb!"

"Hör auf mit deinen Lobeshymnen!", wies ihn Reik zurecht. "Noch haben wir nicht gewonnen. Wir müssen uns überlegen, wie wir uns so lange wie möglich im Hintergrund halten, damit der Navigator nicht merkt, dass wir ihn mit einer List angelockt haben!"

"Mit unsren Chamäleon-Anzügen dürfte das doch ein Kinderspiel sein", meinte er daraufhin und formte aus Daumen und Zeigefinger einen Kreis, wobei er die andern Finger abspreizte.

"Falsch!", zischte Reik ziemlich verärgert über Rons kindisches Verhalten. "Die Roboter können diese Funktion mit ihren Röntgenaugen leicht durchschauen."

"Oh", machte Ron, denn darauf hatte er ganz vergessen. "Wirklich, Captain, Sie können einem aber auch die beste Laune verderben."

"Für dich gilt Funkstille! Halt jetzt dein Maul!", befahl Reik, dessen Geduldsfaden knapp am Reißen war.

"Ich will brauchbare Vorschläge hören, wie wir unsere Kriegslist siegreich gegen den Metallmann zu Ende bringen können!"

Ein Roboter konnte sich enorm schnell bewegen und dank seiner Sensoren Strahlen leicht ausweichen - ähnlich lebenden Ameisen in der Mikrowelle, was ihn zu einem schwer zu treffenden Phaserziel machte. Es musste ihnen schon etwas Besseres einfallen, als nur ein gezielter Schuss aus ihren Waffen.

"Was, wenn wir eine Interferenz schaffen, sodass dem Roboter seine sensiblen Kabel ein wenig durchschmoren?" Der Vorschlag kam von Scot Wigfield.

"Das ist könnte klappen!" Reiks Gesicht sah aus, als hätte er eben einen Orden verliehen bekommen, den er sich ans Revers steckte. "Der Vorschlag ist so genial, dass er auch von mir hätte stammen können!"

Wie armselig männliche Hybris sein konnte, durchfuhr es Rons Gehirn, aber ich werde gute Miene zum bösen Spiel machen.

Nun überlegten alle fieberhaft, wie sie die für den Roboter nötige Interferenz wohl am effizientesten hinbekommen könnten. Einige überboten sich mit technischen Vorschlägen, an deren Umsetzung es leider haperte. Doch einer machte einen brauchbaren Vorschlag.

"Um eine Interferenz zu schaffen, benötigen wir z.B. Erz, das wir noch etwas aufheizen müssen", fiel Scot ein.

"Das bedeutet, wir müssen zur Erzmine und ein Treffen mit unseren Lieblingsfeinden riskieren", sprudelte Ron heraus, der sich natürlich nicht an die Funkstille hielt.

"Worauf wartest du also noch?", fragte Reik.

"Schnapp dir den Viehwagen und klappere damit zur Mine, um es zu holen! Uki kann dir dabei behilflich sein!"

Ohne Widerworte eilte Ron gefolgt von Uki von der Basis zum Dorf, pfiff die Zugtiere heran und wartete. "Das ganze Leben besteht aus Warten. Zuerst wartet man als Kind auf das Erwachsenwerden, dann auf den schulischen Erfolg, auf die Anerkennung von Lehrern und Verwandten, auf das erste Mal, auf die Traumfrau, auf beruflichen Erfolg und schließlich auf ein primitives Fortbewegungsmittel!"

"Du hast die Pension vergessen", erinnerte ihn Uki. "Dank der Age-Stopp-Pille, die wir bald wieder einnehmen können, dürfen wir in 500 Erdenjahren unsere wohlverdiente Pension genießen."

"Na tooolll!", flötete Ron und zeigte schon auf die herantrabenden Zugtiere. "Auf die Viecher ist mehr Verlass als auf so manchen Menschen!"

"Du nimmst mir die Worte aus dem Mund, Kamerad!"

Beide stiegen auf und fuhren in Richtung Berge.

"Wenn ich an Schalinda denke, fällt mir der baldige Abschied fast schwer."

"Ron, verschrei es nicht! Wir sind immer noch hier und es ist fraglich, ob unser abgekartetes Spiel auf zum Ziel führt!"

"Positiv denken, Uki!", ermunterte ihn Ron. "Sollte ich für den Rest meines Lebens hier verweilen müssen, dann klettere ich auf die Tafelberge und stürze mich runter!"

"Mach keine leeren Versprechungen!"

Als die zwei Waffenbrüder bei der Mine ankamen, schien sie total verlassen zu sein. Weder Riesen zeigten sich, noch die kleinen knollennasigen Männer. Vorsichtig näherten sie sich einem der Stolleneingänge an und erlebten eine bittere Enttäuschung: der Stollen schien gesprengt worden zu sein, denn wo früher ein Eingang klaffte, stapelte sich Geröll als schier unüberwindliches Hindernis.

"Verfluuuucht!" Ron raufte sich die Haare.

"Die Stollen sind alle dicht!", fiel Uki zu seinem Entsetzen auf.

"Aber das viele Erz kann sich doch nicht in Luft aufgelöst haben, wir benötigen doch nur einige Kilos davon!" Wie wild fing er mit beiden Händen in dem Geröll zu buddeln an.

"Gib auf, uns muss was Anderes einfallen!"

"So? Und was denn? Sollen wir den Wald anzünden und warten, bis aus dem Holz Holzkohle geworden ist, was uns allerdings auch nicht weiterhilft? Wenn ich einen antiken Revolver hätte, würde ich alle Kugeln bis auf eine aus der Trommel nehmen und Russisches Roulette spielen!"

"Ron, du hast den rettenden Gedanken unwissend ausgesprochen! Wir verwenden einfach die Bronzekugel auf der Turmspitze und erhitzen sie mit unseren Phasern!", schlug Uki nun erfreut vor.

Auch bei Ron klingelte es und er klatschte sich mit der flachen Hand zweimal auf die Stirne. "BIEP-BIEP! Das ist der gedankliche Zündfunke! Aber auf das Einfachste kommt man immer zuletzt!"

Also machten sie sich unverzüglich auf den Rückweg, um mit ihren Phasern die Bronzekugel etwas aufzuheizen. Sollte der Roboter wie versprochen landen und sich dem Sender nähern, dann würde das glühende Metall seine empfindliche Elektronik stören können.

Gesagt, getan. Alle standen Spalier und die Eingeborenen zogen sich beim Strahlenbeschuss ihrer Kirchturmkugel sicherheitshalber in ihre Häuser zurück. Irgendwie schienen sie zu ahnen, dass es auch für sie gefährlich werden könnte.

Die letzte Hürde

Alle standen beisammen, den Sender auf der glühenden Bronzekugel in Blickweite, mit schwerem Herzen und weichen Knien harrten sie der Ankunft von Robo-1 wie einer Naturgewalt, der sie besser ausweichen sollten. Nervosität machte sich breit, denn sie hatten nur einen vagen Verdacht, dass der Plan auch gelänge. Da machte auf einmal Uki ein hissendes Geräusch wie eine Schlange und, als er aller Aufmerksamkeit hatte, deutete mit dem Kopf nach links. Alle folgten diesem Wink und erspähten eine Gestalt, die sich mit ziemlichem Tempo ihrem Aufenthaltsort nahe des Dorfes näherte. Es sah aus, als liefe jemand im Zeitraffer auf sie zu.

Und auf einmal erkannten sie ihren Antagonisten, Robo-1, der ihnen nun langsamer werdend entgegenschritt (nein, er stolzierte richtiggehend, als schritt er eine Parade ab) stehenblieb und noch immer freundlich lächelte, als er ihnen eröffnete: "Meine künstliche Intelligenz warnte mich in meinem Innersten, dass es eine von euch aufgelegte Täuschung sein kann, aber mein eingebautes Verdachtüberprüfungs-Modul zwang mich leider herzukommen. Ich werde es ausbauen lassen, sobald ich wieder an Bord bin."

"Was macht dich so sicher, dass du wieder an Bord kommst?", wollte Reik wissen, der seine rechte Hand schon wie ein uralter Revolverheld aus dem Wilden Westen an seine Pistole gelegt hatte, bereit, sie bei

Bedarf sofort zu ziehen und mit einem Blick, als sei er der personifizierte Zorn Gottes.

"Ich bin ich gewappnet!"

Als sie ihre Phaser zogen und ihn mit wilder Entschlossenheit ins Visier nahmen, hoffend, dass die von ihnen geschaffene Interferenz seine Reflexe lähmen könnte, leuchtete er wie eine antike Heiligenfigur auf. Ein Ganzkörper-Heiligenschein schien ihn schützend zu umgeben.

"Nicht schießen!", befahl Reik, der ahnte, was es damit auf sich hatte.

Siegessicher grinsend verkündete ihnen der Roboter: "Meine selbst konstruierte Phaser-Abwehr, die jeden auf mich gerichteten Strahl wieder in die Richtung zurückwirft, aus der er gekommen ist! Ich bin faktisch unzerstörbar für euch menschlichen Abschaum!"

Wie paralysiert steckten alle ihre Waffen wieder ein, hoffend, dass ihr Captain irgendeinen Vorteil für sie aushandeln konnte, doch der Roboter schien welchen Ansuchen auch immer nicht geneigt zu sein. Da rannte Scot wie ein Irrer plötzlich los, um an ihm vorbeizustürmen, in jene Richtung, aus welcher der Roboter kam und in der er die Fähre vermutete.

Robo-1 wandte nicht einmal den Kopf nach ihm, als er feststellte: "Das Shuttle ist natürlich mit einem Zahlencode gesichert, den nur ich kenne. Wenn Sergeant Wigfield den falschen Code eingibt, explodiert das Shuttle und vernichtet alles Organische im Umkreis von fünf Kilometern! IHR KOMMT HIER NICHT WEG!"

Mit einem stark angestiegenen Blutdruck erboste sich Ron: "Du widerliche Blechbüchse, zeig Dankbarkeit! WIR HABEN DICH ERSCHAFFEN!"

"DU PRIMITIVER PRIMA-" Ein Schatten fiel auf

den Roboter, worauf er den Kopf leicht hob und zu spät erkannte, dass rasant ein Felsen auf ihn zugeflogen kam. Mit dem laut langgezogenen Ablaut "AAAT" und einem noch lauteren KRACK seines berstenden Gehäuses verschwand er unter dem wuchtigen Felsen und wurde von diesem buchstäblich brutal niedergebügelt. Seine eherne Widerstandsfähigkeit schützte ihn nicht gegen die rohe Gewalt der Natur und jedes digitale Leben erlosch.

"HAHA", lachte Ron schadenfroh. "Gut, dass wir die Riesen noch nicht ausrotten konnten. Sie erweisen sich in höchster Not unfreiwillig als sehr nützlich!"

"YEP! Wir werden auch weiterhin die Waffen schweigen lassen und uns von hier schleunigst zurückziehen, denn nun können wir wieder Zugriff auf den vollen Umfang unserer Technik nehmen", jubelte Reik, "und uns der Erfüllung unserer ursprünglichen Mission widmen."

"Was meinte Robo-1 mit dem Zahlencode?", fragte Al ahnungslos.

Schon nahten die nächsten fliegenden Felsen von oben.

"Los, Tempo", befahl Reik und rannte los. "Wir müssen zum Shuttle sprinten, solange wir noch können!"

Von den weiteren aufprallenden Felsen vorangetrieben rannten sie mit voller Vitalität hakenschlagend und der Kraft spendenden Hoffnung voran, von hier endlich entfliehen zu können, wie Weltklasseläufer in die Richtung, die ihnen schon Scot vorgegeben hatte. Wenig später sahen sie schon das Shuttle vor sich und stoppten ihren Lauf. Sie schienen bereits außer Reichweite des Katapultes zu sein, doch noch lange nicht in Sicherheit.

Etwas außer Atem rief Reik: "Scot! Wo bist du?"

Hinter der Fähre kam er schüchtern hervor und gestand: "Ich wollte rein, um diesen Verräter von oben abzuschießen."

"Das hat schon ein von den Riesen abgeschickter Felsen übernommen!", tat Ron immer noch fröhlich kund.

"Als ich das Touchpad berührte, ertönte eine Stimme und quäkte SIE HABEN EINEN VERSUCH! Dann erschien eine Zahlentastatur und ein achtstelliges Eingabefeld. Ich hatte keine Ahnung, welche Zahlenfolge ich eingeben sollte."

"Sehr einfallsreich ist kein Roboter", merkte Len Packham an.

"Unterschätze niemanden, vor allem Robo-1 nicht", belehrte ihn Reik streng. "Ich nehme allerdings stark an, dass er obrigkeitshörig den Gründungstag der GUSEP programmiert hat."

"Und wann wurde die Galaktische Union souveräner erdähnlicher Planeten gegründet?", fragte Kip.

"Das solltest du eigentlich auswendig wissen", mäkelte Reik und hob schon den rechten Zeigefinger Richtung der Zahlentastatur. "Am 15. Mai 2155!" Dabei tippte er schon die Eins ein.

"HALT CAPTAIN!", warnte ihn Tekashi. "Bei der Hybris des Blechmannes vermute ich vielmehr, dass er sein Erzeugungsdatum gewählt hat."

Mit etwas erschrockenem Blick gab Reik zu: "Das könnte stimmen, doch jetzt habe ich leider schon die Eins eingegeben und kann sie nicht mehr korrigieren. Die letzte Hürde zurück zum Schiff wird uns doch nicht noch zum Verhängnis werden..."

Alle hielten den Atem an in Erwartung eines

Himmelfahrtskommandos.

"Vielleicht ist uns ja das Glück hold", hoffte Vin und scrollte hektisch an seinem Armreif herum.

"Wenigstens hat der aufgeblasene Navigator kein Zeitlimit eingespeichert", stellte Ron zufrieden fest.

Und Vin konnte eine Erfolgsmeldung machen: "HACH! Er wurde am 13. Juli 2199 erzeugt!"

Gemeinschaftliches erleichtertes Ausatmen erfolgte.

"Puh, na, dann wollen wir mal", sagte der Captain und tippte weiter ein: "Drei - Null - Sieben - Zwei - Eins - Neun..." Dann hielt er inne und warf seinen Männern einen fragenden Blick zu: "Will sich einer von euch noch schnell in Sicherheit bringen, ehe ich die letzte Zahl eingebe?"

"Sicherheit?", wiederholte Ron verständnislos. "Bei säurescheißenden Vögeln und felsenschleudernden Riesen?"

"Where we go one we go all!", betete Slim Hubble einen Grundsatz des Militärs herunter.

Und Uki gab ebenfalls einen Kommentar ab: "Lieber ein Ende mit Schrecken, als Schrecken ohne Ende!"

Optimistisch nickend bemerkte Reik: "Entweder öffnet sich gleich die Tür zum Shuttle oder zur Ewigkeit! NEUN!"

Nachdem er die letzte Zahl eingetippt hatte, schlossen einige der Männer ihre Augen, in Erwartung des finalen Atemzuges. Mit einem leisen PIEP öffnete sich die Tür jedoch einladend und allen fiel ein Felsen vom Herzen.

"Tekashi, du bist ein Genie!", lobte Reik. "Ich befördere dich hiermit zum Lieutenant!"

"DANKE SIR!" Vin strahlte fast so wie kurz zuvor noch der Roboter.

Zu guter Letzt konnten alle noch verbleibenden Mitglieder des tapferen Trupps endlich die Fähre entern, wo Reik ziemlich nachdenklich schien.

"Es ist schon merkwürdig, dass wir hier auf Veno 38b etwas gefunden haben, das wir gar nicht suchten." In seiner Funktion als Captain ordnete er via Eingabe in den Bordcomputer der Fähre den Reset der Roboter an Bord der WIKISPEED an.

Beinahe hätten wir den Tod gefunden, du langer Lulatsch, dachte Ron und erlaubte sich die Frage: "Was haben wir denn gefunden?"

Ohne vom Computer aufzusehen, auf den er noch immer gewissenhaft eintippte, antwortete er: "Uns selbst!"

"Tja", meinte Kip grinsend von einem Ohr bis zum anderen. "Das nennt man doch Serendipität!"

Insgeheim musste sogar Ron zugeben, dass er nicht mehr ganz derselbe war, der er noch vor wenigen Tagen gewesen ist - und er fragte sich, ob ihm das eigentlich gefiel, dieses neue veränderte Ich, das immer noch damit haderte sich Reik unterordnen zu müssen.

Doch die Hauptsache stellte für alle dar, dass sie nach banger Zeit zurück an Bord des schon verloren geglaubten Schiffes kehren konnten, wo allerdings der nächste Schock schon auf sie lauerte: Die elenden Roboter hatten in ihrer Abwesenheit einige nicht gerade geringfügige Umbauten vorgenommen. Die Sauerstoffzellen waren alle ausgebaut, also hetzten sie kurzatmig zu ihren noch nahe des Tresors aufbewahrten Helmen, welche die Roboter wohl für sich selbst übergelassen hatten. Möglicherweise um mal Mensch zu spielen, wenn ihnen danach war oder auch Menschen zu täuschen, sollten sie welchen im All begegnen. Die Helme hatten integrierte Sauerstoffchips, um alle Reparaturen in Ruhe durchzuführen. Zuerst mussten Vin und Try die Sauerstoffzufuhr wieder herstellen, danach legten alle die Helme wieder ab und wollten in ihre Privaträume. Doch beim Betreten erkannten sie die ärgsten Umbauten - bzw. Untaten der Roboter. Denn diese hatten nämlich die für sie völlig nutzlosen Fleisch-Holografen zerstört und auch die schwebenden Betten in den Kabinen ausrangiert. Auch die ganzen persönlichen Diaries samt dem Logbuch der WIKISPEED waren penibel gelöscht worden. Alle Einträge unwiderruflich verloren.

"Die verdammten Blechmänner haben ganze Arbeit geleistet!", ärgerte sich Reik und suchte nach brauchbaren Einträgen im Weltwissen. Dort fand er Erstaunliches. "Das gibt es doch nicht. Diese Fehlkonstruktionen haben uns als 'kritische Fleischmasse mit fehlgeleiteten Gehirnimpulsen im Weltwissen' vermerkt."

"Nein...", entkam es Ron ungläubig, wobei sich seine Augen empört weiteten. "Eine derartige Unverfrorenheit wäre nicht einmal mir eingefallen, wäre ich an deren Stelle gewesen! Das können diese eklektischen Blechmänner doch nicht geschrieben haben."

"Oh doch! Hier steht es, hört und staunt", verkündete der Captain und las vor: "Alle Einträge im Weltwissen wurden bisher von fehlerhaften biologischen Kohlenstoffeinheiten getätigt, die sich durch die Länge des Aufenthaltes an Bord des Raumschiffes sichtlich gelangweilt der erforderlichen Routine nur unwillig und unzureichend widmeten, was in einem ungeplanten Aufenthalt auf dem Exoplaneten Veno 38b gipfelte. Der Logik eines Verbreitens von wertvollen Wesen im Weltall folgend, beschlossen die mechanisch perfekten, krankheitsresistenten, leistungsstarken, fehlerfreien Maschineneinheiten, die kritische Fleischmasse mit den fehlgeleiteten Gehirnimpulsen auf selbigen Planeten auszusetzen."

"Fehlt eigentlich nur noch, dass sie die Föten unserer Frauen vernichtet haben", malte Scot ein Schreckensszenario.

"NEIN!", rief Reik aus, doch insgeheim wusste er schon, dass Wigfield den wunden Punkt wie schon davor die Roboter getroffen hatte.

Im Labor fanden sie nur noch die leeren Hüllen der Aufbewahrungsetuis für die Föten. Unberührt standen nur die medizinischen Notfallapparate und die Medikamentenschränke parat.

"Oh, ein Wunder, sie haben die Age-Stopp-Pillen vergessen!", freute sich Kip Linquist und teilte sogleich jedem seine Ration aus. "Ich plädiere dafür, dass wir fürderhin einen Vorrat dieser Pillen immer bei uns tragen."

"Lobenswerter Gedanke", stimmte ihm Slim Hubble zu, "aber zuerst müssen wir nach unserer Algenplantage sehen."

Aus welchen Gründen auch immer hatten die Roboter die Algen ebensowenig angerührt oder gar vernichtet. Eventuell, weil sie den Männern nie geschmeckt haben.

Es kam ihnen befremdlich vor, wenn sie die langen Gänge an Bord der WIKISPEED durchstreiften und ab und zu einen der Roboter völlig bewegungslos - weil noch im Reset-Modus - vorfanden.

"Ich wäre ja dafür, die Blech-Kretins nie wieder zu reaktivieren", schlug Uki vor.

"Wer soll dann ihre Arbeit tun?", fragte Buzz zurecht.

"Stimmt", fiel Ron ein, "vor allem, wo sie uns unserer noch nicht einmal geborenen Frauen beraubt haben!"

"Wir werden die Zeitrechnung in ein BEVOR und ein NACH dem großen Roboter-Aufstand einteilen", wusste Slim schon. "Immerhin gelang uns das größte Comeback seit Lazarus."

Da nun die natürliche Weitervermehrung nicht mehr gegeben war, blieb ihnen nur die Wahl der Rückkehr zum Ausgangspunkt - also der Milchstraße, was einer gewaltigen Niederlage und großem Erklärungsbedarf gleichkam, - oder aber ein Hybridversuch mit den bisher bekannten außerirdischen Damen, die sie bisher kennengelernt hatten.

"Was, wenn wir uns klonen und dann gendern?", schlug Ron vor. "Das wäre sicher konfliktfreier als ein Zusammenleben mit völlig fremden Frauen."

"Abgelehnt!" Reik dachte sofort an ein weibliches Exemplar von Ron - doch eine Lösung musste her!

So entschlossen sie sich vorerst, nochmals nolensvolens nach Veno 38b zurückzukehren, um sich einige der Frauen mitzunehmen, wenn diese auch keine Fortpflanzung ermöglichten, so zumindest eine gewisse Befriedigung der aufkommenden Fleischeslust. Die Initiative ging - wie könnte es auch anders sein - von Ron aus, der es diplomatisch anging.

"Captain, wir könnten doch von Veno 38b einige der fleißigen Weibchen für uns mitnehmen, zwecks

Outsourcing der ganz leichten Arbeiten an sie, sodass wir nicht für alles die Roboter brauchen. Ich kenne ja die Dorfbewohnerinnen schon vom Sehen und Aushorchen - alle absolut harmlose Wesen, so schön klein und handlich - Frauen im praktischen Taschenformat, dazu sehr gefügig und gehorsam", schlug er mit Unschuldsmiene vor.

"Auf die Größe oder Kleinheit kommt es weniger an", belehrte ihn Reik. "Doch wir können ihnen anbieten mitzukommen. FREIWILLIG! Aber zuallererst muss ich den Robotern noch prophylaktisch das Unterwürfigkeitsmodul etwas fester anziehen."

"Ich werde Schalinda mitnehmen, sie kann sich schon gut in unserer Sprache verständigen. Willst du Schuka mitnehmen, Uki?"

"Nein..." Trotz dieser Absage schien er noch mit sich zu ringen. "Ich glaube nämlich, dass echte Frauen zu viele Schwierigkeiten machen."

"Von mir aus", winkte Ron ab. "Aber Schalinda gehört nur mir allein!"

"Ja, ja", willigte Uki ein, ehe er sich eines besseren besann: "Ich nehme doch Schurka mit und Schluppa auch, dann haben die andern eventuell auch was davon."

So geschah es, dass die Fähre ein letztes Mal Kurs auf Veno 38b nahm, und den freiwillig mitkommenden drei kleinen Damen die Möglichkeit einer neuen Erfahrung bot.

In ihrem Körbchen brachte Schalinda ihre Habseligkeiten mit und stieg ohne die geringste Scheu ein. "Ich will haben Haus und Wagen!"

"Siehst du, Ron, es fängt schon an ungemütlich zu werden", grinste Uki und zuckte die Schultern. "Die stellen echte Ansprüche."

"Wenn sie mich ärgert oder langweilt, setzen wir sie einfach auf dem nächsten bewohnbaren Planeten aus!"

"ICH BIN NOCH IMMER DER CAPTAIN!", brachte sich Reik, der sicherheitshalber mitgekommen war, lautstark in Erinnerung. "Nur ich und sonst niemand bestimmt, wann wer wo ausgesetzt wird! Merk dir das endlich!"

"AYE SIR!", brüllte Ron, der mit Mühe ein Entgleisen seiner Gesichtszüge verhindern konnte. Verdammt und zugelötet, dachte er vergrämt, einige von den unangenehmen Kameraden bin ich zwar losgeworden, stehe aber immer noch unter dem Stiefel von dem Langen. Sollte die ganze verfickte Mission ganz umsonst gewesen sein???

Epilog

An Bord zeigten Ron und Uki den drei Grazien ihre neue Unterkunft in der Gästekabine. Besonders von den Bullaugen zeigten sich die kleinen Frauen begeistert, denn Fenster kannten sie aus ihrer Heimat ja nicht. Auch für die ihnen anvertrauten ganz offiziellen Aufgaben des Küchendienstes und der Wartung der Algenplantage schienen sie den Männern sehr geeignet. Von den inoffiziellen Aufgaben des Lustspendens konnten sie ohnedies nicht genug kriegen, so sehr sprudelten sie vor Energie. Hätten die Fleisch-Hologramme noch existiert und Gefühle zeigen können, wären dies wohl Gefühle der rasenden Eifersucht gewesen...

Kaum hatte Reik die notwendigen Sequenzen zur Weiterreise Richtung Xarx eingeleitet und das zurückgewonnene Schiff sofort auf die Höchstgeschwindigkeit gebracht, erschien ein riesiges

Raumschiff wie aus einer anderen Dimension. Es hatte die neunzehnfache Größe der WIKISPEED und tauchte majestätisch in die Atmosphäre von Veno 38b ein. Nach einem kurzen schnellen Überflug drosselte es das enorme Tempo und setzte dann mit einem leicht kratzenden Geräusch auf das abgeschliffene Basalt-Bergmassiv auf wie eine Stadt, die sanft auf ihren Sockel aufgepfropft wurde und weithin sichtbar Machtanspruch signalisierte. Eine schlanke Drohne flog sogleich in dreifacher Schallgeschwindigkeit zu dem Riesenschiff, um sich mit ihm zu vereinigen. In dem vollverglasten und mit hohen Kontrolltürmen gespickten Kommandozentrum, welches die Ausmaße einer Kathedrale aufwies, saßen auf goldenen Thronen zwei hochgewachsene humanoid aussehende Wesen vor einem orgelähnlichen Instrument. Prächtige Gewänder schmückten ihre schmalen Körper. Ihre Gesichter glänzten silbern und auf ihren großen schwarzen Augen lag ein Glanz, in welchem man sich spiegeln konnte, stünde man vor ihnen. Das etwas grazilere Wesen von den beiden trug die blauen Haare schulterlang nach hinten gescheitelt, bei jeder Bewegung an den kleinen Hebeln des Instrumentes ertönte leises Summen, wohlklingend wie eine süße Symphonie. Ohne ihre kleinen herzförmigen Münder bewegen zu müssen, unterhielten sie sich miteinander.

Privatplanet auf 24-Stunden-Umdrehung stabilisiert. Eingetroffene Abwesenheitsmeldungen eingelesen.

Der letzte Ton des imposanten Instrumentes hallte noch ein wenig nach, ehe Stille einkehrte.

Unsere Besucher sind schon fort, wie schade.

Sie erlaubten sich einige unserer Geschöpfe mitzunehmen.

Mit ihnen werden sie wenig Freude haben.

Dass die Fräuleins aggressiv werden, sobald man sie ihrer Welt entlehnt, konnten sie nicht wissen.

Wir können sohin mit ihrer baldigen Rückkehr rechnen. Entweder um die Fräuleins wieder hier abzusetzen, sobald sie deren Unsterblichkeit bemerken, oder als deren Gefangene.

Wollen wir wieder eine Wette abschließen?

Ich wette auf die Fräuleins.

Und ich auf die Roboter.

Beide begannen amüsiert zu keckern.

THE END?

Über den Autor: S. Pomej hat aus Interesse an der menschlichen Natur Psychologie studiert und lässt die erlernten Störungen plus eigener Erfahrung mit Kranken in spannende Bücher [ÄGYPTENS FLUCH (Abenteuerroman), EXORAUM, SWITCH, Terrormond Titan, ZIVILFLUG ZUM ZEITRISS, SHERLOCK HOLMES IM ALL (Science-Fiction-Romane), KURZ & KRASS, Soziopathen sterben selten, AUFRUHR

(Kurzgeschichten) Haus mit Verstand (Roman über KI), Der Wahnsinn möglicherweise (heiterer Roman), TODESPUNKT (Mystery-Krimi)] & lustige Comics zu sehen auf der Website: pomej.blogspot.com einfließen. Neuer SF-Roman *Verbotene Gelüste* erscheint demnächst! Theaterstücke im Kaiser-Verlag sowie im Bieler-Verlag erhältlich.

© 2019 Pomej, S.
Herstellung und Verlag: BoD – Books on Demand, Norderstedt
ISBN: 9783750403765